阿Q“风雪”系列

大鱼

有爱的青春陪伴者

我等风雪又一年

阿Q 著

贵州出版集团
贵州人民出版社

图书在版编目（CIP）数据

我等风雪又一年 / 阿Q著. -- 贵阳 : 贵州人民出版社, 2018.12

ISBN 978-7-221-14880-3

Ⅰ.①我… Ⅱ.①阿… Ⅲ.①长篇小说－中国－当代
Ⅳ.①I247.5

中国版本图书馆CIP数据核字(2018)第250175号

我等风雪又一年

阿Q 著

出 版 人　苏　桦
出版统筹　陈继光
选题策划　杜莉萍
责任编辑　潘　媛
特约编辑　周丽萍
装帧设计　颜小曼
封面绘画　MORNCOLOUR
出版发行　贵州人民出版社（贵阳市观山湖区会展东路SOHO办公区A座
　　　　　邮编：550081）
印　　刷　长沙鸿发印务实业有限公司（长沙黄花工业园三号 邮编410137）
开　　本　880×1230毫米 1/32
字　　数　228千字
印　　张　9
版　　次　2018年12月第1版
印　　次　2018年12月第1次印刷
书　　号　ISBN 978-7-221-14880-3
定　　价　38.80元

·序·

愿我们都有勇气
去拥抱来年的风雪。

自从我以“阿Q”这个笔名出版图书以来，也陆续写了好几个青春故事了。网上经常有读者跑来问我：“Q姐，你写的故事看起来都好真实，是真的发生过的吗？”

我说：“不是，那是虚构的。”

然后有人就问我：“那Q姐，你的青春是怎样的？你这么会写校园故事，你的青春一定很精彩吧？”

我摇头：“不，我的青春跟你们大多数人一样，它很朴实，但很珍贵，就像‘风雪’里的主人公一样。”

初中的时候，我一直是学校里的尖子生，众人眼中的学霸，因为个性像男孩子，所以在同学中人缘很好，不管是男生还是女生，他们都爱跟我交朋友。

初一的时候，学校流行优生带后进生，就是现在的一对一补习，我被派去带我们班的捣蛋王，没错，就是王春晓。

我的同学王春晓除了家境没有书中的春晓那么好外，其他简直就是春晓本人。

我写“风雪”里“春晓”这个人物时，脑子里就全是我同学王春晓的样子——大眼睛、小虎牙、小麦色的肤色、阳光的笑容。

书中写到春晓因为嫌弃食堂饭不好吃，拿着馒头跑去校长室“上香”的事，就是我同学当年干的蠢事之一。这件事都过去十多年了，我现在想起来都会忍不住哈哈大笑，似乎还记得当时王春晓的囧样。

像春晓这样的好人，我本不应该给他那么悲惨的结局，只是因为我念及真实的春晓，才故意这么设计了。

现实中的春晓，也没什么好的结局，听老同学讲春晓得了病，常年把自己关在家里什么人都不见。

我一直没有勇气去探望他，如今把他写进书里，是希望有一天他能知道，不管人生有多少磨难，不管老天爷给了我们怎样的结局，至少曾经我们都明媚过。说完春晓，就来说说沈骆驰了。

我就读的高中，是市重点学校，我们的学业都很繁忙，每天除了学习根本没时间玩乐，更别说看帅哥美女了。

记得有一次冬天出操，整个楼道里全是人，我在拥挤的人群就那么随意地扫了一眼，然后就看到一个长得很是干净帅气的男孩。

他留着一头黑色的碎发，穿着件军绿色羽绒服，里面是毛衣配着衬衫，眉眼清俊，气质很是高贵冷艳。

在我们上学那会儿，这么会穿的男生很少，所以很容易能想象得出他有多好看。

询问了同桌“李文艺”才知那是十三班物生班的班草。

说来嘲讽，我连他的名字都不记得了，但还记得第一次见他时的穿衣打扮。

那会儿我妈正在陪读，我们隔壁有个女孩正好是十三班的，从我见到那个男孩开始，我就总是装作无意地跟她一起上下学，偷听下关于那个男孩的消息。

我想，在青春里我们都暗恋过吧？我在那个人不知道的情况下，偷偷喜欢了他两年。至今想起，我觉得特别后悔，为什么当初不去追呢？我也长得不丑啊，说不定就追到了呢？

越想我就越觉得憋屈，所以为了弥补我的遗憾，我让书里的“沈骆驰”暗恋了“王惬”两年。

至于“苏遇”，他的原型也是我青春时代里的人。我们家附近有个邻居的儿子打小就特别聪明，成绩特别好，长得也很好看。

我从小就喜欢聪明的人，所以自然就很喜欢他，他是我整个学生时代的偶像。别人追星，追周杰伦、韩庚，我只追他。他上市一中，我也想上；他考清华，我也想考。

我想变得跟他一样优秀。

现实中的我，跟“苏遇”没有那么多的牵扯，他一直是我的邻家小哥哥，我一直是他的死忠小迷妹。

直到现在我都感谢他出现在我的生命里，给我当了那么多年的信仰与灯塔。如果有时光机，我希望我能有机会回到过去，能有勇气跟小哥哥说，你将来能不能娶我？就算不能娶我，你一定拦住我别冲动嫁人，一定要告诉我要嫁也只能嫁像你这么优秀的人。

因为，这样的人他舍不得让人伤心。

2008年的冬天，全国性大雪灾，那年的冬天特别冷。

那年的新年，我得了严重的感冒，我是带病过的年，我至今好不了的咽喉炎也是当年留下的病根。

那年的新年愿望，我的发小都希望来年变瘦、考出好成绩或者变漂亮，我就许了一个愿望，我说我以后一定要赚很多钱，一定要让我父母过上好日子。我不要缩手缩脚地生活，我要活得多姿多彩。

可那会儿我是学生，除了学习外，什么也改变不了我的命运。

所以高中三年，我都很拼命地学习，每天上完晚自习回来，都做题到半夜，还坚持每晚在本子上写一个小时的小说，一边想着日后要考清华北大，一边做着当作家的美梦。

人果然是不能太贪心的，事实证明，清华北大我是没考上，作家倒是当了，就是有些半吊子。不过，我一直记得高中那段抛头颅洒热血的学习，也一直很感谢当初努力的自己。

近来很多读者在网上私聊我，说：姐姐，我最近好惨，我失恋了。

姐姐，我好迷惘，我不知道大学该不该上。

姐姐，我觉得我好自卑，我爸欠了很多债，他要跟我妈离婚，我都想死了。

……

我想告诉大家，在我们成长的路上，痛苦、迷惘与不幸是必须经历的，没有人的人生是永远一帆风顺的，不管什么时候，请你都不要放弃对生活的热爱。

因为终有一天，那些路上的风雪，都会成为你前进道路上的靓丽风景。

有人问，姐姐，我好羡慕你的生活，我能成为像你这样的人吗？

不，亲爱的，你会成为比我更好的人。

愿我们都有勇气去拥抱来年的风雪。

阿Q/文

2018年11月风雪夜

目录 Contents

·第一章· chapter
转学生
001

【1】沈骆驰哪是大白萝卜，他是根又细又长的葱，葱葱绿绿，鲜嫩欲滴
【2】沈骆驰绝对是我认识的，最难相处的少年
【3】王春晓是个神经病，咱不跟他一般见识
【4】王春晓同学的花样作死
【5】我以后要有了孩子，我让他跟你姓
【6】她有一双会哭的眼睛，而我没有

·第二章· chapter
我们都曾倔强地坚强着
024

【1】他妈死得早，没人教他
【2】说好的不理沈骆驰呢？
【3】你们女生就是事多，最烦你们了
【4】他拿拳头敲了我的头，骂我："耍流氓啊你！"
【5】我们当老师的，要公平对待学生啊
【6】林佳楠哪有我的小命重要啊
【7】往后的夏天里，我们是否还会在一起

·第三章· chapter
此生最好的遇见
049

【1】他安静地站在他的青春里，却成了很多人心目中永恒的灯塔
【2】要不要他背，这是个问题
【3】那时候的我并不知道，不是每一场等待都能等到结局
【4】要不要我上去咬他，佳楠你说一句就行
【5】油煎蛋成了我跟林佳楠之间的秘密，而林佳楠成了缓和我跟沈骆驰关系的纽带

目录
Contents

· 第四章 ·
chapter
少女情怀总是诗
072

【1】李文艺同学，她的确不是个只看外表的肤浅女生，但她绝对是个极端在乎“内在”的好色之徒
【2】你喜欢我就直说啊，干吗用踢我屁股这么迂回的方式来表达你对我的倾慕之情
【3】我这人心大，我既然能容得下高傲的沈骆驰、调皮的春晓，自然也容得下一个卑鄙的秦淑仪
【4】你会不会做油煎蛋
【5】渐渐地，我发现，在我们三个人之间，我好像成了个很碍眼的存在
【6】等后来的我终于弄明白这一切时，我才恍然顿悟自己都错过了些什么
【7】郭英是郭老师！是我最敬爱的郭老师！

· 第五章 ·
chapter
流言
102

【1】我妈以前老爱跟我说一句话就是“相由心生”，一个人的面相多多少少能反映出这个人的人品
【2】“恶心”，这是我第一次从佳楠嘴里听到这么伤人的字眼
【3】你喜欢他什么
【4】咱俩谁跟谁，以后我的钱就是你的钱
【5】我好似喜欢上了一个明星，我会为他的不幸遭遇感到难过痛心，却无法拥抱他给他最直接的温暖，想到这儿，我就很是难过
【6】感情是两个人的事，总有一个人要让步

· 第六章 ·
chapter
冬天与少年
130

【1】所谓的幸福，很多是在经历了诸多不幸之后才领悟的“不可求的不要求”
【2】没有一点夸张的成分，那时候我完全忘记了沈骆驰的讨厌，觉得他是世界上最好的人，就像天神一般伟岸
【3】当年春晓“娶”的并不是李文艺，而我“嫁”的也不是袁满
【4】我迷恋的少年也是个凡人
【5】走的时候，表姐站在路边目送着我离开，颇有吾家有女初长成，飞上枝头变凤凰的感觉
【6】你这是怎么了啊

· 第七章 ·
chapter
污秽
163

【1】生而为人，对不起
【2】他就那么静静地站在楼梯口，我抬头却好似看到了月光
【3】在不明白何为爱情的迷惘年纪，只有痛是真实的
【4】他走了，我连他去哪个国家留学也不知道，而我也没想过要去找他
【5】时间是治愈伤痛最好的药，而沉默，是让伤口结痂的最好的方法
【6】我在等你

· 第八章 ·
chapter
错过
188

【1】还是王恺好，最懂我，能一眼透过我腐朽的外表看到我那颗纯净的内心
【2】王恺，没有下一次了
【3】王恺，你有没有发现沈骆驰对你挺特别的
【4】原来他所说的“脏”是这个意思
【5】除了苏遇，我不知道我还能喜欢谁

目录
Contents

·第九章·
chapter
与冬天一起消亡
214

【1】白色的雪景，黑衣的少年，看似不搭，却又莫名和谐
【2】佳楠佳楠，似乎所有人的心底都更偏爱佳楠
【3】她嘴唇哆嗦地朝沈骆驰精致的脸亲了上去，他没有推开
【4】我早晚会知道啊！我们早晚都会知道啊
【5】如果你不喜欢一个人，那么就算这个人凭空消失了，死了，对你来说，也顶多不过一句“好可怜”

·第十章·
chapter
灰烬里的救赎
241

【1】我不知道该怎么跟你们告别，所以我选择不告而别
【2】不听老人言，吃亏在眼前
【3】你没有在我身上浪费丝毫感情，你凭什么看不起我
【4】我清晰地意识到，我与沈骆驰的冷战又一次开始了
【5】我很怕死，因为我还没有活够
【6】别怕别怕，吓了狗狗身上，吓了狗狗身上
【7】我在北京等着与你相见，生日快乐，我最爱的小小少年
【8】你还喜欢苏遇吗

·第一章·

chapter

转学生

【1】沈骆驰哪是大白萝卜，
他是根又细又长的葱，
葱葱绿绿，鲜嫩欲滴 //

七月几乎大半个月都在下雨，南方的梅雨季节实在让人喜欢不起来。

前几天还听说这儿要刮台风，我跟我妈还在担心一直下雨不好搬家，结果搬家的那天风和日丽，我心里高兴得很，前几天的郁闷也一扫而光。

之前租的房子，因为隔壁是个酒坊，从今年开春就开始闹鼠灾。那些老鼠天天晚上在房梁上闹腾，摧残得我都快神经衰弱了。

熬到高一第二学期结束，我爸妈商量后，决定重新找房子。

只是市一中外的房子就像香饽饽，那个时间，好的房子几乎都被租出去了。

后来还是托了我发小林佳楠她妈妈的福，我们才找到了房子。新房子就在我们学校西大门正对面的香格花园，林妈妈说那儿环境好，离学校近，就是租金贵了点，一年八千块，问我们要不要租。

八千块，也许对别人来说不算什么，但对我家来说，可是笔不小的开支。

那是一间三室一厅的套房，一共住了三户人家，房东刘奶奶占了一间，林佳楠跟她妈妈租了一间，剩下那间的房客刚搬走了—— 他家孩子是高三生，高考一结束就搬了。

刘奶奶的孙子要从上海转学到我们省城念书，刘奶奶就没把空房租出去，打算留给孙子住。

不过林妈妈说，如果我们要租的话，她可以让刘奶奶把房子让出来。因为早在半年前，刘奶奶夫妻俩就不怎么住公寓里的房间了，而是把楼下的车库装修了下，搬楼下去了。主要原因是刘奶奶年纪大了，又患了风湿痛，爬楼对她来说，太辛苦了。

我爸妈他们商量了一晚上，最后还是决定把房子租下来。

离高考也就两年了，这两年真的很重要，不能因为环境不好而耽误我学习，所以贵就贵吧，先租了再说。钱可以在其他地方省，供我读书绝对不能省。

于是，踩着暑假的尾巴，开学前一天，我妈带着我搬去了香格花园。

在那里，我认识了沈骆驰。

没见到沈骆驰以前，我曾经在心里想象过他的样子。

年少的时候，我们很容易对一个陌生的人产生好奇。

林妈妈说沈骆驰家很有钱，他又是一直在上海那种大城市生活。我听说上海的自来水里都有漂白粉，喝了人都会变白，所以在我的想象里，沈骆驰一定是个白白胖胖的小子，跟大白萝卜似的。

后来我发现自己错了，还错得特别离谱。

沈骆驰哪是大白萝卜，他是根又细又长的葱，葱葱绿绿，鲜嫩欲滴。

我一直记得第一次见沈骆驰的场景。

我爸花钱找了辆卡车帮我们把东西一股脑全搬到了刘奶奶家楼下，而刘奶奶跟沈爷爷早就站在车库那儿等着我们。

各种物什堆了一地，我跟爸妈一起搬着，跟刘奶奶上楼到她家去。

开门的便是沈骆驰。

他穿着简单的白色T恤，下身搭配着水蓝色的牛仔中裤，露出白皙细长的小腿，白得血管通透的脚上踩着双青绿色的拖鞋，眉眼随意地扫了我们一眼后，又默不作声地转身回到了大厅继续看电视。

除了他真的很白外，沈骆驰完全就不是我想象的那样子。

他很高，十七岁就看上去有一米八，五官清秀好看，鼻梁微挺，唇色很粉，一只手放在沙发上，一只手枕着漂亮的头颅，神情慵懒地在看电视。

我从来没见过比沈骆驰更好看的男生，所以视线不自觉地多在他身上停留了一会儿。

屋内开着空调，室内跟外面温差很大，走进去那瞬间扑面而来的凉意让我感觉就像是进了天堂。

刘奶奶率先走进了屋，圆乎乎的胖脸上堆满了笑容，指着沈骆驰对我们说:“这是我家骆驰。”说完，又转头跟沈骆驰说，“骆驰，这是王愢和她爸妈，以后他们就住我们这儿了，你们要好好相处。”

沈骆驰像没听到他奶奶的话似的，依旧目不转睛地盯着电视机屏幕，连个眼神都不屑给我。

我隐隐感觉到沈骆驰似乎不大欢迎我们。

气氛有些僵硬，刘奶奶尴尬地朝我们笑笑，说：“他就是被惯坏了，咱们别理他，我带你们去看看房间。”

闻声，我回头看了眼沈骆驰，他依旧保持着原先的姿势，仿佛我们说的一切都跟他无关。

刘奶奶边说边带我们走到了靠南的第二间房，旁边第一间房是林佳楠她家住的。

刘奶奶说林佳楠要明天才过来。

我妈跟我两个人都把头凑在房门口，往里看。

房子看上去有些年头了，屋内的墙纸感觉像是20世纪九十年代的风格。室内装修得很温馨，卷帘窗半拉着，窗台上放着几盆绿色的盆栽。能看得出来，刘奶奶是个风雅的人。

我妈很满意，连连点头，忍不住称赞道：“阿姨你这屋装得老好了，我都不敢住了，就怕给你弄坏什么。”

“有什么不敢住的，以后都是好邻居，站着累，快先把东西搬进来。”刘奶奶殷勤地给我们让道。

互相寒暄了下，我爸妈又去了楼下拿东西。我也要跟去，我妈怕我累，让我待屋里别出去了，说外面太热了。

“是啊，王愢你就留在屋里跟骆驰一起看电视吧，太阳太毒了，女孩子还是别晒黑的好。”刘奶奶也在一旁帮腔。

我踟蹰地站在一旁，去也不是，不去也不是。

沈骆驰完全没有搭话的意思。

刘奶奶跟我妈他们一起下了楼，临走前，她让沈骆驰尽下地主之谊，给我拿冷饮吃。

然后我终于听到了沈骆驰对我说的第一句话。

他说：“你自己去拿。”

言语十分冷淡。

说完，他依旧坐在沙发里，稳如泰山。

【2】沈骆驰绝对是我认识的，最难相处的少年 //

我当然没有去拿，这儿毕竟不是自己家，我怎么好意思在这儿翻箱倒柜？最后我只是傻愣地站在原地，偷看着沈骆驰那漂亮的后脑勺。

是不是在上海住过的人都这么高冷，还是说好看的人，都像沈骆驰一样？我私心觉得沈骆驰长得很好看，但是太过冷酷了。

想着往后大家就住一个屋檐下了，抬头不见低头见，总得有事说上几句话的，我握紧双手，最终还是鼓起勇气朝沙发走去，在离沈骆驰一手臂远的距离停了下来，主动跟他说起话来："你在看什么啊？"

沈骆驰总算愿意抬头看我了，但什么话也没说，只是给了我一记白眼，一副"你自己不会看的"的表情。

我看了看电视机屏幕右下角的节目标签，窘了窘，再也忍受不了周围的低气压，在我妈他们搬第三轮东西时，跟着他们一起下楼了，逃一般离开了沈骆驰那座冰山。

等我们搬完再上楼，沈骆驰已经不在客厅里坐着了，应该是回自己的房间了吧。

他的房间是靠边单独的一间。

我也回到了自己屋里忙着收拾东西，我爸妈他们还留在楼下的车库那儿，跟刘奶奶他们聊天。

晚饭是在刘奶奶家车库里吃的，刘奶奶很热情，非要留我们一起吃晚饭。我爸要去上夜班了，就剩我跟我妈。我妈推辞不过，又觉得不好意思，出去到附近的超市买了箱牛奶送给了刘奶奶。

吃饭的时候，沈骆驰久久不见下来，我妈看刘奶奶腿脚不方便，让我上楼去喊他。

我心里虽怯怯的，但还是硬着头皮去了。

站在他房间门口，我伸手敲了几下门，都不见人回应。

可一下午我根本没见沈骆驰出去，他应该在里面的啊！

人在里面却故意不应声，纵使我脾气再好，也觉得沈骆驰有点过分了。

可毕竟是在别人家的屋檐下，我也不好发作，只是压抑着脾气，提高音量喊了几声沈骆驰的名字，说你奶奶让你下去吃饭。

回答我的只有漫无止境的静默。

我真的生气了，手不小心触碰到门把，发现门没锁。心里立刻有了两个小人在吵架——一个说开吧开吧，进去把他骂一通，多大的人了，怎么一点礼貌都没有；一个说算了吧，这是他家，他爱怎样就怎样吧。

最后理智的小人战胜了情感小人，我无奈地叹了口气，手松开了门把，转身准备要走时，门突然开了。

沈骆驰站在门口，神情不悦地看着我。

那张本就白皙的脸上挂着些许细汗，唇色也带着不健康的白。

我心一紧，忍不住担心地问道："你没事吧？看上去脸色不怎么好，是不是身体不舒服？"

我下意识地朝他房内看了眼，里面很黑，窗帘被拉得紧紧的，唯有床头柜上的小灯泛着幽幽的白光，看起来格外清冷，就像沈骆驰此刻的脸。

夏天温度很高，沈骆驰房间里没开空调，也没开电扇。

当我怀疑他脸上的汗是睡觉的时候太热才冒出来的时候，沈骆驰突然伸手推了推我，似乎嫌我靠他太近。在我退到离他一臂远的距离后，他才收回手，面无表情地跟我说："我不吃，还有，你很烦。"

不等我反驳，"啪"的一声，他就把门给关上了。

我站在门外，傻愣愣地看着那扇紧闭的门，内心得出个结论——

沈骆驰绝对是我认识的，最难相处的少年之一。因为我认识的人里，那个"最难相处"，还包括了王春晓。

只是沈骆驰难相处是因为他脾气差，而春晓完全就是因为他是个神经病。

【3】王春晓是个神经病，咱不跟他一般见识 //

春晓是我们学校的名人。在市一中念书的，没听过“王春晓”三个字的，要么是从不听校园广播的，要么就是很少出操的。

因为我们学校被处分最多、当众批评最多的，就是王春晓了。

用现在流行的话来讲，王春晓是典型的高富帅，人有一米八五，长了一张娃娃脸，五官算不上特别漂亮，但是看着挺舒服的，特别是他那双眼睛，像黑葡萄似的又大又亮，一看就是个鬼点子很多的人。

春晓家很有钱，听说他爸是个暴发户，在我们省城开了家很有名的公司，旗下光分公司就有三家。

只是他的名字，土到掉渣了，跟他形象完全不吻合，一直被同学们拿来笑。但据他所说，这名字还是他爸花了大价钱请得道高僧取的，说是世界少有的好名字。这话要被孟浩然给听到，准要气得从坟墓里爬出来，那难道不是出自我的“春眠不觉晓”吗？

高一下学期，学校进行文理分班，我被分进了学校“唯二”的重点班，跟王春晓成了同班同学。

春晓成绩很渣，是他爸出了很多钱，他才被送进我们班的。

他爸生意忙，几乎没时间管他。听说他妈很早过世了，不过他爸对他妈钟情得很，也没续娶。没妈照顾，又不爱在保姆手下过日子，春晓就跑来学校寄宿了，还美其名曰他对这个学校爱得深沉。

我们班一共六十三个人，寄宿的只有八个人，其他人都是家长在学校外面租房子陪读。

陪读是因为父母觉得高中学习压力大，寄宿吧，怕孩子营养跟不上，所以一家人在学校附近租个房子陪着。一般有条件的都陪读了，像春晓这样家里有钱还寄宿的，我们都有点不理解。

不过春晓永远是那副嬉皮笑脸的样子，也不见他寄宿有啥不快乐。

本来他不过是我众多同学中的一个，我也犯不着不待见他。

但是班主任为了提高全班整体成绩，实行了一对一补习。分班考试我在班上排第一，又是班长，理所应当地被班主任喊去辅导春晓。

为了方便补习，老师让春晓坐我后面。

于是，我的噩梦就开始了。

我的同桌李文艺是个贤惠的女孩子，手工活做得特别棒。她可以把空的可乐瓶用美工刀雕刻成镂空的笔筒，拿粉色的绳子系在我们两个人课桌中间的缝隙里。春晓最不喜欢上数学课，每次教数学的老太太上课时，他就在下面做各种小动作。他课桌肚子里藏了好几盒粉笔头。一到上数学课，他就开始往我和李文艺的笔筒里扔粉笔头。

吧嗒，吧嗒……

声音不算大，但在安静的课堂里也算是噪音了。

一开始，为了不影响其他同学，他每次扔时，我还得留心出手去接，我越是这么做，他越是扔得起劲。最后我忍无可忍，让李文艺把笔筒藏了。结果，他居然索性直接往我们桌缝里扔粉笔头，偏偏又没有一点准头，粉笔头砸在桌上，又发出一声声难听的吧嗒声。

数学老师听到动静，常常拿眼瞪我们，说王春晓你跟王愢两人干吗呢？王愢你不好好听课，头低着在桌下捡什么呢？别以为你成绩好就可以为所欲为。那吧嗒吧嗒是什么声音？

我心里那个冤啊，我是在捡春晓扔的粉笔头啊。

可当我要跟老师解释时，春晓已经率先替我回答了，他将手举得高高的："老师，王愢在捡粉笔头，她要拿这个砸我。"

我见过贼喊捉贼的，但没见过春晓那么无耻的。

他竟然对老师装可怜，说：“就算我成绩不好，就算她不愿意给我补习，也不能这么欺负我啊。成绩好了不起啊！”

我那时气得差点没把手中的笔给掐断。

因为春晓的恶人先告状，我被数学老师骂了一顿，下课后还被喊去了班主任办公室谈话。

还有一次，春晓在学校食堂吃多了青豆，那一天都在课堂上放屁。

本来没啥可说的，但是下午上课的英语老师是个爱干净的年轻姑娘，路过我们课桌几次后，终于忍不住恶臭地回头看我们，红着脸问，到底是谁在一直放屁。

我知道是春晓，他就坐在我后面，那声音太明显了。

我都没出卖他，他却又开始卖我，说：“老师，是王愢，她已经放了好多屁了，好臭啊！”

他边说边用手在面前扇，表情不要太嫌弃。

顿时，班里一阵爆笑，我难堪地涨红脸，光顾着低头，都忘记了解释。

事后我也只好自己安慰自己，那种时候，解释也是没用的，只会被人当作是掩饰。

这种事在后来的日子里屡见不鲜，我已经忘记多少次被春晓当挡箭牌了，一开始不适应，后来也就习惯了。

我总是这么安慰自己，王春晓是个神经病，咱不跟他一般见识。

【4】王春晓同学的花样作死 //

一想到上学就要跟春晓那个神经病斗智斗勇，回了家还得面对这个难搞的沈骆驰，我就默默地为自己点了一支蜡烛，开始为自己的学习生涯担忧起来。

这苦海何时才有涯啊！

叫沈骆驰吃饭碰壁后，那晚我再也没有找过他。

倒是第二天一大早，我下楼准备上学的时候，站在车库门口的刘奶奶突然喊住了我，让我带沈骆驰去学校。

她说他刚入学，只知道自己是十三班，还不知道班级在哪儿。

大家是一个学校的，现在又住一起，让我给他带路本来就没啥大不了的，但是对方是沈骆驰啊，他还不见得愿意让我带呢。

我刚想问刘奶奶“奶奶，那沈骆驰要我带吗”，就见沈骆驰从车库里走了出来，肩上背着个单肩包，表情高冷地站在他奶奶身后，也没说愿不愿意跟我走。

我这人心宽，昨天被骂睡一觉也就忘了，看他那样，想着他也不是那种愿意低下头求助的人，也没再多说，就对他挥了挥手，说你跟我走吧。

结果他是跟我走了，但一路上嘴巴就跟被封住了似的，全程无声低气压。

哦不，他有跟我说一句话的，那话是这样的：你不要跟我并肩走，你离我五米远。

这话听着就很让人讨厌，我真的有点被刺激到。

到学校后，我把沈骆驰扔在他们班主任办公室门口，指着里面一个秃顶的男人，说：“那是你们十三班的班主任，你跟他走吧。”

说完，我就背着书包去了自己教室，心塞得不得了。

走去教室的路上，我又得出个结论，为了不让自己再心塞，以后看到沈骆驰我就绕道走，能不招惹就不招惹。

不过他在物生班，我在理化班，高中学习那么忙，一般我们也难碰到。

除非我去找林佳楠，因为沈骆驰跟林佳楠在一个班。

为了沈骆驰的事耽搁了点时间，我到教室后没多久，早读课的铃声就响了。

语文老师站在讲台上，我刚把语文书拿出来，就看到教导主任像阴魂般突然出现在我们教室前门口，手指着坐我后面、在跟同桌扯皮的春晓，怒声说道："王春晓，你赶紧给我滚出来！"

我都不知道发生了什么事，就听到班上几个男生在忍不住地偷笑。

春晓被教导主任带走了，临走的时候，他站在门口朝我们挥了挥手，一副大义凛然的样子，喊着："同学们，我走了，你们不要想我，我虽死犹……"

没等他说完，教导主任的手已经揪住了他的耳朵，将他强行拽走了。

整条走廊里都是春晓杀猪般的叫声。

很快，早读课一结束，我就在学校广播里听到春晓又被通报批评了。之后他也没回教室，有人说看到他正站在教导处楼底下罚站呢。

一连几节课间的休息时间，大家都在聊春晓的事。

从其他同学绘声绘色的口述中，我终于弄明白春晓为什么又被教导主任带走了。

原来是早上在食堂吃饭的时候，他嫌食堂的早饭难吃，咬了一口馒头就嚷嚷着这味道难吃得像猪食。

一旁的同学笑他："春晓你说得好像吃过猪食似的。"

春晓朝他们翻了记白眼，喊着滚一边去，然后他端着碗去找食堂师傅理论，说你们搞什么啊，我每个月交那么多饭钱，不是来吃猪食的。

那师傅拿着菜刀正在厨房切菜呢，本就忙得很，看一个毛头学生来捣乱，当即怒了，挥着菜刀冲春晓比画着，说："你嚷什么呢？爱吃不吃，滚出去！"

春晓被那刀吓得连连败退，握着碗的手抖了抖，两个馒头都掉在了地上。

从厨房出来后，他觉得这口气实在咽不下去，这食堂师傅烧的饭菜越来越难吃了，还说不得。就是他不让人说，所以才越做越难吃的。

春晓坚信他这个理论没错，他觉得不能助长食堂师傅的嚣张气焰，为了广大同学的胃着想，他干了件英雄才会做的事。

春晓把两个馒头捡了起来，放回碗里，出了食堂，直奔校长室。

他打算把馒头给校长尝尝，让校长把那食堂师傅给换了，实在是太难吃。

校长一般八点才会在办公室，春晓在办公室外面等了等，突然想到了什么，端着碗跑到教室拿了三支笔往馒头上一插，然后又回到了校长室，把碗放在了校长室门口。

那馒头上插着的笔，乍一看就像上了三炷香。

春晓很满意自己的杰作，一本正经地对着馒头拜了拜，完全忘记了自己是来找校长给他吃馒头的，光顾着搞恶作剧了。

几个同学好奇地跟过来，看他这样作死，忍不住担心道："春晓，你还是把这东西拿回去吧，不然校长看到了，你肯定吃不了兜着走。"

春晓嘚瑟地朝他们眨了眨大眼睛，贱兮兮地说："你们不说，我也不说，大家都不说，谁知道是我干的呀？走啦，快要上早读课了。"

说完，春晓就跟撒欢的兔子似的，撒腿就往楼梯口跑。

他这倒霉孩子，刚走到楼梯口，就撞上了爬楼的教导主任。

教导主任是我们高一时候的思政老师，一眼就认出了爱调皮捣蛋的春晓，当即皱了眉头，声音颇具威严地问道："王春晓，你跑这儿来干吗？"

春晓哪敢回，看到教导主任，整张小脸都吓白了，接着他做了个很蠢的举动，立刻掉头，往另一个楼梯口跑了。

那几个来看戏的同学一听到教导主任的声音，早就溜没影了。

春晓刚溜到教室，没多久，主任就把他带走了。

这不是春晓第一次被当众批评，一个学期下来，他不闯几十次祸他就浑身不舒服。

当时我们学校还流传着这么一句话，说学校老师能遏制同学早恋，但遏制不了王春晓同学的花样作死。

【5】我以后要有了孩子，我让他跟你姓 //

我妈最近刚换日班，白天得去上班，没时间给我做饭，我又不想去刘奶奶那儿或者林佳楠家蹭饭，所以我妈早上去上班前，给了我点零花钱，让我这几天在学校买饭吃。所以，中午我就没回刘奶奶家的公寓吃饭，自然也就不用见到沈骆驰了。

虽然暂时不用看沈骆驰那张高冷的脸，但我还是没从他的魔咒里摆脱出来。

这果真是个看脸的社会，只要长得好看，哪怕是新转来的同学，也很快就在学校里闻名了。

同桌文艺也没回家吃饭，中午我俩去东大门各买了一个鸡蛋饼还有冰镇矿泉水，边吃边往教室去的路上，一连遇到了十来个女生都在谈论沈骆驰。

“哎哎，你听说了没，十三班新转来个男生，长得不要太好看！”

“真的假的？叫什么名字啊？”

“好像说是叫沈骆驰。”

“哎，名字听起来也好听啊！”

“是啊，是啊！”

“……”

我在后面默默地听着，心里吐槽沈骆驰这名字哪里好听，也不过一般般，还没王春晓读起来顺口呢。

那边几个女生还在议论不休。

“太羡慕你了，我也好想在你们十三班啊，当初我怎么没选物生啊！理科班净出帅哥啊！”

“我们物生班以前也没啥帅哥的，就今天来了个转学生特别帅。比物化班那几个帅哥还要帅，我就真没见过这么好看的男的。”

“对啊对啊，他皮肤好白，我今天路过你们班的时候看到了。”

“……”

嘁，光长得好看有什么用，那群被沈骆驰外表迷倒的女生，是不知道沈骆驰有多高冷啊！我是见识过了，那简直是火炉放在他旁边都能被冻住。

就这样，我一路听着女生们对沈骆驰发花痴，一路吐槽地回到了自己班。

刚吃完东西，还没来得及去洗手，一个同学从外面走了进来，朝我嚷嚷着说，李校长让我去校长室拿东西。

我也不知道拿什么东西，当即顾不得洗手，直奔校长室。

原来是我去年参加奥林匹克数学竞赛得奖的证书出来了，李校长把证书给我的时候，夸了我很多好话。我脸都被他夸红了，高兴得不知道该说些什么好，最后说了句很官方的话——老师，我以后会更加努力学习的。

用春晓的话来讲，你们好学生，好在哪儿啦？连话都不会说。

从校长室出来，我正好碰到了还站在教导处楼下曝晒的春晓，他双手捧着只碗，高高地举在头上，里面的馒头看不大清，但是那三支圆珠笔却显眼得很。

从早上被教导主任抓来，他就一直在这儿晒着了。

我想这次校长他们真的是怒了，就算春晓他爸捐再多钱，春晓这次的苦也吃够了。

春晓一看到我，就跟饿猫看到老鼠似的，两只眼睛都发亮了，朝我吹了几声口哨后，身体不安分地动着要朝我跑来。教导主任在他站的地方用粉笔画了个圈，不允许他走出来。

上面就是教导主任跟校长的办公室，要是他们出来，看到春晓不在圈里，他铁定还得继续罚站。

这天气实在是太热了，都要有38℃了。

站了老半天的春晓看上去又热又饿，但脚刚伸出圈，又像触电般地缩了回去，站在圈内惨兮兮地跟我说："王愢，我口渴，肚子也饿，你给我去小卖部买瓶冰镇矿泉水再来个面包啊！"

我看他站得脸都是红的，着实也有点可怜。但我要给他买了吃的来，校长他们看到了，又说他怎么办？

想了想，我跟春晓说："我上去跟李校长说下，看看能不能让你别站了。"

春晓听完，高兴得都要跳起来了，屁股一撅一撅地朝我跳舞，不要脸地谄媚道："王愢你去说当然最好了，校长主任都喜欢你，这全校的老师都喜欢你，果然还是咱们王家人好，真不愧五百年前咱们是一家。"

说完，就要捂面，一副感动得泫然欲泣的样子。

我无语了，就因为都姓王，王春晓老喜欢说我俩是亲人。他每次闯了祸，我给他擦屁股，他总会万分感激地跟我说，王愢，你真是个好人，滴水之恩当涌泉相报，你救了我那么多次，我一定要好好报答你，我以后要有了孩子，我让他跟你姓。

他姓王，我也姓王，跟我姓不还是照样跟他姓。

当然这些说要报答的话，他前脚说完后脚就忘，没事又开始在课堂上给我整幺蛾子。

我坐他前面半学期，成绩还能保持不掉下去，那绝对是因为我意志坚忍。

知道春晓的脾气，他贱起来真的是没完没了的，所以我也没再跟他多聊，转身又回了校长室。

李校长正跟教导主任在下象棋，看到我去而复返，很是惊讶，声音清朗地问我："王愢，你怎么又回来了？"

教导主任也抬头看我，愣了下，说："是不是忘了什么东西？"

说完他又想想不对，我是被通知来拿证书的，那证书还被我攥在手里，我应该没什么落下啊。

因为成绩好，所以学校老师都对我挺好的。所以即使有疑问，他们跟我说话，还是很和颜悦色的。

我拘谨地站在门口，有些难为情地伸手挠了挠头，咬了下唇，硬着头皮帮春晓求情："老师，我看到王春晓在下面晒得脸都红了，中午太热了，能不能让他先回教室，下午再来站？"

我说完，就看到李校长愣了下，沉默了半晌。

当我以为他要生气时，他却十分纳闷地跟我来了句："那王春晓还在这儿啊？我还以为他早溜了呢，这小子什么时候这么听话了。"

教导处有前后两扇门，春晓在前门罚站，校长如果走后门楼梯的话，没注意到他也是正常的。

就像我之前来的时候，也是走的后门楼梯，春晓就没看到我。

李校长这么一说，我就蒙了，想到春晓在楼下那凄惨的样子，我真的有点哭笑不得。

"也好，都认真站了老半天了，也是有史以来头一遭，你让他回去吧，下午也不用来站了，以后这些出格事，让他少干，十七八岁了，也该懂点道理了。"教导主任看了眼李校长的脸色，然后站起身来对我说道。

我"嗯"了声，又看了下校长。

李校长对我挥挥手，笑容和煦地说："去吧。"

我这才脚步匆忙地下了楼，跑去跟春晓说。

我当然只跟春晓说老师让他走了，没告诉他老师其实以为你早走了，压根就没指望你会听话罚站。

真这么说的话，我估计春晓真得哭了。

【6】她有一双会哭的眼睛，而我没有 //

得到特赦，春晓跟着我回去，路上他让我去小卖部里给他买东西，他实在是站得没力气了，倚在教学楼外的香樟树上，像只中暑的哈巴狗，吐着舌头直喘气地等着我。

我将买的东西塞进他怀里，把找回来的零钱给他。

春晓没收钱，豪气地说：“剩下的全给你。”

“你爸有钱又不是你有钱，等你自己赚了钱再来摆阔吧。”我没好气地说道，将钱一把塞进了春晓的裤袋里，完全没有意识到这个动作在旁人看起来有多暧昧。

我跟春晓都是粗线条的人，所以也没觉得有啥尴尬。

两个人回到教室，我先进去，春晓跟在后头。

班上的同学来得差不多了，本来都在安静地各干各的，看到我俩进来，一下子就闹腾了。

不知道谁突然冒出来一句：“春晓，你说你怎么又让你妈去接你了！”

说完，全场爆笑。

我一张脸涨得通红，春晓却没跟他们置气，还开玩笑地朝我喊着：“妈，你走慢点，等等你儿！”

我恶狠狠地回头瞪他，牙齿咬得嘎吱响。

晚自习一结束，春晓第一个蹦出教室。他这人就像猫，越到晚上越是精神。春晓之所以走得那么急，是他让人在网吧开了机子，跑去那儿上网了。

长夜漫漫，他才不是那种安分的，上完课会老实回宿舍洗澡睡觉的人。

虽然学校每天晚上都会查房，查到春晓不在宿舍，学校也找过他爸说了这事，但是王爸爸也是个神奇的人，他听完后非但没骂春晓，还给春晓住的那宿舍装了台电脑。

一般来说，家里有电脑就完了，谁还特意在学校宿舍里配电脑，春晓家就是有钱，任性！

电脑是有了，但是宿舍不给他牵网啊，所以装了也是白装，他照样溜出去到网吧上网。

我将没做完的试卷放进了书包，然后跟李文艺有说有笑地出了教室。走到楼梯口，看到早就出来的春晓还没有走，正一脸流氓相地堵着个女同学不让走。

走过去一看，我才发现那被堵的女生是林佳楠。

打从高一起，春晓就喜欢林佳楠。

我跟佳楠从小一起长大，家住一个小区，小学初中都是同班同学，关系很好。上一中后，我们才没有被分到一个班，只是感情还是很好，高一也没高二学业那么紧张，我们经常串班级玩。

有次林佳楠来我们班找我，她小姨从法国带了高档巧克力回来，她想到了我，赶紧送来跟我分享。

她长得很漂亮，不是那种很惊艳的漂亮，是那种看上去很清秀，很温婉，会自然联想到江南水乡之景的漂亮，身材纤细小巧，让人忍不住想拥进怀里好好呵护。

她有一双永远水汪汪的大眼睛，笑起来的时候嘴角还有两个深浅不一的酒窝，皮肤很白，跟沈骆驰一样，都能看到绿色的血管。

那时候春晓还没跟我同班，但在我隔壁班。他们男生就喜欢下课围在走廊上看女同学，林佳楠一过来，满走廊都是男生们戏谑的口哨声，那是他们看到美女时才会发出的声音。

春晓挤在男生堆里，看到林佳楠当场就傻眼了。

我当时在教室门口跟站在走廊里的林佳楠讲话，抬头就看到隔壁班一男的，突然伸手在周围男生的头上都重重地打了一记，说，都不准看，是我的，我的。

打完，他一个人呆愣地朝我们看，哦不，应该说是朝林佳楠一个人看。

那个男生就是春晓。

我很嫌弃地看着他，最让我嫌弃的是，他竟然看着林佳楠吞了吞口水。

从此，春晓在我心里直接成了猥琐的代名词。

春晓对林佳楠挺上心的，一有时间就往林佳楠班上跑，哪怕在窗外溜一圈也是好的。由于他过于炙热的追求以及他不容小觑的知名度，搞得全校都知道他在追林佳楠。男生喜欢谁都可以，绝对不能喜欢林佳楠，因为林佳楠是王春晓的。

都不准看，是我的，我的。

春晓的经典名言。

佳楠是那种脸皮很薄的女生，即使受不了春晓的死缠烂打，也说不出绝情话来。即使她有时生气地跺脚，让春晓别再来烦她，但这种程度对春晓那种脸皮比城墙还厚的人来说，真的毫无杀伤力可言。

她唯一能做的事就是躲。

以前她老走东侧的楼梯下楼，后来知道春晓也走东侧的，她就换西侧的走。春晓发现后，也走西侧，她就立刻改东侧，就跟老鼠躲猫似的，也是心力交瘁。

以前她还会来找我，后来怕遇到春晓，找我的次数也少了，有事就让我去找她。

这一躲就是半个学期。

后来分班后，春晓进了我们重点班。重点班几乎是没有下课可言的，老师拖堂，拖完下一节课就又开始了。一整天也就中午跟晚上吃饭的时间可以自由安排，那个时间段，林佳楠压根就不在学校，所以春晓也难找到她了。

让我没有想到的是，佳楠那么怕春晓，躲他躲成那样了，今天竟然又出现在了东侧楼梯。

看林佳楠被春晓逼得身体都贴在楼梯的扶手上了，我赶紧走过去，把对佳楠“壁咚”的春晓给拉了开来，护犊子般护在佳楠面前，没好气地对春晓道:“你想干吗？”

春晓无辜地眨着那双大眼睛，不要脸地说：“我想跟林佳楠同学说话，王愢，你让开。”

说完，就朝我伸出手来要抓我。

躲在我身后的佳楠身体都开始发起抖了，小声地喊着我的名字，说王愢，王愢……

我想都没想，狠下心来，抓起王春晓伸过来的手臂狠狠地咬了一口。

那厮夏天出汗太多，竟然满手的咸味。

我咬完就后悔了，那头春晓痛得嗷嗷大叫，恨恨地瞪着我：“王愢，你属狗的啊！”

我没回他，拉起林佳楠的手就往楼下跑。

后来我才知道，林佳楠之所以出现在东侧楼梯，是来找我一起回家的。

她听说我也搬到了刘奶奶家很高兴，有很多话急着想跟我说，又担心我一个人回家危险，这才过来找的我。

其实也没什么危险可言，香格花园就在学校西大门，穿过一条马路就到了。

不过，我还是被佳楠的那份心意给感动了。

我带着佳楠跑下了楼，春晓还不死心地在后面追。我光顾着跑，也没看前面，只感觉脑袋撞上了结实的肉墙，头顶上传来一道好听的闷哼声，瞬间站住脚步，抬头就看到一脸阴沉的沈骆驰。

沈骆驰冷冷地扫了我一眼，没再看我，只是朝我身后瑟瑟发抖的林佳楠说了声：“走了。”

林佳楠说他们晚上吃饭的时候，刘奶奶担心我们两个女孩子回家不安全，就让沈骆驰跟我们一起走。

闻声，林佳楠赶紧躲到了他身后，急声喊我：“憁憁，我们快走吧。”

春晓本来也就是恶趣味地追林佳楠，想看她惊慌如小鹿的样子，让他很有成就感，但是这会儿看到林佳楠突然跟着一男的走了，他就呆了。

关键的是，这男的还长得比他好看，比他白，他就怒了。

呆了怒了之后，春晓醋意大发暴走了，几步上前，抓住林佳楠的手，拽着她就要走。

林佳楠吓得都哭了，委屈地说：“王春晓，你放手！”

我去帮她抓春晓的手，但春晓力气很大，一把就推开了我。

这时，沈骆驰伸手拽住了佳楠的另一只手，漠然地抬眼看了下愕然的春晓，冷声道：“她不想跟你走，你抓她干什么？”

春晓看了沈骆驰几秒，又看了看林佳楠，见林佳楠只是泪眼汪汪地看着沈骆驰求救，春晓的脸上出现了受伤的表情。

然后他扬起唇角冷笑了下，什么话也没说，松开林佳楠的手，扑到沈骆驰的身前，一把攥起沈骆驰的衬衫领，扬起拳头就打。

周围忙着回家的同学一下子都不走了，全都围了过来看春晓跟沈骆驰打架。

沈骆驰也不是好惹的角色，春晓一拳头上来，他立刻还了春晓一拳头，两个人扭打在一起，一会儿就都鼻青脸肿，却都不放手。

林佳楠急着不停地在哭，喊着：“你们都别打了，别打了！”

“王春晓，你别打他了！”见他们还不罢休，她冲了上去抓住了春晓的手。

春晓看着她，愣了愣神，失神间，鼻子上挨了一拳，顿时鼻血直流。

怕他们的拳头伤到佳楠，我也站不住了，跑过去拉林佳楠，可是她不愿走，还在试图阻止他们。

我都不知道怎么办了，只能用身体护着她，朝沈骆驰他们怒声道：“你们都别打了，再打我就喊老师了！”

春晓说，我们这种好学生都不会说话，是啊，连劝个架都不会，只会机械地喊报告老师。

在年少的我们心里，老师是整个学校最正义的存在。

只是这样的信仰，不存在于春晓这样的人以及沈骆驰的心中。

没等我继续往下说，不知谁的拳头挥了上来，我只觉得太阳穴疼得仿佛要炸裂，还没反应过来喊疼，就感觉到怀里一空，脚下传来林佳楠吃痛的惨叫。

原来刚才我被打的时候，身体受力往外扑，被我护在怀里的佳楠也跟着往外扑，脚扭了下，就摔在了地上。

打斗终于停止了，周围变得十分安静，只有佳楠一个人啜泣的声音。

春晓愣了，沈骆驰愣了，所有人都愣了，他们的目光都聚集在脆弱的林佳楠身上，没有一个人看我。

我慢慢地蹲下身，用手捂着自己两腮，觉得鼻腔很酸，脑袋很疼，却迫使自己不哭。

我不知道自己为什么那一刻没有哭，我只是觉得林佳楠已经哭得很厉害了，我没必要再哭了。可是林佳楠哭了，为什么我就不能哭？

我问自己，可我也不知道。

后来，我一直在想，我跟林佳楠最大的不同在哪里。

我想了很久，终于想明白了，我跟她最大的不同在于，她有一双会哭的眼睛，而我没有。

春晓想要去扶佳楠，却被她推开，最后还是沈骆驰将她抱了起来。

人群渐渐散去，沈骆驰一路抱着林佳楠出了学校，我默默地跟在他们后头，偶尔回头，还能看到春晓一个人落寞地站在夜色中，身影被拉得很长很长。

突然，他蹲下身来，脊背在剧烈地抽搐着。

他好像哭了。

沈骆驰将林佳楠送去了医院，我一个人回了香格花园。

林妈妈问我佳楠他们呢？

我说佳楠脚扭伤了，骆驰送她去医院了，没有提春晓。

我私心里觉得春晓在月色下抽泣的身影很可怜，所以我没有跟佳楠妈妈提他的过错。

林妈妈听说佳楠受伤后，很焦急，当晚就跟刘奶奶拦了出租车赶去了医院。

我本来也想去看看佳楠的，但是他们没喊我。

那晚，. 我脸疼得在床上辗转了很久才睡着。

第二天一大早，我就看到我妈坐在我的床边，两只眼睛里全是眼泪。

跟她换班的阿姨家里有事，她昨天帮忙代上了一天夜班，早上才回来。

她摸着我的脸，心疼地说："愢愢，你脸怎么伤成这样？"

然后我起身拿镜子照了下自己的脸，左边脸全肿起来了，很难看。

之后，在我妈火急火燎的催促下，我被带去了医院。

在医院里，我看着我妈询问医生我会不会破相的焦急神情，陡然感到一阵悲凉。

因为我发现，这世界上，好像除了我爸妈外，再也没人这么爱我。

我开始羡慕起林佳楠来。

·第二章·
chapter

我们都曾倔强地坚强着

【1】他妈死得早，没人教他 //

医生给我的脸消了肿又用纱布包扎了下，开了个单子给我们，我妈带着我去配药。

在药房正好碰到了来开第二天盐水的林佳楠的妈妈。

林妈妈像是一夜没睡，原本好看的脸憔悴得很。

我妈拉着我的手走上前去，问了她一声："佳楠她现在怎么样了？"

提到林佳楠，林妈妈眼眶有点红。

孩子都是娘的宝，身上掉下的肉，哪儿磕到碰到都心疼。

"说是骨折了，打了石膏，要住上一阵子，哎，你说这学校怎么管学生的，好好的一重点中学，出了打人的学生也不好好管管。"林妈妈很是生气地说。

看她这样，应该是佳楠已经告诉她妈受伤的原因了，我不免有点担心起春晓来。

林妈妈看了我一眼，叹了口气，说："偲偲，你脸还好吧？昨天阿姨光顾着去看佳楠了，都没怎么注意你，怎么肿成这样了啊？你怎么不说？说了我昨晚带你一起来医院给医生瞧了。"

我赶紧挥着双手笑说："没事的，阿姨我不疼，就皮外伤。"

感觉只要最疼的时候过去了，也就不再觉得疼了。

因为要急着回去给林佳楠挂水，林妈妈也没跟我们多聊。我妈看她急，就让她插队排在我们前面先配药。

配完药后，我妈对我说："愢愢，咱们去病房看下佳楠吧，反正都已经来医院了，学校那边跟老师请个假好了。"

我点点头，说："好。"

我跟着我妈来到了二楼，正打算去护士站问佳楠的病房在哪儿时，就看到了趴在护士站台子上跟护士姐姐询问的春晓。

春晓的长相也算是放在人群中一眼就能认出来的那种，所以我一下子就看到了他。他手里拎着一只水果篮子，包装得很漂亮，看上去价格不菲，怀里还抱着一束粉色玫瑰花，脸上的表情难得认真。

我站在离他三米远的地方，忍不住嗤了一声，心想着这人真的是够浪漫的，探病就探病吧，还买什么花。

我这种心理，其实就是典型的吃不到葡萄说葡萄酸，我得好好反思下自己。

我妈听到我嗤鼻，讶异地看了一眼春晓，惊奇地问："那人你认识啊？"

"我同学啊！"我想都没想，脱口而出。

说完我就后悔了，有点担心地看着我妈，就怕我妈猜到春晓是害我脸受伤的人。那样的话，我真不知道我妈会干出点啥出格事。

所以我赶紧亡羊补牢，拦着我妈跟她解释说："妈，你别乱想，这同学不是打我的同学，他跟佳楠是好朋友，肯定是听说她受伤了，来看看她。"

我妈也是个聪明人，特开放地扫了我一眼，说："好朋友？我看是追求者吧，今天不是周三吗，特意逃课来的怎么可能只是好朋友。"

我不禁朝我妈竖起大拇指，谄媚地说："妈，你真英明。"

春晓要到病房号，朝我们转过脸来，看到我时，大眼睛亮了亮，兴奋地对我挥手说："王愢，你怎么也在这儿啊？"

我恨不得把整张脸都贴到他眼睛上，让他看看我为什么来这儿，还不都是他害的。

但念及我妈在这儿，我忍了，只是朝春晓"嗯"了声，说："来看林佳楠啊。"

春晓那缺心眼的孩子，目光落在我被纱布包着的半张脸上，真诚地跟我来了句："对不起啊，王愢，害你毁容了。"

我差点叫出声来，紧张地看了下四周，还好我妈按着春晓说的病房号先进病房去了。

春晓这傻瓜，我千方百计想帮他隐瞒，他却实诚得差点全说出来。

到病房后，林佳楠正躺在床上吃她妈削的苹果，刘奶奶跟沈骆驰坐在一旁的空床铺上吃早餐，我妈站在佳楠的病床尾，正弯着腰细细观察她的伤势。

最先发现我们进来的是沈骆驰，因为他看到春晓时，整张脸都僵住了。虽然他面无表情，但我还是能隐约猜到他的内心活动。

他肯定是在骂春晓这傻子，怎么跑这儿来了。

我看到春晓的第一时间，就是这么想的。

随后林佳楠她们也都看到了我们，佳楠看到春晓，表情都愣住了，一个劲地朝我使眼色。

我还没弄清楚她想让我干吗，春晓这二愣子已经开始自我介绍起来了。

"阿姨好，我叫王春晓，我是……"

没等春晓说完，林妈妈突然用力地跺了下高跟鞋，面露凶狠地朝春晓走了过去，伸手就是一巴掌。

春晓愣住了，我也愣住了，其他人都愣住了。

然后整个病房里就只听见林妈妈一个人在骂。

“你就是王春晓啊，你竟然还有脸来这儿，你看看你把我女儿害成什么样了！我告诉你，我女儿没残疾也就算了，她要因此落下病根，我跟你没完。你一个人来算什么意思，你家长呢？孩子惹出这么大的事，家长都不出个面，是当我们家好欺负吗？”

“……”

林妈妈边骂春晓边要伸手打他，要不是我妈拦着，估计春晓脸都要被她抓花了。

“陈静你先冷静点，这孩子是来道歉的，你别急着打他啊！”

“我能不急吗？我家佳楠伤成这样，我能不心痛吗？”林妈妈气吼吼地朝我妈说道，边说边掉眼泪，最后索性号啕大哭起来。

我头一次看到有人这么容易掉眼泪。

我觉得林佳楠那双会哭的眼睛应该是遗传她妈妈的，林妈妈掉起眼泪来，真的是说掉就掉。

我下意识地回头看了眼春晓，他脸上青紫一片，都是刚才被林妈妈掐的。他却没叫痛，只是头埋得低低的，朝林妈妈深深地鞠躬道：“对不起阿姨，我真的不是故意的。”

以前从没见过春晓这么低声下气地跟人说话，别说我了，就连林佳楠也看不下去了，挣扎地起身，哭着劝她妈妈：“妈，你别骂王春晓了，他也不是故意害我的。”

刚说完，林妈妈狠狠地瞪了佳楠一眼，佳楠被吓得再也不敢出声。

自始至终，沈骆驰都安静地坐在一旁看着我们，神情一如既往的淡然，好像这场闹剧跟他一点关系都没有。

那一刻，我甚至有点觉得沈骆驰是个很无情的人。

倒是刘奶奶先站了起来，帮着一起劝林妈妈，说："事情都这样了，你也消消气，气坏了身体不值当的。孩子小，不懂事是正常的，人非圣贤，孰能无过啊，懂得知错就改就好了。"

林妈妈正在气头上，听不进这些话，只是残忍地朝春晓吼："什么孩子小不懂事，都这么大个人了，什么道理都不懂吗！他父母是怎么教他的，哦，打人还是对的了！又不是没爹没妈，没教养就是没教养！"

我知道林妈妈这话肯定刺痛了春晓，原来还在默默忍受的他，突然抬起头来，眼眶涨得通红地望着林妈妈。

春晓不是没教养，他是没妈妈。他妈死得早，没人教他。

林妈妈突然不敢骂了，只是一脸恐惧地看着春晓攥得脆响的拳头。

我担心春晓忍不住冲动上前打林妈妈，赶紧上前拦住他，他却推开了我，愤怒地将手里的水果跟花全砸在了地上，头也不回地跑了。

【2】说好的不理沈骆驰呢？//

我本来以为我妈也会像林佳楠的妈妈一样，知道春晓是害我们受伤的罪魁祸首后，会对他大发雷霆，但我妈没有。

春晓走后，林妈妈愣了一会儿，然后望着一片狼藉的地面哭了。

在她的观念里，她心疼女儿，骂害女儿受伤的人实在是无错可言。可是既然无错，那个男孩又凭什么对她发火？

林妈妈是个很爱较真的人，她凡事都要求个"理"字，而这个理，就该站在她的身边。

刘奶奶无奈地叹了口气，安慰哭泣的她，我妈则偷偷地拉了拉我的手，示意我出去找找春晓。

我一直以为我妈是个脾气很暴躁的人，这时候才第一次发现，她内心里是个很柔软的人。她担心春晓这么跑出去出什么事，所以让我去看看。

我朝林佳楠看了一眼，她似乎也知道我想要干什么，对着我点了点头，眼里全是愧疚。

既然佳楠都不生春晓的气了，我自然更是没气了。趁林妈妈还忙着哭，我偷偷地跑出了病房，直奔医院大门。

可是我还是去晚了，我在医院外面找了一圈都没找到春晓的身影。

我感到些许失落。

当我准备回医院找我妈他们时，在大门口碰到了出来透气的沈骆驰。

想起之前与这个男生的相处画面，我冷不丁地一激灵，看到沈骆驰，识相地绕过他继续往前走，我可不想再自己找虐，凑上去被他骂几句。

没想到沈骆驰会突然叫住我，他喊的自然不是我的名字，而是一声："喂……"

我没好气地回头看他，说："喊我干什么？"

他莫名其妙地问我："你喜欢那个王春晓？"

我刚想给他点好脸色瞧瞧的，被他这么一问，头瞬间耷拉了下来，白着眼瞪他："你哪只眼睛看到我喜欢他了？"

沈骆驰茫然地说："你不喜欢他，你干吗帮他？"

他这是在跟我聊天？哎哟，我的天，沈骆驰竟然愿意跟我聊天，真是让我受宠若惊。

"我帮春晓不是因为我喜欢他，是因为我可怜他。你别看春晓平素看起来挺威风的，其实他挺惨的，他妈在他很小的时候就死了，春晓等于没有妈的。刚刚阿姨骂他没教养，他这样，都是因为他妈走得早。你想，要你妈这么早就去了，你可怜吗……"

沈骆驰难得跟我讲话，我立刻忘记了他是个高冷的人，凑过去跟他聊了起来。

结果我话还没说完呢，沈骆驰就像被踩了痛处的猫，用力地推了我一把，朝我吼道："你才死了妈呢！"

看着沈骆驰出了医院，我赶紧追了上去，为自己辩解："凶什么凶啊！我就是打个比方！你瞎激动什么啊？"

沈骆驰居高临下、表情泛冷地看着我，送了我一个字："滚！"

我被气得差点就爆粗口。

惨痛的经历再次提醒着我，以后再也不要跟沈骆驰讲话了。

后来，我在无尽的悔恨中痛骂自己——王偲，你为何是个这么没原则的人，说好的不理沈骆驰呢？

从医院看完林佳楠回来，我跟沈骆驰都回到了学校继续上课。

半天没去学校，等再度回到学校后，我惊愕地发现，昨晚沈骆驰跟春晓两人因为林佳楠大动干戈的事已经被添油加醋地传遍了整个校园。更让我震惊的是，春晓从医院出来后竟然没回学校，谁也不知道他去哪儿了。

班主任问班里有他手机号的同学要了个号码打给他，但是他手机竟然关机了。

当天下午，涉及昨晚那件事的所有人都被叫到了教导处。因为林佳楠住院，春晓逃课，因而被叫去的其实就我跟沈骆驰两个人。

教导主任他们向我们了解了下事情的详细始末，最终得出个结论，王春晓这小兔崽子，真的是越来越无法无天了，才开学第一天，就整那么多幺蛾子出来，必须请家长来。

于是，李校长当着全办公室所有人的面，给春晓他爸王土豪打了个电话，严肃地说："王先生，你知道你儿子王春晓在哪儿吗？他……"

此处省略一万字，全是春晓一天内犯下的罪行。

本来是想看李校长耍下威风，结果他跟春晓他爸聊了一会儿，脸色又变得和煦起来，笑呵呵地说："这样啊，在家就好，身体不舒服就好好休养下，学习啊？没关系，身体要紧，功课可以回来再补……"

我总算是理解为什么同学们给李校长取了个绰号叫"变色龙"了，这脸色，真的是说变就变。

从教导处出来，不用沈骆驰特意说，我识相地跟他保持了五米远的距离。

沈骆驰现在是我们学校的大红人，因为昨晚他英雄救美，大战王春晓，他这一新生，就花了一晚上，就全校闻名了。

外加今天上学，他把他在上海的学习资料交到了他班主任手里，他班主任看着他高一那优秀到极致的成绩单，惊喜得在课上对他表扬了一次又一次。

要说我是怎么知道的，因为他们班的那些女生，把他这些丰功伟绩在路上聊了一次又一次。

很快，所有人都知道沈骆驰这个人，不仅长得好看，而且还是个资优生。他一下子成了我们学校女生心目中炙手可热的男神，当然也成了男生眼里最想拔掉的眼中钉。

不过，他红成什么样都跟我无关，我只要记得他是座毒舌的冰山就够了。

早上见春晓还活蹦乱跳的，怎么突然就身体不舒服了呢？思来想去，我都不信春晓是真的生病了，他肯定是串通好他爸，编个理由逃学呢！

毕竟春晓是个好面子的人，昨晚的事，再加上今早医院的事，他肯定觉得丢脸丢到家，不想见人了吧。

一路上，我光顾着想春晓的事，都没注意沈骆驰是什么时候走掉的。

【3】你们女生就是事多，最烦你们了 //

春晓这病，一病就病了很长时间。

我本来以为他最多一个星期就会到学校里来了，因为我认识的王春晓，才不是个脸皮薄，爱斤斤计较的人。但是一个星期很快就过去了，春晓却没有回到课堂上来。

以前他在的时候，老捣蛋，我觉得他特烦。

现在他不在了吧，我又觉得班上氛围没以前活泼了。别说我了，我们班的其他同学还有老师都在想他。

有一次英语老师小芳请人回答问题，一个没注意，竟然还喊了春晓的名字，看到久久没人站起来，才恍然想起春晓没来上课呢。

不过这矫情的瞬间，都是闲暇的时候冒出来。大多数时候，学习生活忙得很，大家根本没有时间想春晓。

这一个星期都要过去了，我才发现，原来我这么争气，我竟然有一个星期没跟沈骆驰讲话了。

在学校，除了出操时间，我是遇不到沈骆驰的。

回到家，碰是碰得到，但是我学乖了，怕自己忍不住冲动贴过去跟他讲话，我每天一回来就躲回自己房间，反正我知道，沈骆驰才不会主动来找我。

跟他又一次有了互动，还是在那个星期的最后一天。

我晚上吃坏了肚子，上晚自习的时候，实在忍不住肚子痛，就朝忙着讲课的物理老师举起了手，说自己肚子痛，要上厕所。

估计是我脸上的表情太痛苦，老师都没多加询问我原因，大手一挥，说：“去吧。”

听到这一句，我仿若获得大赦般捂着肚子冲出了教室，急匆匆地往洗手间跑。

在洗手间窝了十来分钟，我感觉自己都要虚脱了。

出来的时候，我竟然有种恍如隔世的感觉。

肚子不痛了，人自然也就舒坦了。

当我脚步轻快地准备往教室走时，经过楼梯口，就听到有几个人说话的声音。

现在正在上晚自习，走廊里压根没有人，所以那些声音显得特别清晰。

我下意识地朝楼上看了一眼，这一看，就看出了事，脚步再也迈不动了。

我看到沈骆驰正站在上方的楼梯拐角处，被几个头发染得五颜六色的男生团团围住了。

那几个男生有几个我认识，是我们学校高三很有名的坏学生，成天就知道欺负其他学生。敲诈勒索，样样都来。

他们好像是问沈骆驰要钱，但是沈骆驰不愿给，然后我就看到其中两个人一人抓着沈骆驰一只胳膊，让他动弹不得，另外一个人抡起拳头就朝沈骆驰的肚子揍了过去。

我虽然不喜欢沈骆驰那高冷的模样，但是这会儿看到他被打，也无法见死不救。

我本来想去找老师的，但是一想到找了老师，这事肯定又要闹到校长那儿，沈骆驰又得进教导处了。上次他跟我进教导处，他奶奶还很担心来着，就怕他不学好。这次又去，我估计他奶奶又得受惊。

想到这儿，我立刻否定了要去找老师帮忙的想法，将身体往角落里躲了躲，使自己不被发现，然后想了个好办法。

我开始自说自话起来。

我先用自己的声音说："张老师，卷子我能不能明天交，我这会儿肚子疼，回家后我想先休息了。不过，我明天肯定会补的。”

说完，我又用手捏着自己的脖子，调整了下声音，语调浑厚地回：“可以，你先好好休息，卷子明天做。”

边说，我又趁没人注意，边跑到楼梯上往下走了几步，造成我跟张老师边下楼边说话的假象，果然成功地骗到了那几个高三小混混。

其中一人紧张地对伙伴说：“怎么办，有老师就在楼下，咱们还整不整？”

“算了，先不整了吧，反正这小子也逃不掉，先撤。”

然后楼上传来他们离去的脚步声，听声音像是朝另一个楼梯跑了。

感觉他们人跑远了，我才赶紧跑上了楼，看沈骆驰有没有事。

他好像被打得不轻，人瘫坐在地上都有些爬不起来。

看到我，沈骆驰脸上的表情明显地愣了愣，但很快又恢复了一贯的镇定，手臂支撑着墙壁，挣扎着要站起来。

见状，我立刻伸手去扶他，却又一次被好心当作驴肝肺的沈骆驰给推了开来。

要不是看他被打得嘴角都开裂了，我肯定不想理他了。

可谁让我同情心泛滥呢，即使沈骆驰不领情，我还是殷切地提出要送他去医务室。

结果沈骆驰真的是个不识相的人，他竟然不耐烦地朝我冷声道：“你能不能别烦我了，你们女生就是事多，最烦你们了。”

这话说得就有点过分了。

我板起脸，双手叉腰对沈骆驰说：“你讨厌我也就算了，你凭什么一竿子打死我们全部女生啊！”

我们女生怎么了啊？

他奶奶，他妈妈还都是女生呢。

因为大家都在上课，所以我的声音很小。

我今天是跟沈骆驰杠上了，他要不好好给我个理由，解释他哪里来的优越感，看不起我们女生，我肯定不会善罢甘休的。

估计看我真生气了，沈骆驰咬了咬牙，一脸倔强，没好气地回我：“要不是你们女生，我怎么会被打？”

我也语气不善地回他：“那是因为你钱多啊！不然那群人干吗问你要钱？！怎么不见他们敲诈我啊？！”

他冷笑了一声，一副跟我无法交流的样子，转头要走。

后来我才知道，沈骆驰因为在女生中人气太高，引来很多男生的嫉妒。有男生请了高三的坏学生来找他麻烦。

我本来还想拦他的，但是楼上班级的一个老师突然出现在楼梯口，皱着眉头看着我俩，问：“你们俩在干什么？不去上课，躲在这儿聊什么呢？哪个班的呀？”

我觉得这老师肯定不是个爱八卦的人，因为他竟然不认识沈骆驰，当然也不认识我。

我尴尬地跟他解释，说沈骆驰是被坏学生敲诈了，我来给他解围，我刚是好心问他伤到没。边说我边回头看沈骆驰，想让他一起帮我解释，结果发现身后哪还有人！沈骆驰这没江湖道义的，竟然丢下我一人，下楼走了。

他要回班级的话不应该往楼下走的，但是他却下楼了。

我揣摩着沈骆驰可能是因为被打，早退回家了。

等我一个人回到自己班级时，下课铃声正好响起。

我红着脸朝老师说了声：“报告。”

物理老师看了我一眼，淡淡地说了声：“进来吧。”

回到座位上，就看到同桌李文艺用奇怪的眼神看着我，欲言又止。

最后还是春晓那同桌先笑了出来，说：“王恺，你怎么这么久才回来？物理老师刚还担心你是不是掉坑里了，打算让李文艺去找你来着。”

他一说，其他忙着收拾东西回家的同学全都笑了。

被春晓磨炼得脸皮厚了点的我，还是在大家的笑声中，羞红了脸。

【4】他拿拳头敲了我的头，骂我：“耍流氓啊你！”//

林佳楠在医院，我这几天一直都是一个人回去。

还好李文艺也是往西门走，我跟她两个人一起走，出了西校门再分开。李文艺跟朋友往北走，我则穿马路回对面的香格花园。

楼道里装着声控灯，进去前，因为胆小，我总会用力地跺下脚，然后才上楼。

到公寓开门的时候，我摸着藏在口袋里的钥匙，几下都只摸到空空的口袋，完全没钥匙的影子。

我急了，把两只裤袋都掏开翻找了下，还是没有。

我也不知道自己是忘带钥匙了，还是钥匙被我不小心弄丢了。刘奶奶他们年纪大了，晚上睡得早，我也不好去吵醒他们拿备用钥匙。林佳楠跟她妈妈还在医院没回来，我妈最近轮到上夜班，晚上也不回来。所以这屋子里就只剩下我跟沈骆驰了。

我想喊沈骆驰来开门，但喊得大声的话怕吵到邻居，小声的话又怕他听不见。就算他听见了，我还得担心另一个问题，那个号称自己讨厌全部女生的沈骆驰，沈小公子，他愿不愿意给我开门啊？

当我开始自暴自弃，打算抱着书包在门外睡一晚上时，就听到楼道里传来脚步声，有人正在上楼。楼道里的灯亮了，然后我就看到背着书包的沈骆驰正走上来。

我当时惊得嘴巴都张成了“O”形，终于忍不住好奇地出声问他：“你不是先回家了吗？怎么在我后面回家啊？”

沈骆驰没说话，只是忙着拿钥匙开门。

门开了，他率先走了进去。我紧跟着他，里面灯还没开，我一进去就撞到了杵在门口、在墙壁上摸灯开关的沈骆驰。

沈骆驰没搭理我，只是换了拖鞋往他房间走。

我跟着他一起走，在房门口，他突然停了下来，猛然回头，没好气地看着我，说：“你有完没完啊？你房间在那儿，你跟着我干吗？”

我全副心思都放在沈骆驰为什么比我晚回家这问题上，没反应过来自己又被骂了，只是抓着沈骆驰，随口说道：“你不会是不放心我一个人回家，所以故意在哪儿等着，看我出来，跟在我屁股后面回家的吧？我就说奇怪了，你们普通班每次都比我们早放学，怎么你老在我后面回家啊！”

我真的是无心，随口一说，跟沈骆驰开玩笑来着。

哪知道他听完，把脸拉得老长，特激动地怒斥我说：“你想得美，谁不放心你啊！我是回来了又下去买水喝不行吗？”

我挑着眉毛问沈骆驰：“那你买的水呢？”

他手里空空如也，啥都没有。

沈骆驰别开眼不看我，昂着头倨傲地说：“我喝了，丢了。”

我探寻地看着他，觉得他这么急着解释的样子很逗，突然玩心大起，想要逗逗沈骆驰，目光看向他的肚子，怀疑地说：“你喝了一整瓶水，肚子怎么一点都不鼓？”

说完，我就被沈骆驰给打了。

对的，他拿拳头敲了我的头，骂我：“耍流氓啊你！”

我吃痛地抬眼瞪他，他已经开门闪进了屋里，“砰”地用力把门给关上了。

我在门口站了会儿，也回了自己屋。

洗完澡，在床上翻来覆去地想了会儿，我觉得以沈骆驰那么傲娇的性子，他肯定是在撒谎，不然他干吗那么激动地跟我解释。

难不成真被我说中了，他不会真等我来着吧？

想到这里，我脸不由得红了，将自己整个人埋在被子里，摇头说：“不可能的王惿，沈骆驰明明那么讨厌你。”

所谓青春年少，那就是你抑制不住的少女心与漫无天际的美好遐想。

半夜，我觉得口渴，起床到厨房喝水。

路过沈骆驰房间时，里面传来痛苦的呻吟声，跟我上次在他门外听到的一样。

想到那回沈骆驰过分苍白的脸，我不免有点担心，忍不住伸手敲了下门，朝里问道：“沈骆驰，你没事吧？”

里面的呻吟声突然停止了。

我让沈骆驰给我开门，等了一会儿，没等到他来开门，就等到了他一声：“别烦我！”

哼！

我气呼呼地回了自己房间，都忘了自己是出来喝水的，一骨碌埋在被子里，睡觉去了。

第二天，等我醒来洗漱完，拿着冰箱里我妈买的面包准备上学时，发现沈骆驰已经走了。门口的玄关处还放着他换下来的拖鞋。

我本来还想着见到面的话，问下他昨晚到底怎么了。现在想想算了，又不是闲得没事做，何必招人烦呢？

【5】我们当老师的，要公平对待学生啊 //

谁也没有想到林佳楠竟然比春晓先回到学校。

她出院回公寓的时候，我已经到学校上课了。碰到林佳楠，还是她来我们班找的我。

应该说，她是来找春晓的。

因为是林佳楠引得沈骆驰跟春晓打架，她一下子成了女生嫉妒的对象。在她没回学校上课之前，我在学校里就听到不少女生在背后阴损她。有几次我听不过去，还为此跟人吵过。

然而这世界上，让人觉得最无力的事，便是管住别人的嘴了。

你永远也无法阻止别人在背后说你的坏话，你所能做的，只是做好自己。一个人的好坏都是靠自己表现出来的，而不是由别人说出来的。

佳楠的脚还没有完全复原，走路还得小心翼翼的。

可能是没人愿意陪她过来找我，她是一个人下的楼梯到我们九班来的。

那天中午，我没回家吃饭，之前林妈妈还说佳楠还要几天才出院，所以我并不知道她提前出院了。

她来找我的时候，正好是中午自习前的休息时间。

那时候我正坐在自己的位置上做试卷，班里还有不少人，有闲聊的，也有像我这样做题的。

不知道是谁先看到林佳楠，跟大家喊了声，说：“快看，那谁来了！”

虽说我们班的人平时都嫌春晓烦，但是在春晓跟沈骆驰打架的那事上，几乎所有人都觉得春晓委屈，并把一切过错推到佳楠的身上，因而看到佳楠过来，大家都没什么好脸色。

更有甚者，直接拉开窗户朝站在走廊里的佳楠吼：“你来干什么？我们班不欢迎你！”

佳楠可怜地低着头，默默地忍受着那些难听的话，没有出声辩驳。

她一直是那个脾气，完全不像她妈妈。林妈妈性格属于较泼辣型的，与之相比，佳楠真的是太柔弱了，从小到大，她在学校一直是受气包，被欺负也不会吭一声的。

我实在是看不下去，忍不住冲了出去，拿出班长的威严来，把朝佳楠吼的女生说了一通，然后又回头对大家喊："快上课了，都别玩了，大家快做题吧，不然班主任过来，又得说我们班吵了！"

说完，就引来一阵嗤鼻声。

"班长你让我们别玩，你自己怎么出去了？！"

"是啊，是班长了不起啊！还有这特权啊！"

"班长，护短也不像你这样的啊！"

"……"

"闹够了没有，有本事你来当班长啊！"

我刚想反驳，却发现有人已经帮我反驳了，是我们班的副班长，为人向来严肃的一个男生。

他一出声，全班人都发出了戏谑的声音。

我头疼地摇了摇头，哀怨地看着副班长同学，觉得他还不如别为我出声。

之前就有人说他暗恋我，当时还只是个玩笑，现在估计要坐实了。

有副班长在，我这个班长出去会儿也没关系的。怕林佳楠站在这儿引起公愤，我直接拉着她走到了楼梯拐角处。

"佳楠，你什么时候出院的？"我抓着林佳楠瘦弱的小手问道。

她这次真的吃了不少苦，看她脸都瘦了很多。

佳楠苦笑，说："上午回来的，我妈刚把我送到学校来。"

话落，她撇了撇嘴，委屈地朝我哭着说：“我是来找王春晓的，那天我妈说话太过分了，我都没来得及跟他道歉。但你们班的人好像很讨厌我，我也不知道发生了什么事，怎么现在来学校，好多人都在骂我？”

我心疼地看着她，拍拍她的肩膀安抚道：“你别听他们的，就当是放屁。春晓生病了，好久没来学校了。”

林佳楠有些惊愕地看着我，说：“生病了？”

我点点头：“是啊，那天去过医院后，他就没来学校了。校长找他爸，他爸说他身体不好，也没说哪儿不好。反正谁知道呢，也不知道他是撒谎不想来学校，还是真的生病了？就算在你那儿受了打击，但他几时这么脸皮薄了。”

林佳楠很是善良地说：“不会是真的病了吧？”

其实这个问题也没啥好纠结的。

昨天班主任刚钦点我为钦差大臣，跟我说，王愢你是班长，这王春晓同学好久不来上课了，大家都挺担心他的，不如你替老师跟同学去他家探望下他？

我本来想说老师你怎么不自己去看春晓，但是没等我说出来，老师已经抢先为自己解释说——老师忙，而且去年我们班黄橙橙同学阑尾炎开刀停课一段时间，我都没时间去看望他，这次如果去看王春晓的话，黄橙橙同学会不高兴的。我们当老师的，要公平对待学生啊。

我竟然觉得她说得很有道理，一下子被洗脑了，接受了她的任命，答应她这周末去春晓家看他。

其实我还蛮好奇他到底生的什么“病”，病了那么久都不来学校。

跟林佳楠聊了会儿，眼看就要上课了，我安慰她让她别多想了，到时候见到春晓，我帮她转达她的歉意。

佳楠擦着眼泪点头，一个劲跟我说谢谢。

这孩子真让人心疼极了。

春晓要在的话，看到这幕，肯定不用她道歉，就直接原谅她妈了。

【6】林佳楠哪有我的小命重要啊 //

周日那天，我很早就起床了，把同学们给春晓的礼物整理了下，然后拎着大包小包，拿着老师给的地址去了春晓家。

之所以走得那么急，完全不是想急着见到王春晓同学，而是想着早点把事做完，还得陪林佳楠逛街买画笔。

她业余爱好是画画，她妈在她上幼儿园的时候就送她去学画了，到现在，也十多年了，她学得很好了，画什么像什么。

跟她相比，我真的是毫无艺术细胞可言。

春晓家挺好找的，他家就在我们市房价最高的那个别墅区。

来的时候我也不知道春晓在不在家，打他电话反正不通，完全就是抱着碰碰运气的想法打车过来的。

不过我运气还算不错，开门的是春晓的奶奶，听说我是春晓的同学，很是热情地把我邀请了进去，带着我上楼去找他。

在见到春晓之前，我还在怀疑他是在装病，等见到人，我才确信春晓这次是真病了。

我进他卧室的时候，他正躺在他那张大得夸张的床上，边吃东西边看电视，头上裹着厚重的纱布。

听到动静，他头都没抬，眼睛还盯着电视机屏幕。

以为是他奶奶进来了，春晓吐了粒嘴里的葡萄籽，小皇帝似的，张下嘴巴就吐了个命令来：“奶奶，你帮我把冰箱里的酸奶拿过来。”

我清了清喉咙，咳了几声，说：“王春晓，我不是你奶奶。”

闻声，春晓愣愣地朝我看来。

看到是我，他就跟演员似的，掐了下自己的大腿肉，两眼泪汪汪地朝我扑了过来，哭着说：“王愢，你怎么来了？你知不知道我差点就死了，痛死了，在家闷死了，想你们想死了。我都病了这么久，都没同学来看我，还是咱们王家人亲，王愢你来看我了。”

我受不了春晓唱的琼瑶戏，挣扎着把他推开，将同学让我带的慰问品给了春晓，看着他那纱布裹得像个重病患者的脑袋问道：“你头怎么了？”

春晓忙着拆大家的礼物，头也不回地回我说：“被车撞的，你信吗？”

我一惊，忍不住紧张地问：“怎么被车撞的呀？”

“就是那天去医院看林佳楠，回学校的路上给撞了。那时候不是被林佳楠她妈给气到了吗，我一肚子火都没好好看路，就被一辆摩托车给撞了，磕伤了脑袋，差点就死了呢。”

春晓刻意把“死”字咬得很重，似乎觉得这样能博取我的同情。

其实他不说死，我也同情他来着，毕竟谁出了车祸，谁都倒霉。

我把春晓全身都打量了下，还好他除了头被撞了，其他地方都没啥伤口，也算不幸中的大幸了。

在他家坐了才没多久，春晓奶奶就弄了一堆东西给我吃，让我觉得怪不好意思的。而且我跟春晓两人也没啥好聊的，主要是我跟不上他的思维，他话题太跳跃了，直接从他的受伤聊到《圣经》里耶稣说人的毁灭，后又扯到世界末日去了。

我想起还得陪林佳楠买画笔，就跟春晓说要走了。

春晓奶奶让我留下来吃饭，我婉拒了。

临走的时候，我站在别墅外对倚在门口、可怜兮兮抽鼻子的春晓说：“你好好养伤，九班师生都还等着你回去为虎作伥呢！还有，别老想着林佳楠的事了，伤神。”

当然刚聊天的时候，我也没忘记把佳楠的歉意转达给春晓。

春晓把头摇得跟拨浪鼓似的，我看着都替他觉得头晕。

他说：“不想，再也不想林佳楠了，林佳楠哪有我的小命重要啊！我都差点没命了！”

我无奈地叹了口气，挥了挥手，走了。

那时候我如果回头看一眼，就能又一次看到春晓噙在眼眶里的泪水，不是在演戏，而是真的眼泪。

我若多回头看那一眼，看到那些眼泪，多嘴地问上那么一句，或许，后来的我对春晓也就没那么愧疚了。

我欠了那个少年一声道歉，在往后漫长的数十年里，都没能有机会说出口。

【7】往后的夏天里，我们是否还会在一起 //

到达跟林佳楠约好的地点，我很快就找到了在店里先开始逛的她，当然还有那个板着扑克脸的沈骆驰。

看到沈骆驰，我有预感我一天的好心情都要坏掉了。

见我们俩都噘着嘴，超级嫌弃对方的样子，佳楠无奈地笑了笑，试图在我们之间做和事佬，看着沈骆驰跟我解释说：“刘奶奶看我脚还没好透，就让骆驰陪我过来了。愢愢，你别生气啊，大家都是好朋友。”

“谁跟他是好朋友。”我内心嘀咕着。

但是看在林佳楠的面子上，我还是对沈骆驰扯了扯嘴角，皮笑肉不笑地说：“你好啊，朋友。”

沈骆驰毫无意外地送了我一个白眼，手插在裤袋里踱踱地走出了店门，在外面等我们。

男生不像女生，他们买东西都是目的性极强地拿完就付钱走人了。女生们喜欢挑挑这个，看看那个，比较比较，啊，都好想要，都好漂亮、好可爱。

所以“败家”这个形容词后面常加的后缀是“娘们儿”，而不是“爷们儿”。

也许我不算是个很合格的女孩，也许我骨子里像个爷们，在买东西这件事上，我其实跟男生很像，看到合适的，买完就走。

因而在陪林佳楠挑东西的时候，我只觉得局促又新鲜。

买完东西出来，佳楠说反正出来玩了，我们去看电影吧。

我看看她，她看着沈骆驰，沈骆驰看着天，说了声：“别了吧，要下雨了。”

说完，我跟佳楠都抬头看了看天空，乌云不知道何时盖住了蔚蓝的天，天色灰蒙蒙的，的确是要下雨的样子。

我对林佳楠说：“回去吧。”

佳楠看起来很是失望，但也没办法，大家都没带伞，要下雨了就不好回去了。

回去的路上，沈骆驰充当领头羊，他走在最前面，我跟林佳楠两个人手牵手走在他身后，一直看着他挺得笔直的脊背，互相咬耳朵。

我跟林佳楠吐槽沈骆驰有多高冷，有多傲娇，有多毒舌。

林佳楠一直笑着，安静地听我说，听到她认同的地方，她激动地连连点头，恨不得说声——对，他真的就是这样的。

那是我们三个人在一起时，最初的行走方式。

后来，青春从青涩走向辉煌，又从辉煌沉寂到落幕，很多事都变得不再像从前了，可我们的青春里，依旧有着骄傲的沈骆驰、温柔可人的林佳楠、倔强不会哭的王愢。

半路上，天下起了雨。

沈骆驰带着我们去了附近的一个奶茶吧避雨，可我却想吃旁边香喷喷的麻辣烫，却又不好意思说。因为看看美丽秀气的佳楠，还有高傲如孔雀的沈骆驰，这两人都不像是会吃麻辣烫的人。

我突然觉得人生好无趣，我怎么跟这样的人成了朋友？

雨水顺着屋檐滴滴答答地掉落在地上，带着丝丝凉意。

马路边上的银杏树有叶片开始发黄，望着这城市看了十几年也看不厌的风景，我跟林佳楠感慨着，又一年的夏天过去了，高中还剩下几个夏天。往后的夏天里，我们是否还会在一起。

视线不由得落在一旁静静看雨的沈骆驰身上。

那个少年依旧穿着夏天的短袖衬衫，只是下身换了长的牛仔裤，脚上是阿迪的休闲鞋，像夏天一样，让人看得心潮澎湃，燥热不安。

突然，我想到了一首歌，它叫《他夏了夏天》。

雨渐渐停了，街上的人开始变多了。对面的网吧里冲出来一群网瘾少男少女，顶着毛毛雨尖叫着跑到了我们旁边的麻辣烫店里，争先恐后地挑爱吃的食物，空气里洋溢着青春的味道。

感觉到有人在看他们，那些人朝我们看了过来。

几乎是同一时间，我跟沈骆驰瞬间都认出了中间的黄毛少年，不是上次找沈骆驰麻烦的高三学长又是谁？

黄毛看着我们狞笑，跟身边的朋友不知道说了些什么，就看到那群人都从凳子上站了起来，戏谑地看着我们，一副要寻衅的样子。

沈骆驰大叫一声：“跑！”

不等我反应过来，他已经牵起了林佳楠的手，风一般地冲进了又开始变大的秋雨中。

林佳楠频频地回头，看着被遗留在原地呆愣的我，对沈骆驰喊着：“还有愢愢，还有愢愢！带愢愢一起走！愢愢……”

沈骆驰没有回头，而我转身朝相反的方向跑了。

我跟自己说，沈骆驰不是那么坏的人，不是那么不讲兄弟义气的人，他丢下了我，是因为现在的局势他只能带一个人走。而那个人必须是林佳楠，佳楠的脚受了伤，她不能被留下。

而我，我是王愢，我是天不怕地不怕的王愢，我有着最坚定的信仰，我坚信着上帝会给每个信仰他的人带来好运。

那群人分成了两批，一批追沈骆驰他们，一批追我。

很多年后，我长大成人，爱上了看青春电影，每次看到日本青春电影里，那些少男少女拼命地为生命中重要的东西奔跑时，我就觉得全身的血液都在沸腾，如同此刻，同样奔跑在青春里的我，我从未感到这么酣畅淋漓过。

我也不知道自己是怎么跑到的别人家的小区，又是怎么跑到的死胡同，望着前面光秃秃的老旧围墙，我心沉了沉。想着上帝他老人家一定因为今天是休息日，所以休息了，忘记给我好运气了，我这次要玩大发了。

身后追我的那几个混混样的女生，喘着气朝我骂：“跑啊！你倒是再跑啊！”

我摆出架势，吓唬那群人道：“知道我堂姐是谁吗？你们要敢打我的话，就死定了！”

她们在笑，不屑道：“你堂姐是谁啊？”

我堂姐是王爵，一个曾在学校里，像暴风般席卷了很多人青春的中二病少女，可惜她死了。我却还像小的时候那样，受到欺负喜欢拿她出来吓唬人。

人活在世上，最不该做的事就是绝望。

哪怕是已经离开的人，都可以成为我们的信仰。

回头，面对那面不高不矮的围墙，我使出全部的力气，脚踩在围墙上，心里大叫着我心目中的英雄们，求他们赐王愢力量。

身体腾空的时候，我仿佛又看到了记忆中那个永远停留在十七岁的女孩，看到了她骄傲地护在幼小的我身前，嚣张地对所有人说："这是我妹，只准我欺负，谁要敢动她，就从我尸体上踩过去。"

王愢，不准哭，以后没我在，你也得坚强。

十七岁的我，有两个很伟大的梦想：一是成为像王爵一样坚强的人；二是像神童苏遇一样，直往清华。

神一定是听到了我的祈祷，所以让我遇见了传说中的苏遇。

·第三章·

chapter

此生最好的遇见

【1】他安静地站在他的青春里，却成了很多人心目中永恒的灯塔 //

墙上埋着深深铁刺，因为年代久远，铁刺已经生锈，但刺尖依旧锋利。

越过墙头，我没注意，左手被一根铁刺划了下，手臂上立刻多了条六七厘米长的口子，血从伤口慢慢渗了出来。我感觉到疼，想伸手捂住伤口，一时分神，身体已经在急速往下坠。

墙外是条街道，街上没几个人，我悬着的心微微一松，落地时，左脚脚后跟先着地，脚扭了一下，痛得我当即皱起了眉。

想到那群人很快就会追出来，我顾不得喊疼，咬了咬牙，拖着崴了的脚，一瘸一拐地往前走了几步。

眼睛光顾着看地面，没怎么看前方，等我意识到前头有人，急忙刹住脚步时，那人离我就只隔了一米多远。

我慌忙抬起头，于是就看到了苏遇，顿时我的双脚像被定住了似的，一下子走不动了，双眼直勾勾地盯着苏遇看，心狂跳着，耳边有个欢快的声音在激动地朝我喊："是苏遇，那是苏遇啊！"

如果有人问我苏遇是谁？我绝对会毫不含糊地说出一大串话来回答他们。

苏遇是我化学老师的儿子，他头脑特别好，从小就是神童，小学上到四年级就跳级去上初中了，十六岁就被清华破格录取，拿过的奖项数都数不完。

他是我们市一中的传奇人物，说到苏遇，几乎没人不知道。就连很多家长都知道我们省有个神童叫苏遇，希望自己的孩子能像苏遇那么替父母争气。学生就更别说了，很多人把苏遇当偶像、奋斗目标，甚至是梦中情人。

苏遇就像是个神话，他安静地站在他的青春里，却成了很多人心目中永恒的灯塔。

我这还是头一次这么近距离地看苏遇本人，之前也不是没见过，那是在我刚升入高一的开学典礼上，那时候作为优秀毕业生的苏遇回到母校给我们做演讲。他穿着干净的白衬衫、黑色的西装裤，五官清秀，气质上佳，从容自若地站在主席台上做演说，才刚刚经历完变声期的他，声音带着微微的磁性，很是好听。

那一年，他十八岁，已然是清华大三学生，由着一群比他年少或者年长的学生仰望。

那一次见他，我跟他之间隔着前方上百个学生，大家都仰着头看他，我实在没有机会仔细看他，只觉得那个站在高处的少年，一身荣光，耀眼夺目。

此后，我遇到的人中，再也找不到第二个人像苏遇那般摄人心魄的。

此刻站在我眼前的苏遇，模样依旧如我记忆中那般干净清爽，他上身穿简单的白T恤，下身是浅蓝色的牛仔长裤，脚上是一双经典款匡威帆布鞋，手里拎着只购物袋，一脸惊愕地看着我，似乎被突然跳下墙的我吓了一大跳。

我一下子把自己还是个逃难者的事抛之脑后，光顾着看苏遇了，心想着这人脑袋里到底都装的啥，怎么就比我们聪明这么多呢？

望着苏遇兀自遐想之余，我开始踌躇，总觉得不能放过这次跟苏遇偶遇的机会，得跟他聊上一番，但是又不知道怎么开口。

我是该说“嗨，苏遇，很高兴见到你”，还是说“你好，苏遇，我是王愢”？

不管是哪一句，话一到我嘴边，我就紧张地打起嗝来，实在是有点尴尬，最后只能无助地拿眼瞅着苏遇。

也许是我的目光太过炽热，苏遇被我看得有些难为情，他回头看了眼，见后方没人，才确定我在朝他看，便朝我走了过来，目光落在我流血的手臂上，尴尬地问：“你没事吧？”

听到苏遇在问我话，我用力地吸了口气，把头摇得跟拨浪鼓似的，结巴地说：“没……没事，你好……嗝儿……我是……王……嗝儿……王愢……”

我平素再巧舌如簧，这会儿也成了笨嘴鸟儿，一句话说下来，只听得清那不断的“嗝儿”声，倒听不清我真想说的话来。

苏遇毕竟是教师子弟，修养好，看我都成这样了，自然也不好就这么把我扔下继续走他的路。他迟疑地伸出手，停在半空中，最后在我发出又一道“嗝”声之后，无奈地把手放在我的背上，用力地拍了几下。

苏遇快速地将我打量了一番，抬眼，眼眸发亮地看着我，好心地对我说：“我看你手臂被划伤了，脚也扭了，要不我送你去医院吧？”

我抬头望着他，以为自己听错了。

我本以为像苏遇这么优秀的人，肯定又是冷艳高贵的人物，像沈骆驰一样难以接近，哪知道他竟然会主动向我伸出援手。

我受宠若惊，一时脑袋当机，反应全无。

反倒是苏遇，看我一直呆愣地站在原地，死盯着他看，以为我对他心存戒备，有点尴尬地扯了扯僵硬的嘴角，对我笑了笑，尽量使自己看起来和善地说：“你不用担心，我不是什么坏人，我就是看你这样勉强走路挺累的。”

看苏遇这么一副窘迫的样子，我想都没想，忍不住脱口而出道：“我知道你不是坏人，你是苏遇。”

苏遇惊讶地看着我，愣愣地问：“你认识我？”

在市一中待过的学生哪一个不认识苏遇这张脸？苏遇的长相虽没有沈骆驰那般精致漂亮，但也是那种让人看了难以忘怀的容貌，清俊儒雅，眉宇间透着隐隐贵气。要不是知道他是郭老师的宝贝儿子，肯定有人以为他是有钱人家的小少爷。

我朝他点点头，一本正经地回答说：“认识，你就是那个神童苏遇，你妈妈是市一中的郭老师，我高一时，她还教过我们班化学。”

“你是我妈的学生？”

听到我说郭老师，苏遇脸上的表情更加讶异了。

他不由得多看了我几眼，似乎在想他是否认识我，但想来结果不是很理想，他无奈地苦笑了下，嘴角微扬，问我：“你刚说你叫什么名字？”

他笑起来的样子就像是有桃花在漫天飞舞，迷乱了我的眼。

我正看得入迷，听到苏遇问我，赶紧回过神来，晃了下发热的头，激动地回道：“王愢，三横一竖的王，竖心旁一个思的愢。”

“王愢，王愢，这名字有点耳熟，我好像在哪里听过。”

“不会是从郭老师嘴里吧。”

“可能吧。”苏遇淡淡地回我，目光看上去有些暗沉。

当我猜自己是不是说错什么话惹得苏遇生气时，耳边又响起苏遇那略带磁性的声音。

“你是哪届的？”

“06届，现在高二。”

“哦，06届，比我低那么多届，怪不得我不认识你。”苏遇抿了抿嘴，恍然地说道。

没想到能跟苏遇这么顺利地聊起来，这让我很是兴奋，连说话都忍不住手舞足蹈起来，对着苏遇，叽叽喳喳像只小麻雀。

“你肯定不认识我，我高一那会儿你都去北京上大学了，你十六岁上清华，我十六岁才上高一，跟你比起来我真的是逊毙了。不过苏遇，暑假都过去了，你怎么还没去北京啊？大学开学都这么晚吗？”

连我自己都快嫌弃自己聒噪了，苏遇倒默默听了下来，微笑地回我：“我大四了，学业没那么忙，现在正准备考研出国，暂时不用去学校。”这让我在心里默默地又给他加了好几分。

你说同样是男生，苏遇比沈骆驰优秀，还没沈骆驰那么高冷呢！

我内心夸赞苏遇的同时，不由得把沈骆驰嫌弃了一通。但嫌弃归嫌弃，想到他，我还是有点担心他跟林佳楠，不知道他们现在怎么样了，有没有被那群坏学生追到？

也不知道是不是我碰到苏遇后转了运，还是因为我受了伤，老天爷过意不去，追我的那群人竟然莫名消失了。这真让我宽慰不少，不然我还得担心自己会连累到苏遇呢。

【2】要不要他背，这是个问题 //

九月初秋刚至，天气热得还可以穿夏装。

风就像调皮的孩子，偶尔在我们身边穿梭而过，将苏遇的碎发吹得乱乱的，却也增添了几分随意。

我仰着脖子看苏遇，苏遇突然回头看我，我正对上他黑亮的眼眸，顿觉脸上一烫，心慌地收回了视线，不敢再与其对视。

头顶上传来苏遇淡淡的询问声：“你还需要我送你去医院吗？”

我不假思索地朝苏遇激动地说："要！要！"

话落，我立刻将自己鄙视了一番。

我要知道有一天自己会为了多跟苏遇待一会儿，一点皮外伤就厚脸皮地跑去医院看，我之前是绝对不会嘲笑学校里那群对沈骆驰发花痴的女生的，因为从某种程度上来讲，我们是一样的，一样的面对倾心的事物时，丧失了理智。

被我尖厉的嗓音震了下，苏遇微愣地看了我一眼，嘴角轻扬，微微地笑道："那走吧。"

边说他边弯下身来。

我呆站了一会儿，才醒悟过来，苏遇这是要背我。

我心里那叫一个心花怒放，又诚惶诚恐。

要不要他背，这是个问题。

我弱弱地看了眼手臂上伤口处的血迹，又看了下苏遇干净清爽的样子，抿了抿嘴，偷偷地摸了把自己米其林轮胎般的小肚子，再看了眼苏遇清瘦的脊背，不仅把嘴巴抿得更紧了，连眉毛都蹙起来了。

那叫一个纠结。

我怕弄脏苏遇的衣服，更怕他背不动我。

见我久久不动，苏遇抬起头看了我一眼，像猜出了我心里所想，他镇定地安抚我道："你不用怕，我力气还可以，不会让你摔倒的。去晚了的话，医院到午休时间，医生就少了。"

我发愁地看着他，我这不是怕自己摔倒，是怕你摔着啊！

最后，在苏遇的热情邀请下，我硬着头皮朝他走了过去，双手小心翼翼地环住他白皙光洁的脖子，爬上了他的背。

苏遇重新站直身，背着我稳步向前走。

我趴在苏遇的背上，双手环着他，脸时不时地贴在他的肩上，鼻尖闻着他身上好闻的洗衣液的香味，心跳得很快，仿佛不是自己的。

空气中似有暗流涌动，气氛变得说不出来的暧昧，为了缓解尴尬，我率先开口跟苏遇聊起天来，一路上几乎都是我在问，苏遇答，倒也算和谐。

我跟苏遇聊的无外乎是跟市一中有关的事，还有苏遇在清华的一些事。

我还没有上过大学，我对大学里的一切都充满了好奇，但我最好奇的是大学里的苏遇又是怎样的。

可苏遇貌似有点心不在焉，他回我的时候，句子总是很简洁，比如“还不错”“挺好的”就打发了我。

我没有跟他计较，他愿意送我去医院，还愿意跟我聊天，对我来说，已然是上天给我的无上恩宠了。

聊了一会儿，苏遇的脚步放慢了些。我在他身后看不到他脸上的表情，只能听到他语调清淡地问我：“王愢，你觉得你们郭老师是怎样的人？”

“怎样的人？”我在嘴里咀嚼了下这个问题，有点不解地问苏遇，“你是问哪方面？我觉得你妈，哦，郭老师她人很好啊，长得漂亮，气质又好，而且很温柔，说起话来总是让人觉得暖暖的，教课也很细心，我们很多同学都特别喜欢她。不知道别人怎么想，在我心里，郭老师是我遇到的最好的老师了。她教了我很多东西，让我受益匪浅，更重要的是……”

“是什么？”

我只是天马行空地乱想着，想到哪儿就说到哪儿，也没什么章法，没想到苏遇竟认真地全听了进去，还出声追问我。

是什么呢？

我偷偷地看了下苏遇的侧脸，虽然才十八岁，已然透出成熟与沉稳。印象中，苏遇永远都是这副从容不迫的样子，好像没有什么事可以难倒他，跟他在一起，让人觉得莫名心安。

“更重要的是她是你的母亲，我觉得能生出你这么棒的儿子，那个女人一定超级厉害！”

虽然这话说得有点夸张，但真的出自我真心。

我真的很喜欢郭老师，也很喜欢苏遇，也是真心地仰慕着他们。

被我如此笃定的语气所震慑到，苏遇顿了顿脚步，声音沉沉地说了声：“是吗？”

没等我搞明白他那声“是吗”到底是什么意思，他已经继续往前走去。

我慢慢地闭上眼睛，将环在苏遇脖子上的双手微微收紧了些。

我多么想这一路永远不会有尽头，这样我就可以一直厚着脸皮赖在苏遇的背上不离开。

然而时光总是短暂的，理想永远是丰满的，现实永远是骨感的，这路要真没了尽头，我是满足了心愿，但苏遇估计得累个半死。

【3】那时候的我并不知道，不是每一场等待都能等到结局 //

跟我预想的一样，只是脚崴了一下，没什么大碍。

骨科的老医生忙着下班回去吃午饭，粗略地帮我看了下左脚，然后从桌上的笔筒里拿了支黑色签字笔出来，在我的病历单上写下了几排龙飞凤舞的大字，往我手里一塞，严肃地说：“脚上膏药一天贴两张，第二张跟第一张之间要隔六个小时，贴膏药前先用喷雾剂喷下。至于手上的伤，注意别沾水就行了。”

我拿着病历单，对着老医生用力地点头，一副很明白的样子。但实际上，我连他要我买什么膏药跟喷雾剂都不知道，一个是他没说，另一个原因是他写的字实在太潦草，我眼拙，认不出来。

还好有苏遇在，从骨科出来，苏遇自然地从我手里拿过单子，随意地看了眼，就知道要买什么了。

苏遇扶着我到医院大厅的等候椅处，让我先坐一会儿，他去药房帮我拿药。

见他要走，我赶紧拉住他的手，从裤袋里掏了二十块钱出来塞到他手心，红着脸，窘迫地说："我身上就这么多钱，不知道够不够？"

我知道自己问了个很蠢的问题，这点钱当然不够买膏药跟喷雾剂，医院里的药素来比外面药店里的贵上很多。

苏遇垂眼看了下他手心里那张被我藏得有点发皱的纸币，将钱还给了我，笑着说："没事，我有钱。"

刚刚挂号的钱也是他出的，现在又要出配药的钱，苏遇已经好心送我到医院了，我当然不好让他花钱，于是我把那二十块再度塞进他手里，有些倔强地说："剩下的钱，我回家后一定会还你的。"

别看我平时大大咧咧、没心没肺的，但是在某些事上，我有着自己都无法理解的自尊心。我不想被苏遇看成是那种喜欢占人便宜的人，所以我一再地跟他保证我会还钱给他。

苏遇无奈地收下了那二十块，没再跟我推搡。

我坐在等候椅上，目送着苏遇离开，看着他清瘦的身影在医院幽暗的长廊里渐行渐远，最后没入药房前的取药人群里寻觅不见后才收回目光。望着手臂上涂满红药水的伤口，我用嘴对着它吹气，等着苏遇回来，一颗心被捂得暖暖的，说不出的安宁。

那时候的我并不知道，不是每一场等待都能等到结局。

我只知道，那天，我等到了苏遇，在苏遇温柔的搀扶下离开了医院。

医院门口有个租车摊，苏遇租了辆蓝色的自行车载我。他的车技很糟糕，车头摇摇晃晃的，车子像蛇一样，蜿蜒地往前行驶。他抱歉地跟我说他上大学后就不怎么骑自行车了，车技有点生疏。我丝毫不怪罪他，那时候坐在他车后座、手轻扶在他腰间的我，幸福得像个傻瓜。

苏遇将我一路送到了香格花园刘奶奶家楼下。刘奶奶跟沈爷爷都不在家，他们今天去喝亲戚孩子的满月酒了，要吃完晚饭才回来。

自行车在车库前停了下来，我从后座跳了下来，脚上贴了张膏药，没之前那么疼了。现在不用苏遇扶，我都可以慢慢走路了。

下车后，我弯着腰，感激地向坐在车上的苏遇道谢："学长，今天真不知道怎么谢谢你才好，改天我请你喝奶茶。"

说完我就后悔了，请喝奶茶算哪门子客气哟！

想起往年亲戚给我的压岁钱我都没怎么动过，我动了下心思，打算改口说请苏遇吃饭，苏遇却先开了口，很给面子地说了一声："好。"

然后，他又扬了扬嘴角，说："你不用老叫我学长学长的，直接叫我苏遇就行了。"

我高兴地朝苏遇点点头，说："嗯，那就这么约定了，我先到楼上拿钱给你。"

不等苏遇拦我，我已经蹦蹦跳跳地上了楼梯，一步一回头地对苏遇说："你等我一下，我一会儿就下来。"

不是我不想让苏遇上我家坐坐，只是毕竟是合租屋，我也不知道沈骆驰跟林佳楠有没有回家，如果我贸然带朋友回去，不知道他们会不会生气。佳楠我倒不担心，我就是担心沈骆驰，要知道他可不是个好相处的人，所以我只能让苏遇在楼下等我。

苏遇担心我的脚伤，蹙着眉头喊我，说："王愢，你走慢点，别跳，小心你的脚。”

我站在楼梯的拐角处，无所谓地朝他挥了挥手，示意他不要担心。

不想让他等太久，我顾不上脚伤，拎着药袋子一股脑地就朝三楼的公寓奔。到公寓门口停下来后，我觉得左脚踝有点酸疼，有点懊悔自己瞎逞强了。

公寓的门没关，半开着，我将钥匙收了回来，伸手要推门，门被人从里面拉了开来，林佳楠瘦弱的身影出现在我的眼前。

不知道是不是我的样子看上去太过狼狈，她一脸受惊地看着我，愣了几秒后，突然扑到我的怀里，一把抱住我，喜极而泣地说：“愢愢，你可算回来了，我都要担心死了，你要再不回来我都不知道怎么办好了！”

我被她这潮水般说来就来的情绪给吓了一跳，不过很快恢复镇定，笑着安抚她，说：“别哭了，我这不是好好的，没出啥事啊！”

边说我边走进了公寓，环顾了下四周，不见沈骆驰的影子。

他跟佳楠一起跑的，佳楠都已经回家了，他肯定也回来了，说不定又宅在他房间里睡觉呢。

要换以前，沈骆驰抛下我，自己回来睡觉，我可能还会生气。但现在我整颗心都因为偶遇苏遇而欢呼雀跃着，哪有心情跟沈骆驰怄气。看他俩没事，我也算松了口气。

林佳楠注意到我手里拎着的药袋子，视线落在我手臂上涂过红药水的划伤上，眼眶红了起来，抬眼看我，嗫嚅地问：“愢愢，你的手怎么了？”

“嘿，没啥，就是刮了一下。”

我答应苏遇会很快下楼，所以没时间跟林佳楠多作解释，直接拎着药袋子进了房间，打开床头柜，从里面的铁盒里拿了一百块钱出来，又走出了门。

佳楠站在大厅里，见我要出门，可怜兮兮地喊我的名字，说：“愢愢，你要去哪里？”

我想她是在担心我，看我伤了手，又匆忙地拿钱出去，以为我惹上什么坏事，所以才这副样子。

为了让她放心，我索性让她跟我一起下楼。

她站在原地，怯怯地看着我，估计是怕出去有危险。

我看她这样，也不愿难为她，想让她在家里待着等我回来时，她突然开了口，摆出一副视死如归的样子，鼓足勇气对我说："好，我跟你一起下去。"

我被她这样子给逗笑了，拉着她的手，说："佳楠，你别乱想，我就是还个朋友钱，他就在楼下等我。"

林佳楠明白地点点头，后悔且真挚地说："愢愢，我以后肯定不会丢下你一个人跑的。"

先前被丢下的时候我都觉得没什么，形势所迫，佳楠脚刚好，她个性又柔弱，没法一个人跑的，而沈骆驰只能带一个人逃，那个人自然是林佳楠。如果让我选择，我也会选择她。即使被逼着跳墙，又擦伤了手、崴了脚，我也不觉得有多委屈。可是现在被佳楠这么一说，我突然就觉得鼻间涌出一股酸楚来。

"好啦，你别再想啦，我没事啊。"我快速地平复好情绪，装作一副没事的样子，扯开话题，兴奋地对佳楠说，"你知道我跑的时候遇到谁了？苏遇，就是我们学校的那个神童苏遇，就是我当成偶像的那个，我路上碰到他了。他还送我去了医院，是他送我回来的，我现在就是要下去找他，还他钱，他给我付了药费。"

被我的情绪所感染到，佳楠也高兴了起来，拉着我的手激动地说："苏遇！真的吗？你真见到苏遇了！天啊，愢愢，你一定高兴坏了，你那么喜欢他！"

我喜欢苏遇从来就不是秘密，不仅班上的同学知道，像佳楠这样跟我玩得好的朋友也知道，就连我妈也知道。我妈还老拿苏遇激励我学习，说王愢啊，你要喜欢苏遇，你不努力怎么行，人家这么优秀，你可不能跟他差太远，不然哪追得上他。

我喜欢苏遇，也许那喜欢只是对偶像的仰慕之情，也许那喜欢也夹杂着某些少女情怀，在我还未辨清那份喜欢的年纪，我只知道，我喜欢苏遇，很喜欢很喜欢苏遇。

提到苏遇，我的感情毫不遮掩，我激动地跟林佳楠说着一路跟苏遇在一起的情形，整个人像被包裹在粉色的泡泡里，心里甜蜜极了。

“苏遇真的是太好了，他就在楼下，等会儿你见到他就知道我说得一点都不假，他真的是儒雅善良、热心且随和的一个人，就跟周总理一样迷人！嘘嘘，不说了，就快到了。”

到最后一层楼梯了，我猫着腰，回头小声地对林佳楠说道。

佳楠伸出纤细的手指放在嘴边，默契地朝我点点头。

没料到会在楼梯口碰到沈骆驰，原本以为他在房间里睡觉的我，在看到他风尘仆仆地从楼道里进来时，不免惊了一下。

既然遇到了，打个招呼也是难免的，我刚想开口说话，沈骆驰却头也不抬地从我们的眼前擦过，直接上了楼梯，也不知道是没看到我们，还是看到了不想搭理我们。

但是他干吗故意不搭理我们啊？我今天好像没得罪他吧！

我兀自想着，跟自己说不要把沈骆驰想得太坏，他或许是真的没看到我们，因为他一直低着头走路啊，也不知道怎么了。

我望着沈骆驰后颈上的薄汗和后背上被汗水浸湿的衬衫，无奈地摇了摇头。

我急着去找苏遇，也没多关注沈骆驰。

倒是在我身后的佳楠，柔柔弱弱地朝沈骆驰喊了一声：“骆驰。”

沈骆驰貌似停了下来，在跟林佳楠说话，我背对着他们，没怎么听他们都说了些什么，人已经出了楼道。

【4】要不要我上去咬他，佳楠你说一句就行 //

我径直走到了跟苏遇分开的车库前，却没有看到苏遇。我跟苏遇说好让他在这儿等我的，可是他竟然连人带车一起消失了。

我愣愣地站在原地，目光呆滞地望着车库紧闭的铁门，一股沉重的失落感席卷了我，我雀跃了几个小时的心情突然落寞下来。

我不相信苏遇是那种会不告而别的人，他那么有礼貌，有涵养，不会什么话也不说，就偷偷走掉的。

因而我固执地寻找，绕着我们住的那栋楼转了一大圈，寻找着苏遇，然而依旧没有找到。

最后我心情低落地回到了车库前，自欺欺人地告诉自己，苏遇可能是暂时离开下，他说不定还会回来找我，因为我的钱还没还给他呢！

我蹲在车库前，眺望着远处蜿蜒的水泥路，期盼着苏遇会骑着那辆自行车再度蜿蜒而来。可我刚蹲下身来，视线就被人给挡住了。

我下意识地抬起头，望着挡在我眼前的沈骆驰。我眉头不悦地皱起，说："沈骆驰，你能不能让开点，我在等人呢。"

沈骆驰不让，伸出一只手按在我头顶上方的墙壁上，居高临下地睥睨着我，面色阴沉地说："你回来多久了？"

"没多久。"

我回他，整个人蹲在沈骆驰的身下，感到一股莫名的压迫感。

我感到别扭地站起身，想从沈骆驰的臂弯下离开，他却突然拽住了我的手，好死不死攥住的还是我划伤的手臂。我吃痛地喊沈骆驰放手，他置若罔闻，用力地将我甩到了墙上。

苏遇突然离开，我已经够糟心了，结果还莫名其妙被甩了一下，我忍不住朝沈骆驰咆哮起来：“你脑子有病啊！”

沈骆驰对着我呵呵地冷笑几声，说：“我脑子有病？你才脑子有病吧！你没事不可以早点回家吗，你不知道别人会担心吗？还是说你发花痴发得坏了脑子，只知道跟乱七八糟的男人厮混，不知道回家了！”

他刚说完，我就感到整个脑袋都炸了，完全忘记他前面都说了些什么，满脑子就只有一句话，他说苏遇是乱七八糟的男人，还用“厮混”这种词来形容我俩纯洁无瑕的关系。

他沈骆驰平素高傲，不待见我就算了，侮辱我也算了，凭什么侮辱苏遇啊！

我双眼发狠地怒瞪着沈骆驰，要不是林佳楠跑过来拦住我，我肯定冲上去咬他了。

林佳楠两只细胳膊将我整个人抱得紧紧的，满面惊惧地安抚我，说：“憢憢，你别激动，骆驰他不是那个意思，只是你之前一直没回来，我们都很担心你，骆驰出去找你了，现在才回来。他问我你去干什么，我说你找苏遇去了。他不知道苏遇是谁，就误会了，以为你跟男生玩，所以才这么晚回来的。没等我跟他解释，他就跑过来了，他真的是好心，他是在关心你。”

我那时候正在气头上，毫无理智可言，哪听得进佳楠说的话，满肚子都是对沈骆驰的不满，再看那厮一副倨傲的嘴脸，就气不打一处来，不领情地大声说：“谁稀罕他的关心！”

那头沈骆驰也特傲气地呛我，说：“谁关心你了！别自作多情了！”

林佳楠毕竟太瘦弱了，我几番挣扎，就挣开了她的手，没等她再拦住我，我就像疯狗似的朝沈骆驰扑了过去，抓起他细白的手臂，二话不说就咬了上去。

俗话说，冲动是魔鬼。

听到沈骆驰的痛呼，我才松了口，然后望着他手臂上深深的红色牙印，脑袋一片空白。

咬完心里是舒畅多了，但是这牙印要被刘奶奶他们看到，我又该如何解释？别看刘奶奶嘴上老说沈骆驰不好，但是心里可疼得紧了，她要知道我咬伤了她的宝贝孙子，会不会把我跟妈妈赶出去，不让我们住这儿了？搬出去其实也没关系，但是房租已经付了半年了，如果我们搬出去，钱也没法全退回来了。

我一是心疼钱；二是舍不得跟林佳楠分开；三是觉得搬家实在太麻烦，爸妈工作又忙，也难抽时间搬。

这么一想，我再看看那两排牙印，心里别提有多后悔了。

我弱弱地抬头看了眼脸色铁青的沈骆驰，犹豫着要不要立刻认个错，尿就尿了，只要他不告诉他奶奶就行。但是自尊心又有点瞎作祟，想着虽说沈骆驰可能是真出于好意关心我，但是他说的那些话也忒难听了吧。

最后还是林佳楠充当和事佬，见我冷静了，她赶紧跑过去安抚沈骆驰，焦急地说："骆驰你别生愢愢的气，苏遇对愢愢来说是很珍贵的人，他是愢愢的偶像，也是她很在意的人，你这么说，她才会……"

没等林佳楠说完，沈骆驰一把推开了她，恨恨地瞪着我，咬牙说："关我什么事！"

林佳楠被他推得脚步踉跄地往后退了几步，我怕她摔倒让腿伤复发，赶紧揽住了她。

佳楠没有看我，只是一脸震惊地望着沈骆驰，似乎接受不了沈骆驰推了她，她那双水眸一下子涨得通红，委屈得直掉眼泪，看得我心疼极了。

我顿时觉得沈骆驰实在是坏透了，当即又怒瞪着他，就算被赶出去也无所谓了，愤懑地对林佳楠说：“要不要我上去咬他，佳楠你说一句就行！”

那时候我完全没有意识到，我说那句话的时候隐隐地把自己当成了狗。

关门放狗跟关门放王偲，在那时是一个效果。

林佳楠嘤嘤地哭着，双手还紧紧地攥着我的手臂，哽咽着说：“偲偲，你别……别跟骆驰打架。”

说完，她又看向沈骆驰，吸了下鼻子，擦了把眼泪，故作坚强地说：“骆驰，偲偲逃的时候，手臂划伤了，你别打她。”

闻言，沈骆驰眉眼动了动，垂眼瞥了眼我的手臂。

刚被他推得撞到墙上，我手臂上的伤口又裂开了，隐隐有血丝渗出来。

我倔强地将受伤的手臂藏到背后，不愿给沈骆驰看。我可不稀罕他的同情。

似乎猜到了我的心思，沈骆驰嘴角扬起一抹冷笑，眼神看起来嘲讽极了。

我怒瞪着他，说：“沈骆驰你想说什么就直说，别笑得这么阴阳怪气的，真让人讨厌！”

“随你。”

沈骆驰不以为意地转过身去，留给我们一个高傲的后脑勺，头也不回地走了。

我在原地傻站了一会儿才恍然明白，沈骆驰那句“随你”，其实就是随便我讨不讨厌他的意思。

对沈骆驰这种在学校里备受追捧的人气少年而言，我一个王偲讨不讨厌他，他根本无所谓。

但对我来说不一样，因为我讨厌的人屈指可数。

经过这件事，沈骆驰已经超越了王春晓，成了我最讨厌的人。

对比他，春晓实在是可爱至极。

【5】油煎蛋成了我跟林佳楠之间的秘密，而林佳楠成了缓和我跟沈骆驰关系的纽带 //

好不容易有个周末，今天我又是早起去看望春晓，又是被人追着满街跑还受了伤，现在又跟沈骆驰大吵，心力交瘁的我连午饭都没吃。

回到公寓后，我直接进了自己的房间，倒在柔软的大床上，用被子把自己裹得像个巨型蚕蛹，胸闷地滚来滚去，滚着滚着就睡着了，连林佳楠叫了外卖喊我吃饭我都没有听见，因为实在是太累了，睡得有点沉。

这一觉一直睡到了晚上，中途我做了一个毫无章法、乱七八糟的梦。

先是梦见苏遇变成了英俊王子，骑着一匹高大的白马，嘴角含笑，深情款款地朝我骑来，我以为我不是白雪公主、睡美人，也该是灰姑娘，结果苏遇一直走一直走，就是没走到我的身前，而我的脚却越来越酸。后来我发现了，我根本就不是什么公主、王子的心上人，我就是苏遇身下的那匹大白马，心酸得我都想撂挑子不干了。

后来梦境又变成了另一个场景，这个场景里我依旧不是人，而是变成了一条大狼狗，沈骆驰变成了一只高傲的小白猫。我一路追着他跑，他一路逃，我跑啊跑，他逃啊逃，正当我好不容易抓住他要狠狠地咬上一口时，他突然朝着我哭了，模样楚楚可怜，一双水汪汪的蓝眼睛委屈地望着我，喵喵地叫。我看着只觉得内心一阵荡漾，一个走神，脸上就被那贱猫的爪子挠了一下，痛得我汪汪直叫，沈骆驰趁机溜了。我气得在地上滚了好几下，最后把自己给滚醒了。

醒来的时候，我全身都是汗，拿起床头的闹钟看了一下，竟然已经下午四点多了。

我赶紧起床，拿了干净的衣服出来准备去洗个澡，刚打开门，就看到隔壁房间的门也开了，林佳楠穿着森女系的麻料围裙，手里拿着画板，一副在作画的样子。

看到我出来，她惊讶了下，然后很快地朝我走来，说：“愢愢，你终于睡醒了，肚子饿吗？我叫了外卖馄饨还在冰箱里，下午喊你的时候你没回我。”

说到我没回她的时候，林佳楠的脸上出现了伤心的表情，看得我那叫一个自责，边解释说自己睡沉了，边赶紧到冰箱那儿把馄饨拿出来，在微波炉里热完，当着林佳楠的面囫囵吞枣地吃着。

林佳楠坐在我身旁看我吃，纤纤素手托着那洁白的腮帮子，言语十分惆怅地说：“要骆驰也像你一样出来吃饭就好了。”

从林佳楠嘴里我才得知，原来沈骆驰跟我一样，回房后就没出来过，也不知道他是在睡觉还是做啥，反正林佳楠喊他的时候，他也没搭理。

说完，佳楠欲言又止地看着我，犹豫了会儿，最终还是开口，小心翼翼地跟我说：“愢愢，你跟骆驰和好吧，你俩都是我的朋友，看你们吵架，我心里挺难受的。”

我看她说话的表情，也是真的为难，其实睡了一觉醒来，我也没那么恼沈骆驰了。沈骆驰就是毒舌了点，说了些过分的话，但就像佳楠说的，我一直没回家，他还出去找我了，看来也不是我想象中那么冷血无情。

我这人心宽，不跟他计较，事情过去就过去了。

所以为了让林佳楠放心，也为了日后能和平相处，当天晚上，我拿着本该还苏遇的药费钱直接去了小区附近的菜市场，买了点菜回来，烧了好几个拿手好菜，打算请佳楠跟沈骆驰一起吃。

刘奶奶他们二老在亲戚家吃晚饭；佳楠的妈妈今晚要留在家里陪佳楠的爸爸，不过来了；我妈在厂里加班，也不在家，所以我有足够的时间跟沈骆驰和解，不用担心闹到家长那儿。

但沈骆驰这人要这么容易和解，他就不是沈骆驰了。

我做完饭，在佳楠的鼓励下，站在他门口喊他吃饭，一连喊了十几声，都没人回。喊到最后我那好耐心全都耗尽了，有点想放弃时，佳楠为他开脱说他可能睡着了。

我忍了，又提高分贝，扯着嗓子大喊了几声，结果人是喊醒了，门也开了，一样东西从里面砸了出来，我光顾着拉林佳楠躲开，都没仔细看，等我镇定下来，看清楚摔在地上的东西时，我怒了。

沈骆驰这厮竟然拿笔筒砸我，那笔筒还是陶泥的，砸到很疼的。

佳楠赶紧拦住要暴走的我，说："愢愢，愢愢，你别冲动，骆驰他肯定不是故意的。"

我红着眼看着她，不知道说什么好。

如果这都不是故意，那就是科幻小说了，笔筒自己都会飞出来砸人了。

看来沈骆驰完全没有跟我和解的意思，我无奈地走了，回到大厅，望着餐桌上精心准备的饭菜，心里有点难过。但想着这么多菜，不吃浪费，我安静地拿了碗筷，给林佳楠也拿了一副，然后说："佳楠，我们吃饭吧。"

说完，没等林佳楠伸筷子，我便风卷残云地拿筷子扫荡了整张餐桌，这叫化悲痛为食欲。

林佳楠看得目瞪口呆，忙说："愢愢，你少吃点，吃撑不舒服的。"

她肯定觉得我刚吃了一碗馄饨，现在又吃这么多，对胃不好。

可我这会儿哪顾得上这些，别说胃了，我五脏六腑都快被沈骆驰给气炸了。

吃完晚饭收拾完，我回房间看了会儿书就准备睡觉，第二天还得去学校。

林佳楠也待在她的房间，应该又是在画画。沈骆驰那头毫无动静。

可悲的是，晚上我失眠了，不知道是下午睡太久，还是情绪波动太大，睁着眼睛到了凌晨，我还没有睡着，更雪上加霜的是，晚上吃多了，我肚子真难受了。

憋了一会儿，我还是决定起床上厕所。

我手刚扭开门把，就听到门外传来窸窣声，也有人开了门。

我以为是林佳楠也起来上厕所了，也没多在意，打开门走了出去，果真看到洗手间的灯亮着，门虚掩着。

佳楠这孩子心真大，有男生同住一套公寓，上厕所竟然不关紧门。

我感慨着，刚想帮她把门给带上，就听到里面传来呕吐声。我心一惊，忍不住朝门里瞅，就看到沈骆驰正弯着腰，手捂着肚子，朝洗脸池里呕吐，吐得那叫一个撕心裂肺，脸色很是难看，惨白惨白的。

我想起上次喊沈骆驰吃饭，他也是这样，脸色发白，满头是汗。他没下来吃，刘奶奶生气地说他胃不好，就该好好吃饭。他一不吃饭，就会胃疼，疼起来要人命，到时候苦的还是他自己。林妈妈也说过，沈骆驰这孩子有挺严重的胃病，得好好养胃。

我想起了沈骆驰已经两顿没吃了，这会儿看他捂着肚子吐，会不会就是胃病犯了？

想到这里，我立刻收回了视线，怕沈骆驰发现我在看他吐，面上挂不住，我赶紧蹑手蹑脚地回了房间，在床头柜的药箱里翻找着胃药，准备拿给沈骆驰，顿时忘记了我和他还没和好。

等我再度出门的时候，沈骆驰已经离开了洗手间，回自己房间去了。

我握着手里的胃药，皱眉想了想，最后还是先去了厨房，煎了两个蛋。

我爸也有胃病，但没有沈骆驰那么严重，他每次胃疼，我妈就给他做油煎蛋吃，蛋裹在厚重的油汤里，吃了暖胃。

我端着做好的油煎蛋跟胃药准备去敲沈骆驰的门，可是到了门口，我就迟疑了。

想起几次敲沈骆驰的门，得到的不好反馈，我怕再被沈骆驰拒绝，想了想，还是放弃了，转而去敲林佳楠的门。

沈骆驰那么讨厌我，还是让佳楠端给他好了。

估计听到外面的响动，林佳楠也醒了，没等我伸手敲门，她就先开了门，看到我，愣了愣，但很快就恢复了镇定，小声地问我："愢愢，你有事吗？"

我贴着她的耳朵，把沈骆驰胃疼的事说了下，又指了指放在地上的油煎蛋，说了自己的来意。

听到我说沈骆驰胃病犯了，佳楠脸上瞬间出现了担忧的表情，同时她又觉得不妥，说："愢愢，要不你自己送吧，这是你做的，你的心意，骆驰看到说不定就跟你和好了，我送不大好吧。"

要是一碗油煎蛋就能改变沈骆驰对我的厌烦，那他也太好糊弄了。

我摇了摇头，说："算了，你给他吧。"

说完，我拍了拍林佳楠的肩膀，先回房了。

没多久我就听到佳楠的敲门声，她细声细气地对沈骆驰说做了油煎蛋给他，跟胃药一起放在他门口，他想吃的话就出来拿下。

我躺在床上，也不知道沈骆驰到底有没有吃那碗油煎蛋，只是心里突然舒畅了，觉得不管沈骆驰讨不讨厌我，我也算是问心无愧了。

心里舒服了，人也睡得着了，我一觉睡到闹钟响，赶紧起来准备上学。

从房间里出来的时候，我就看到沈骆驰门口多了个空碗，碗里还有残留的一点油汤。

我忍不住嘴角勾起，笑了笑，心情很好。

把碗筷收了洗了，我等林佳楠出来一起上学。

上学的路上，林佳楠跟我说了沈骆驰得胃病的缘由，她也是听刘奶奶跟她妈妈聊天时知道的。

原来沈骆驰这胃病是从小就落下的。他是单亲家庭，在他很小的时候，他母亲外遇，跟他爸离婚，那会儿他才三岁，爸妈整天忙着争吵，常常忘记他的存在。有一次他爸妈吵完架，双双离家出走，就留下他一个人，饿了两天，要不是刘奶奶担心儿子，大老远跑去上海看，他估计已经饿死了，之后他就得了胃病。

听完林佳楠说的这些，我非但不再记恨沈骆驰，反而觉得他很可怜。

我无法想象那么小的一个孩子，被遗忘在家里，活活饿了两天的样子。

我开始原谅沈骆驰所有的无理、高傲、冷漠，还有那生人勿近的态度。我也开始理解他之前为什么那么讨厌女孩子，应该是因为他母亲吧。

女人天生是感性的，很容易因为同情而惦记上一个人。

自那之后，我隔三岔五地给沈骆驰做油煎蛋，一直由林佳楠给他，并且让佳楠别告诉他是我做的。

对生活处处挑剔的沈骆驰似乎并不排斥油煎蛋，每次都会吃完。

油煎蛋成了我跟林佳楠之间的秘密，而林佳楠成了缓和我跟沈骆驰关系的纽带。

沈骆驰再也没对林佳楠大吼大叫过，并且在佳楠的劝说下，也愿意跟我和解。他虽然嘴上没跟我直接说和解的话，但是明显态度上柔软多了。

我时常会感恩我妈教会我做油煎蛋，因为它让我在香格花园的日子好过了许多。

不需要天天跟沈骆驰横眉冷对，这真的是件值得高兴的事。然而最让我高兴的是，我手臂上的伤口很快就结痂了，脱落后只留下一道不长不短的疤痕。崴了的脚贴了几张膏药，也没事了。

无痛不痒，生活又变得鲜活起来。

只是偶尔我也会怀念那个伤痛与美好并存的午后，怀念与苏遇的那场短暂，而又无疾而终的邂逅。

·第四章· chapter 少女情怀总是诗

【1】李文艺同学，她的确不是个只看外表的肤浅女生，但她绝对是个极端在乎“内在”的好色之徒 //

春晓回来上课的那天，正好轮到我们班进行校内大扫除，上午第三节课全班出动，负责把整个校园都打扫一遍。

我本该跟李文艺还有春晓以及他的同桌袁满被安排一起去打扫学生车库，但春晓不在，这项艰巨的任务就全堆在了我们仨身上了。

李文艺是个怕脏的小姑娘，从卫生部老师那儿领完清洁用品后，她就怕弄脏她妈妈给她新买的连衣裙，只愿意拿一把扫帚。

我觉得女孩子爱干净无可厚非，所以也没指责她，将剩下的簸箕、扫帚全扔进了垃圾筐里，喊袁满跟我一起扛。

袁满那孩子，空长了一身肥肉，跟我一起抬着筐子没走几步，连车库都没到，他就喊着肚子痛，不道义地把筐子往我怀里一推，一骨碌地跑去上厕所了，当然他走后再也没回来。

最后还是李文艺良心发现，纠结了会儿，痛下决心，主动跟我说帮我一起抬。

到底是同桌好啊！

我感激涕零地朝李文艺眨眨眼，李文艺很羞涩地低下头，跟我说：“王愢，一会儿我能不能不扫地？我怕灰尘扬起来弄脏衣服，不过我可以帮你一起倒垃圾。”

我觉得我不能对李文艺要求太高，比起以前跟她一起打扫教室卫生，她连扫把都不愿碰下，这次她愿意帮我一起倒垃圾，我已经很满足了，所以我毫不犹豫地点头答应了。

谁让我天生就是劳碌命。

我跟李文艺抬着垃圾筐朝车库走，经过篮球场，正好看到沈骆驰他们班在上体育课，沈骆驰正在跟几个男生打篮球，体育老师在一旁看着。

我们高中的体育课是选修课，同班选的科目都不同，我在这之前就只知道林佳楠选了健美操，根本不知道沈骆驰选的是什么，他也不跟我说，我也懒得问。

但经过篮球场的时候，我还是忍不住朝沈骆驰看了眼。只怪其他学生不好好上自己的课，都围在篮球场看他们打球，还时不时发出惊呼声。

“沈骆驰好帅，又进了个三分球！”

“跳起来才发现他腿也长啊！”

“哎呀，出汗的样子好 Man！”

“……”

“你们女生哦！真是够花痴的！”

“嘁，你们男生还不是一样，看到美女就发愣！”

“……”

篮球场上围观的少男少女们竟然因沈骆驰引发了激烈的争吵，对于沈骆驰这夸张的影响力，我表示很不理解，于是我转头问李文艺：“文艺，你觉得沈骆驰怎么样？”

李文艺摇摇头，一副“I don’t care（不在乎）”的样子，说：“不是我的菜，我可没那群女生那么肤浅，只看脸。”

说完，李文艺甩了甩她笔直的马尾，清秀的头颅高高地昂起，像只骄傲的孔雀。

我忍不住为她点了个赞：“文艺，你刚才看起来特别酷！”

李文艺脸皮薄，受不住我这么赤裸的表扬，当即红了脸，难为情地朝我笑。

估计是她刚才耍帅耍过头了，我刚想喊她继续前进，篮球场那头就飞出来一个篮球，径直朝我们飞了过来，狠狠地砸在了李文艺的后脑上。

李文艺当即痛叫一声，捂着后脑勺，双眼涨得通红。

没多久，篮球场上匆匆跑出一个男生，一路小跑过来，问李文艺怎么样。

闻声，李文艺委屈且愤懑地抬起头，恨恨地瞪向他，竟什么话也没说，眼睛却直勾勾地盯着那个只穿着背心的男同学上身裸露的大半片肌肤看，然后开始不争气地狂流鼻血。

我瞬间收回了先前对李文艺的崇敬之情，李文艺同学，她的确不是个只看外表的肤浅女生，但她绝对是个极端在乎“内在”的好色之徒。

想不到外表那般纯良的李文艺，内心竟然如此荡漾，更令我想不到的是，她竟然丢下我一个人，任由那男同学拉着去医务室了。

篮球场上打篮球的男生跟场外围观的同学们，望着李文艺跟那个叫董大伟的男同学亲密离去的背影，皆发出戏谑的声音来，就只有体育老师故作严肃地吼他们：“看什么看？你们这群孩子，脑子里都在想什么！”

还得去打扫车库，我不敢再闲逛下去，一个人推着垃圾筐艰难地往前走，刚移动没几步，前路就被挡住了，我的眼前多了双白色球鞋，还有一双大长腿。

顺势往上望去，我就看到了沈骆驰那张高傲的小脸。

他是出来捡董大伟打飞的篮球的。

沈骆驰捡完球没立刻走，表情倨傲，一副施舍的样子说："要我帮忙吗？"

我已经习惯看他那张面瘫脸了，心情平静得很，想点头说要的，但是回头看看篮球场上那堆同学，想想还是算了吧。

我可不想成为校园红人，跟沈骆驰这种人传什么八卦，所以我摇摇头，对沈骆驰说："还是不用了吧。"

沈骆驰倒也一点不客气，只是应了声，拿着球走了，再也没有回头。

我都有点怀疑，他那句帮忙也只是随口说说的。

拜我那群无良队友所赐，一直忙到第三节课结束，我才把高二年级所有车库打扫完，足足有二十个。

倒完垃圾拖着垃圾筐将打扫物什交还给校卫生部的老师后，我累得全身都脱力了，两腿发软地朝小卖部走，准备去那儿买瓶水解解渴。

结果刚走进小卖部，我就看到不知何时回校的王春晓。

春晓没有注意到我，他正用力拽着林佳楠的手，将她拽到柜台前，特别土豪地说："林佳楠，你的道歉我收到了，你想吃什么尽管说，我给你全买了。"

我当时特无语，真想走过去说一句——王春晓，你不是说不再挂念林佳楠了吗，怎么刚回来又缠上人家了？

看到春晓献殷勤，再看看我自己因为打扫卫生，浑身脏兮兮的样子，我心里不免有些不爽。

春晓既然回来了，也不帮我打扫卫生，竟然还有空泡妞，我气得一口老血压在心头。周围很多同学都在偷偷朝林佳楠跟春晓看，嘴里窃窃私语着。

于是我干了件让我后悔莫及的事，我捏着拳头走了过去，春晓跟佳楠都背对着我，都没看到我过去，我抬起右脚，对着正在掏钱包准备付钱的春晓那挺翘的屁股狠狠地踹了一脚。

春晓被我一脚踹趴在柜台上，没等他反应过来，我撒腿就跑，跑出小卖部的时候就听到春晓气呼呼地喊："是谁！是哪个不长眼的踹我屁股！是谁！"

周围有认识我的仗义之士很是兴奋地告诉他："春晓，是王愢踹你的！你们班的王班长！"

听到自己的名字，我脸顿时涨得通红，跑得更快了。

【2】你喜欢我就直说啊，干吗用踢我屁股这么迂回的方式来表达你对我的倾慕之情 //

刚回到教室，正好听到第四节课上课铃响，紧接着是眼保健操的音乐声。

班上的人回来得差不多了，袁满坐在他位置上跟邻桌的同学说笑，看到我进来，立刻装出一副柔弱的样子，捂着肚子趴在课桌上使劲地哀号。

我都懒得看他，装吧，使劲装吧！

我板着脸回到了自己的位置上，抬起双手做眼保健操。旁边的李文艺还在医务室没回来，也不知道是伤情严重，还是她被肌肉男迷得忘记上课了。

没多久，春晓杀回教室，气势汹汹地回到自己的位置，然后开始用脚踢我的凳子。

"王愢，你说你为什么踹我的屁股？！你倒是说啊！"

春晓边胡乱地用手在眼睛上抹了几下，边朝我凑过来，贴着我耳后根，咬牙切齿地逼问我，脚上的动作一直没停止。

我被他踢得有些坐不住，微微睁开眼，眼角的余光瞥到教室外的走廊里有学生会那帮检查眼保健操跟教室卫生的同学经过，赶紧又闭上了眼睛，把全身重量都压在了屁股上，试图压住那张躁动的凳子，心里那叫一个恨啊！

春晓你还不如继续休病假，别来教室上课了，一来就祸害人。

终于撑到了眼保健操结束，地理老师来上课。

我心想老师都来了，春晓也不好再踢我凳子了吧。

可还没等我松口气，地理老师喊“上课”，作为班长的我，立刻站起身来喊“起立”，突然就听到身后传来一记闷响，腿上一痛，春晓又一脚踹了过来，凳子压在了我的腿上，痛得我当场就抽了口冷气。

春晓则没道义地低下头去，拿了本地理书挡住了脸。

班上的同学都朝我们投来了探寻的目光。

地理老师也神色严肃地朝我们看来，说：“你们那边什么情况？”

我怕又像上次放屁的事那样，我还没回答，就被春晓恶人先告状，说我踹了他屁股，那样的话，我一世英名真的要毁于一旦了，所以我没告诉老师春晓踹我的凳子，只是窘迫地说：“没，没什么。”

还算春晓有点良心，这次没有拆我的台，但很快我就发现，王春晓这个人是毫无良心可言的，他当时没开口为自己解释并趁机抹黑我，是因为他脚卡在凳子里了。

除了开头的一点风波，还算比较安静地上完地理课，我以为我跟春晓的事就这么结束了。一下课，我把书本放好，准备回家吃午饭。

我妈现在不管上日班还是夜班，都会事先帮我准备好饭菜，让我回公寓吃。主要是上次我吃了外面的鸡蛋饼，拉了肚子，她就让我不要再吃路边摊了。

我刚走出教室门，就被春晓给堵住了，那厮还在不依不饶地问我："王愢，你干吗踹我的屁股？"

表情十分严肃认真，好像我对他干了件不可饶恕的事情。

他声音不大不小，但是正好能让教室前门附近没走的同学听到，瞬间大家就跟猫闻到了鱼腥味一样，一下子全凑了过来，八卦地看着我俩。

女生踢男生的屁股本就是件极为尴尬的事，现在还被春晓当众说出来，我羞愧得都想撞墙，但是班长的威严不能丢，于是我死撑着反过来质问春晓："你既然已经回来上课了，那也该知道第三节课我们要打扫校内卫生，可你只知道跟女生献殷勤，不知道为班级做贡献，我踢你又怎么了！我一个人打扫二十个班的车库，我踢你一下都不行了！"

说的时候，我故意隐去了"屁股"这两个让人害臊的字眼。

我的意思是王春晓你太不厚道，正事不做，就知道泡妞。我是因为累出了情绪，才踢你屁股泄愤的。

但是春晓的脑回路就是跟人不一样，他竟然把我的话听成了另一个意思，愣愣地看了我一会儿，脸上露出恍然大悟的表情来，然后很为难地说："王愢，你是看到我给林佳楠买吃的，不帮你扫车库才生气的啊！原来你是吃醋啊！你喜欢我就直说啊，干吗用踢我屁股这么迂回的方式来表达你对我的倾慕之情？"

我脸色阴沉地看着沉醉在自己臆想之中的王春晓，什么话都不想说了，只恨不得自己刚才没一脚把他踹死。

这人有病！神经病！

看到林佳楠跟沈骆驰站在二楼的楼梯拐角等我，我懒得跟春晓瞎耗时间，用力地把他从我的身前推开，然后在围观同学们戏谑的口哨声中跑了。

然而我这一推一跑，在春晓眼里直接成了"王愢被我说穿了心思，不好意思地逃跑了”。

于是，就吃个午饭的工夫，等我再回到学校，班上的同学都在问我：“王偲，听说你喜欢王春晓？”

“王偲，王春晓说你喜欢他。”

“……”

校内八卦就像一阵风，等我回去吃晚饭的时候，就连林佳楠也难以置信地问我，说：“偲偲，你不会真的喜欢王春晓吧？”

被追问了大半天这个问题，我郁闷得都要死了，再加上春晓误会我喜欢他，不知道哪里来的自豪感，一直在跟我嘚瑟，还安慰我：“王偲，虽然你是个眼光不错的姑娘，看上了我，但是我心里已经有林佳楠了。你还是放弃吧，不过咱们还是可以当好朋友好同学啊！”

我连话都不想跟他说。

“偲偲……”

见我不吭声，林佳楠又喊了我一声。

我正没精打采地垂着头往前走，闻言，幽怨地抬起头看着她，生无可恋地说：“我脑抽了吗？怎么会喜欢他？！他瞎扯呢，我喜欢的才不是春晓这种类型！”

我喜欢的人，他聪明睿智，温文尔雅，笑起来的时候，仿若春风拂面，让人觉得心里有暖流激荡。他一点都不吵也不爱闹，却能容忍我的聒噪，永远一副从容不迫的样子，待在他的身边，让人很有安全感。那个人车技很差，他却能毫不避讳地承认，有着不够完美的真实，又优秀得那么不切实际。

那个人是……

那个时候，我脑海里光顾着想苏遇的样子，没有注意到，在旁人眼里，我的目光一直追随着走在前方、沈骆驰那冷傲的背影上。

所以，我也没有注意到原本跟我并肩行走的林佳楠越走越慢，最后不再跟上来，落在我们的身后很远很远，一个人蹲在地上红了眼眶。直到沈骆驰回头发现她不见了，跟我回去找她，她才慌乱地擦掉眼泪，对我们强颜欢笑。

“我只是突然脚疼。”她说。

那么蹩脚的借口，也只有年少的我们说得出来，也只有年少的我们会相信。

十七八岁的我们，对爱情有着超乎年龄的好奇与幻想。我们总喜欢在自己的脑子里揣测着爱情的模样，哪怕是偏离现实也毫不在意。我们只相信我们想相信的，只坚定我们想坚定的。

所以才有了春晓以为我喜欢他。

佳楠以为我喜欢沈骆驰。

而我以为，我喜欢苏遇。

【3】我这人心大，我既然能容得下高傲的沈骆驰、调皮的春晓，自然也容得下一个卑鄙的秦淑仪 //

虽然春晓做了很多让我难以忍受的事，但我万万没有想到我会因为他自入学以来第一次被老师当着全班的面点名批评。

那是国庆长假前一周的班会课，班主任黄老师一改往日的和善，面无表情地走进教室，刚站到讲台上，就说：“王愢，你站起来。”

我一头雾水地站起来，不明白发生了什么事，就听到黄老师说：“从现在开始，我们班的班长将由秦淑仪当，副班长依旧是霍栋，学习委员李嘉华……王愢，做文艺委员。”

话落，教室里突然响起一片喧哗声，我一脸难以置信地望着讲台上的黄老师。

可黄老师没有看我，只是转身拿了一根粉笔，在黑板上唰唰写了两个大字——早恋。

“在市一中，早恋是大忌，对于我们实验班来说，早恋更是大忌中的大忌。市一中的实验班，除了个别同学外，其他都是全市高中生中的佼佼者，都是先通过中考，刷出来的最优秀的一批进的市一中，又是通过市一中分班考试，选出的最优秀的一批组的两个实验班。这两个班级的学生，是我们市一中培养来准备考名牌大学的。你们平时小吵小闹也就算了，我就当你们是孩子心性，睁一只眼闭一只眼，但是早恋，是绝对不允许的。王愢，你现在知道我为什么撤销你班长的职务了吗？”黄老师严肃地对大家说完，然后将视线移向了我。

我像被人用力地抽了一巴掌，脸上火辣辣的，我能感觉到身旁李文艺朝我投递来的同情的目光。

教室里的气氛变得很沉默。

我张了张嘴，委屈地望着脸色阴沉的黄老师，忍不住为自己辩解。

即使我知道，辩解显得我很没格调，但是对那时只知道念书，当个好学生的我来说，被老师误会是一件极其难以忍受的事。

“黄老师，我没有早恋，我根本不喜欢王春晓，是他误会了。”

身后本来拿笔在我背上乱画的春晓也突然安静了下来，见我都成这样了，也站起身来帮我说话道：“老师，你别怪王愢，人的心是最不受控制的，她也是没法控制自己喜欢我。”

我攥紧了拳头，恨不得朝后大骂一声，让春晓闭嘴。

黄老师显然不想听我们多说，对我们挥了挥手，示意我们坐下，说：“这事就到此为止，其他我也不多说了，咱们还是上课吧。”

高二的班会课，经常被拿来当主课上，这对班上的同学来说已经是习以为常的事了。

黄老师说要上课，也没人敢说个不字，只是那节课对我来说，就像是一场煎熬。老师讲了什么，我都没听进去，一直熬到那节课结束，我看黄老师抱着课本走出教室，想也没想，从位置上站了起来，追了出去。

“老师，我……”我跟在黄老师的后面，支支吾吾地开口，却又不知道说什么。

黄老师回头看了我一眼，对我招招手。

于是我跟着她进了办公室，她从办公桌里拿了本日记本给我，说：“王愢，你是个明事理的学生，老师今天在班会课上说这些，也是为了咱们班好。我当然知道你看不上王春晓那傻蛋儿，但这日记上写的东西，老师希望你能不要再想它。苏遇再好，他也是个大学生，可你还是个高中生，你的本分应该是好好学习，考上大学，不该想的东西别多想。”

看到日记本的那一刻，我愣住了。

那是我的日记本，我从初中起就爱写日记，一是为了锻炼写作能力；二也是为了记录下平素生活，想等着年纪大了，再翻开看看，也算是一个不错的回忆。

我写日记都是随感而发，想到什么就写什么，完全不担心会被人看见，因为我在上面加了两把小锁，平素也一直藏在书包里随身带着。这阵子课业忙，我也没时间写日记，所以这日记本什么时候丢的，我也没发现。

日记本上的小锁没了，显然已经被撬掉了，不然黄老师也不会知道我日记本里写了什么。

“这锁不是我撬的，我拿到的时候，就没有了。”生怕我怀疑她撬锁，黄老师急忙为自己解释道。

我了然地点点头，问老师，你是怎么拿到的这本日记?

黄老师没告诉我，但我也猜到了，一定是同学捡到，撬了锁看了内容后，把日记交给她了。

听着黄老师又说了些安抚的话，我才抱着日记本离开了办公室，心里一直在想，到底是谁这么恨我，把我这么私密的日记都挖出来了，还特意撬了锁。要知道我那两把锁很难撬的。

等我回到教室，已经开始上新一节课了。

新班长秦淑仪正站在座位上，口齿清晰，声音洪亮地喊了声："起立。"

我僵立在门口，连报告都忘记喊了，光顾着看秦淑仪了。

我猛地想起，那天做校内卫生的时候，秦淑仪问我借上周考的数学第二单元模拟试卷，我说在书包里，让她自己去拿。那时候大家都去打扫卫生了，会不会是她拿走了我的日记?

我还在怀疑，正好对上秦淑仪的目光，她看到我，眼神明显地慌乱了下，立刻移开了视线。

我心里顿时一片清明，觉得秦淑仪有点可笑，靠这样的手段得来的班长，当得真心舒服?

我这人心大，我既然能容得下高傲的沈骆驰、调皮的春晓，自然也容得下一个卑鄙的秦淑仪。所以我也没有跟秦淑仪计较，就当不知道似的，得到老师的许可后，云淡风轻地回到了自己的座位，拿起书本上课。

对我而言，当不当这个班长无所谓，我只是不想被老师误会罢了，毕竟老师对我的看法，会在往后的家长会上直接传达给我妈。

说白了，我就是个怕妈的孩子啊!

看我如此淡定，春晓有些坐不住，一直用笔戳我的背，小声地喊我，说:

“王愢，王愢，你是不是被老师骂惨了？”

我完全不想理他。

春晓以为我这次是真生气了，有点急了，不死心地呼唤我，哀求我：“王愢，我错了，我这次真觉得自己错了。我坏，我嘴贱，你再原谅我一次啊，别不理我啊！咱们五百年前是一家啊！”

生物老师刚又朝我们这边看了，我要理他我就是傻子了。

然而春晓绝对是受虐属性，我越不理他，他越是缠得紧，就跟追林佳楠似的，不依不饶地继续戳我的背。

“王愢，王愢，快看我。”

我余光瞥了下窗户，就看到春晓一只手把自己的头发拨弄成一个高耸的犀牛角，一只手按着自己的鼻子，按出了一个猪鼻，试图逗我笑。

他那样子的确挺好笑的，我也真的要被逗笑了，但是看到巡逻的教导主任突然出现在走廊里，我就算再想笑，也憋着不敢笑了。

没等春晓继续喊我，教导主任已经站在了我们班教室前门口，朝春晓勾了勾手指，说：“王春晓，你给我过来，来来来，我知道你皮又痒了。”

毫无疑问，春晓又被带去了教导处。

自作孽，不可活，我对他的同情心已经被消磨光了。

春晓出事，班长认领，当我看到秦淑仪一副吃屎的表情，将春晓从教导处领回来时，我突然觉得，不当班长也挺不错的。

【4】你会不会做油煎蛋 //

那天晚上回家后，我主动跟我妈坦白了自己被撤销班长职位的事，我妈听完，非但没有责怪我，反而夸我没有跟秦淑仪闹。秦淑仪她爸是他们厂的车间主任，我要跟秦淑仪闹了，我妈她很难做的。

我发现我妈跟我一样，都有点尿。

那周过去，就是国庆七天长假。林佳楠要跟她妈回自己家，我爸妈要上班，没时间照顾我，所以跟往年的国庆一样，我依旧住在出租屋里，无聊的时候，去学校附近的二手书店看看书。唯一不同的是，这次不是我一个人在家，还有个沈骆驰陪着我。

说陪着我，也是我想太多了，按我们之前的相处模式看，也应该是他做他的事，我做我的事，互不打扰才对。

林佳楠似乎不大想回家，走的那天晚上，她敲我的房门，来找我说话。

那会儿我正趴在书桌前写作业，房里的灯没开，我只开着一盏小台灯，头凑在台灯底下，在跟一道复杂的解析几何题做斗争。房门没关，听到佳楠的声音，我应了声，让她自己开门进来。

林佳楠朝我走近，坐到了床上，默默地看着我。

我忙着理清思路，正奋笔疾书呢，说："你等我会儿，我很快就做完了。"

等我做完，回头看林佳楠时，她正趴在我的床上，看我新借来的武侠小说《佣兵天下》。

林佳楠翻了几页，又将书合上，起身看我，笑着说："愢愢，我有时候挺羡慕你的，又会学习，又看得懂武侠小说，跟男生很像，男生们肯定很容易喜欢你。"

我没仔细揣摩佳楠的心思，以为她也是随便说说，便不好意思地笑了起来，摸摸头，说："哪有，男生才不会喜欢我这种女生，他们都喜欢你。你说羡慕我，我还羡慕你呢，性格好，还会画画，长得又漂亮，这才像个女生啊！"

这你恭维我，我恭维你，实在是有点别扭。我跟林佳楠都发现了，互相难为情地笑了笑，然后并肩坐在床沿上聊天。

这是我搬进香格花园后，第一次跟林佳楠聊天。佳楠内向，我外向，所以我们俩聊天，大多是我说得多，她说得少。

我郁闷地跟林佳楠抱怨了下春晓回来后我的生活惨状，又跟她说了我被秦淑仪害了的事，佳楠默默地听着，表情却有点心不在焉。

我忍不住问她："佳楠，你是不是有心事？"

林佳楠"啊"了声，抬头看我，摇摇头，又点点头，半晌，她幽幽地开口说："愢愢，如果我说我喜欢沈骆驰，你会不会生我的气？"

我愣了下，觉得林佳楠的问题有些奇怪。她喜欢沈骆驰，我为什么要生气？难道是因为我跟沈骆驰关系不好，她怕自己喜欢沈骆驰，惹我生气吗？

咦，我才不是那种小气的人啊！

"佳楠，你想多了，你喜欢沈骆驰是你的事，我有什么好生气的。"我拍了一把林佳楠的肩膀说道，后又想起班会课上黄老师对"早恋"的敏感态度，我不忘提醒她一声，说，"不过你喜欢归喜欢，千万别早恋啊！学校对这事看得紧呢，而且你妈管你也挺严的。"

林佳楠点点头，说："我知道。我就是想告诉你一声，你要不生气就好了。"

说完，她离开了我的房间，当着我的面，敲开了沈骆驰的门。

她妈妈去楼下跟刘奶奶道别去了，所以这公寓里就剩我们三个人。

沈骆驰开门，杵在门口看到林佳楠，愣了会儿，又看了看我，微眯了下眼睛，表情不耐烦地问佳楠："什么事？"

佳楠回头看了我一眼，抿了抿嘴唇，又转过头去，像下了很大决心似的对沈骆驰说："骆驰，我喜欢你！"

沈骆驰愣住了，我也愣住了。

楼梯上传来嗒嗒的高跟鞋声，林妈妈突然出现在门口，微笑地问林佳楠，要不要走了。

林佳楠抬眼瞅了沈骆驰一眼，咬了咬唇，没再多说什么，跟着她妈走了，留下我跟沈骆驰两个人，望着她们离去的背影，久久才收回了视线。

我从未见过这么勇敢的林佳楠，不免有些被她震撼到，好奇心起，用胳膊肘碰了碰身旁的沈骆驰，八卦地问道："喂，你喜欢林佳楠吗？"

沈骆驰冷眼扫了我一下，一副懒得回答的样子，扯开话题道："我饿了，你会不会做饭？"

我觉得他问这个，对我来说简直是侮辱。

我王愢八岁就开始自己做饭了，他竟然问我会不会做饭！

我看了下时间，才晚上七点多，刘奶奶家晚饭吃得早，沈骆驰这个点饿了也不足为奇。为了不让他看扁，我麻利地卷起袖子，走到厨房，开始忙活起来。

沈骆驰不知何时站到了我身后，凑过脸来，随口说道："你会不会做油煎蛋？"

我手指顿了顿，惊愕地抬头看着沈骆驰。

沈骆驰也在看我，目光定定的，像在寻求一个答案。

"王愢，你会做油煎蛋吗？"

沈骆驰又问了一遍，我想起了刚才林佳楠跟沈骆驰表白的神情，想起她小心翼翼地跟我说，她喜欢沈骆驰时的样子，我的心突然慌了。

于是我对沈骆驰撒了谎，说："我不会。"

沈骆驰不信，硬是让我给他做一碗油煎蛋。

明明是很简单的油煎蛋，我却做得手忙脚乱，一副真的不会做的样子，最后只做了两个煎蛋，连油汤都没有，鸡蛋里盐还放多了。

沈骆驰吃了一口，便没再吃，说了声难吃后，回了自己的房间，留下我一个人望着桌上的油煎蛋出神。

我不知道自己为什么要撒谎，后来我想，我应该是不想林佳楠难过吧。

她刚跟沈骆驰表白，我就告诉沈骆驰一直给他做油煎蛋的人是我而不是她，林佳楠知道的话一定会很伤心，以为我不希望她跟沈骆驰好。

虽然我搞不懂林佳楠为什么会喜欢沈骆驰，又为什么突然跟他告白，但作为好朋友，就算我对沈骆驰意见再大，我还是会尊重佳楠的决定。因为在那个单纯的年纪，喜欢一个人的心意，对我们来说是弥足珍贵的。

就像，我喜欢苏遇一样。

【5】渐渐地，我发现，在我们三个人之间，我好像成了个很碍眼的存在 //

年轻的时候，我们都觉得时间是个极其消磨人的东西，都巴不得它快点流逝，巴不得自己早点长大，以为成了大人，就可以为所欲为。

可是我们错了，世界上走得最快的就是时间，而最无奈的事便是成长。

转眼就到了学期末，又是一个寒冷的冬天。

那年的冬天来得特别早，十一月的秋就开始下雪，在我们那个南方小城，雪并不是常见的，特别是十一月的雪。

也许正是因为少见，所以大家对此都感到格外新奇。

不知道从哪个班开始流行起来的，老有女生在自己的座位上发现精心堆好的雪人，雪人肚子里还藏着那种暧昧的小字条。

女生看到后大多娇羞脸红，把雪人藏好，不被老师发现，由着它在某个暗处静静融化，也有个别的会当场暴躁哀号，谁放的呀，把我的书都给弄湿了。

说来惭愧，我就是那个别的。

我刚吼完，李文艺就拉了拉我的胳膊，眼神朝某个方向点了下。

我顺着她的视线望去，正好对上副班长霍栋那满是受伤的眼神，坐他旁边的同学都一脸同情地看着他。

长这么大，就我那粗枝大叶的性格，难得有男生看上我，更别说暗恋我一整个学期了，霍栋便是那唯一的一个。

看在我们过去一个班长一个副班长，为了班级共同进退的分上，我没有把霍栋送我的小雪人直接扔掉，给他在同学们面前留了个面子，准备把雪人从抽屉里拿出来，藏课桌底下。

悲剧的是，我手刚伸进抽屉，就被抽屉深处的另一道白影吓了一跳，手一抖，把霍栋做的小雪人摔在了地上。

那玩意儿又不经摔的，掉地上后当场就碎了。

周围的同学见状，发出一阵怪异的欷歔声。

那一瞬间，我似乎听到了霍栋心碎的声音，我都不忍心抬头去看他脸上的表情，只是抿紧着唇，把手伸进了抽屉最深处，从里面抠出来了第二个小雪人。

我觉得用“人”这个字眼形容我手中这一坨白色的物体是对“人”的一种侮辱，霍栋堆的好歹是个雪人，而我手里的这坨，只能说是个“雪鬼”，看上去特别瘆人。

这东西的表情也忒恐怖了。

没等我发问，一旁的李文艺深有同感地提醒我道：“这玩意儿看得人瘆得慌，我觉得送你这雪人的人绝对不是在暗恋你，而是在恐吓你。王愢，你最近是不是得罪什么人了？”

别说最近了，放眼望去，我整个高中生涯，算得上跟我有“仇”的几个指头就数得过来，无外乎就一个沈骆驰、秦淑仪，撑死再加个王春晓。

刚想到春晓，一道幽幽的声音就从我耳后飘来，不阴不阳地道：“哪瘆人了，这雪人哪瘆人了？瞧着多可爱，有鼻子有眼睛的。”

闻声，我跟李文艺双双回头，震惊地看着后座的春晓，就看到春晓右手托着腮帮子，胳膊肘枕在课桌上，一脸不高兴地朝我俩翻着他那双大白眼。

看他这表情，回想起他刚说的话，我感觉背上一阵发寒。

“这玩意儿不会是你放的吧？”我艰难地吞了吞口水，问春晓。

春晓歪着头，抬眼看天，莫名傲娇道：“不然呢？除了我这么多才多艺，谁有本事堆这么可爱的雪人给你……”

没等春晓说完，我把手中那瘆得慌的“雪人”朝他对着我的那半边脸给砸了过去，没好气道：“王春晓，你发什么神经！把这东西放我课桌里，你想吓死我啊！”

春晓被砸了一脸的雪碴，边说话边嘴里喷雪，气呼呼地鼓着大眼睛朝我控诉道：“谁想吓你了！我这是爱的表示，就跟霍栋送你小雪人是一个意思！王偲，你不喜欢也就算了，但不能这么诋毁我对你的心意！”

我的天！

看着一脸义愤填膺的王春晓，我头疼地扶额。

又来了，春晓又开始发病了！

全校同学包括老师都知道王春晓喜欢的是林佳楠，追着人家满校园跑，但最近他像中邪了，突然说不喜欢林佳楠了，开始对我献起了殷勤，张口闭口就是“王偲，我喜欢你”。

他这一转变还得从林佳楠跟沈骆驰表白后说起，原本我以为那天林佳楠在家跟沈骆驰告白后，事情就这么过去了——因为那次国庆后，沈骆驰对林佳楠的态度跟之前一模一样，并没有回应她的心意。

为此，林佳楠难过了好几天，苦闷地跑来问我，说偲偲，你说骆驰他是不是讨厌我啊？！不然他为什么一点反应都没有？

我又不是沈骆驰肚子里的蛔虫，我怎么知道沈骆驰在想什么。

看林佳楠哭得这么伤心，我只好安慰她，说，佳楠不是的，你这么好，哪有男生不喜欢你啊！沈骆驰肯定是害羞，他那么高冷一个人，要那么轻易就跟你好了，那也不像他了对吧。而且学校不准学生谈恋爱，别看刘奶奶疼沈骆驰疼得紧，但这方面她还是管得挺严的，沈骆驰可能也会有点顾忌。佳楠你也别想太多，咱们还小，谈恋爱等上大学再说嘛！当然你喜欢沈骆驰还是可以照样喜欢的。

林佳楠听了我的话，不再哭了，抽噎着跟我说，反正喜欢骆驰是我一个人的事，就算他不回应我，我也还是会喜欢他的，就跟偲偲你喜欢苏遇一样，苏遇跟你都没啥交集，偲偲你不也还是喜欢他。

我赞同地点头，目送着林佳楠破涕而笑地从我房间离开。

那时候我以为，在面对那懵懂的爱情时，林佳楠跟我是一样的，应该说，大部分女生都跟我是一样的，在暗恋得不到任何回应时，依旧会在心底默默地坚守着这份心意，因为那是我们青春的一个印记。

后来，我才知道，林佳楠跟我是不同的，即使她没我外向，即使她是个很害羞的姑娘，可是在爱情面前，她比我勇敢很多。

就算沈骆驰没有回应她，但她发现沈骆驰并不排斥她后，佳楠总会不经意地表露出她对沈骆驰的喜欢，就算是在学校，当着其他同学的面，她也不加掩饰。

早上去上学，她要等沈骆驰一起走，偶尔会撇下我；每次晚自习回家，她不再跟我并排走，而是一路小跑着跟在沈骆驰的身旁跟他说话，聊他们班的趣事……

渐渐地，学校里有了传言，说林佳楠喜欢沈骆驰，也有人说，沈骆驰在跟林佳楠谈恋爱。

渐渐地，我发现，在我们三个人之间，我好像成了个很碍眼的存在。

用李文艺的话来讲—— 王愢，你不觉得自己跟他们一起回家像个大灯泡吗？还是很亮很亮的一个灯泡。

为了不当电灯泡，我开始不再跟他们一起上下学，理由很好找，临近期末，我们实验班晚自习结束得比普通班晚，早读课又上得比普通班早，所以，时间上错开了。

渐渐地，这消息连向来不在意这些校园八卦的春晓也听了进去，有同学开春晓的玩笑，说王春晓，你追了林佳楠都快三个学期了都没把人家追到手，结果半路杀出个沈骆驰，轻而易举就把林佳楠给攻下了。

春晓总是装作无所谓的样子回他们，说老子早就看不上林佳楠了，管她喜欢谁！

他嘴上虽这么说，但好几次我上完晚自习回家，都看到他一脸失意地蹲在我们小区门口，像是个被丢弃的小孩子。

他比我预想的要平静很多，本来我以为，像他这么厚脸皮的人，会直接跑去我们公寓找林佳楠质问，但他没有，他在门口蹲了很多个晚上，一直没再往里面走。

也许他知道，他并没有资格去质问林佳楠。

又或许，他的不要脸只是表面，他其实跟我一样是个自尊心很强的人。

很快，我发现我想错了，王春晓之前没闹，是因为他还没开始发神经呢。

他开始发神经，是在某一天，他在香格花园的门口拦住了回家的我，恩赐一般地对我来了一句："王愢，你不是喜欢我吗？好吧，看你这么有眼光的分上，我给你追我的机会，明天请我吃早饭。”

那时候我看他感情受挫，可能精神出了问题，都不忍心骂他，只是推开他走了。

可第二天，我去学校，就发现课桌上多了很多面包牛奶，全是春晓买的。

说是让我请他吃早餐，其实是他请我。说是他准许我追他，其实是他在向我献殷勤，对外却说是他接受了我的告白，准许我喜欢他了。

再没有谁比我更清楚王春晓追一个人时的样子了，那会儿追林佳楠简直就像跟踪狂似的，走哪儿跟哪儿。

我可是亲眼见过林佳楠那心力交瘁的模样的，这会儿落在自己的身上，那才是真真正正地体会到了那煎熬的滋味了。

虽然我是有点小虚荣心、被霍栋这样的男生暗恋也会小小嘚瑟下的姑娘，但是被王春晓那样集万千宠爱于一身，成天送着变态的小礼物“疼爱”着，我真心承受不住。

实在是走投无路了，我只好报告老师，说王春晓骚扰我，不仅败坏了我的名声，还严重影响我的学习。

班主任听我说完，当然是不假思索地信了我不会看上王春晓那傻蛋儿的话，把春晓叫去办公室谈了好几次话，多次警告他不准再影响我，但王春晓要听得进去的话，他就不是王春晓了。

他进办公室就跟进茶馆一样，出来后的表情比进去前还要悠闲。

在老师对我也是爱莫能助的情况下，我只好自己救自己，想着春晓得知林佳楠喜欢沈骆驰后，就立刻自尊心受挫地找我发神经，所以我赶紧告诉王春晓，我也有喜欢的人了。

我喜欢的可是苏遇，比他好一千倍一万倍的苏遇啊！

结果春晓听完我的少女情怀，非但没有“移情别恋”，反而很是理解地对我说，王愢，没关系的，就你这年纪，爱追星也是没毛病的，我不介意，告诉你个秘密，我还喜欢苏菲·玛索呢！我天天晚上做梦梦到她。

闻言，我只能双手合十，朝春晓跪拜下去。

哥，算我输，我投降。

【6】等后来的我终于弄明白这一切时，我才恍然顿悟自己都错过了些什么 //

将雪人扔向春晓后，不等我与他继续浪费口舌，早读课的钟声就响了起来。

今天轮到英语早读，铃声一响，Miss 方就踩着高跟鞋抱着英语书走进了教室。

下课前十分钟，她突然开始让我们默写昨天新教的课文单词。

春晓一直在我后面踢我的凳子，我无奈，从署着自己名字的默写纸下抽了张字迹潦草的答案纸给了春晓。

收卷时春晓一脸得意地在上面签上自己的大名，袁满在旁一脸羡慕地看着他，我拍拍袁满的肩膀，让袁满别羡慕，回头高考之后填大学志愿，春晓他爹会为他高中三年的所作所为拿出几十万给他买个学校，而咱们不需要钱，说不定还有奖学金拿。

袁满很受我鼓舞，觉得自己为爹妈挣了几十万，感到格外的自豪，看春晓的眼神也是充满了鄙夷。

春晓完全不以为意，反正你们都是嫉妒我有钱。

今天又轮到我们班做大扫除了，上午第二节课后，外面下着雪，教室墙头的广播里播报着今日不出操的消息，班上的清洁委员刘婵站在讲台上催促着大家赶快下楼，去卫生部老师那儿领打扫工具。

春晓第一个跑出教室，身后跟着胖乎乎的袁满。

我跟李文艺慢悠悠地走在后面，自从春晓开始“追”我之后，不管是班里还是校内，只要轮到我值日，春晓总会自告奋勇地帮我全部完成。

这样看来，被王春晓追，我也不是什么好处都没有捞到。

反正有春晓干活，我也不急着去拿打扫工具，跟李文艺有说有笑地走到了楼梯口，准备先去小卖部买个早饭。

冬天了，都爱睡懒觉，所以每次上学都顾不得吃早饭。之前春晓天天给我送早点，后来被我骂了几次，就不送了。我也乐得自在，宁愿跟李文艺第二节课后去小卖部买早点吃。

要下楼梯的时候，正好碰到了上楼梯的沈骆驰。

军绿色的大衣内搭配着蓝白格子的毛衣，领口露出白色的衬衫领，不得不承认，沈骆驰的确是我们学校长得最好看的男生，无论他穿什么衣服，都能穿得比别人好看许多。

周围的女生自看到他的那一刻起，就开始忍不住窃窃私语，就连我身旁的李文艺都在拼命地掐我的手背，小声地在我耳边嗫嚅：“王愢，看那不是沈骆驰吗？你要不要过去打个招呼？”

我真想翻一个白眼，我干吗要跟他打招呼，他又不跟我打招呼。

沈骆驰耳朵里塞着白色的耳机在听歌，手里拿着一瓶光明酸奶，低着头上楼，一副目中无人的样子。

我对他这副冷脸已经习以为常，跟李文艺站在一旁，等他走过。

突然，林佳楠的身影也出现在了楼梯口，她跟他们班的女生一起走，手里拿着两个面包，应该是从小卖部买完早点上楼，急急地朝沈骆驰喊了声：“骆驰，等一下。”

沈骆驰在听歌，没听到她的声音，林佳楠追上前拉住了他的衣角。

沈骆驰停住，回头看她，面上依旧毫无表情。

“我看你早上都没吃饭，你胃不好，光喝酸奶怎么行，很伤胃的。”林佳楠将手中的一个面包塞给了沈骆驰。

沈骆驰眉眼动了下，没说什么。

佳楠的话不轻不重，但周围的人都听得到，顿时所有人都在看他们。

学校里的同学并不是所有人都知道我们三个人住一个公寓，所以林佳楠这话在很多人耳里听来隐藏的信息量很大。

从旁人满是暧昧的眼神里可以看出，他俩在谈恋爱的事又被坐实了几分。

林佳楠跟沈骆驰说完，才抬头看到杵在一旁干笑着不知道说什么的我。

意识到自己竟然没看到我，她脸上的表情很是尴尬，但很快她又笑着跟我打招呼，说：“愢愢，你们也去小卖部买早点吗？”

我点点头，看到林佳楠越发尴尬的脸色，赶紧摇头，解释了一句：“我去拿打扫工具，下节课轮到我们班校内大扫除。”

林佳楠“哦”了声，神色有些好转。

如果我说我也没吃早饭，她只给沈骆驰送了面包，没给我，像她脸皮这么薄的人，肯定要羞死了。

因为不出操，第二节课之后有十五分钟的休息时间，但也不算很长。

杵在楼梯口，经过的同学又那么多，实在不适合说话，林佳楠也发现了这一点，跟我挥了挥手，说：“愢愢，那我先上去了，我们要上课了。”

我刚想说“好的”，突然胳膊被人撞了一下，手里多了个面包，是林佳楠送给沈骆驰的那个。

我震惊地望着沈骆驰离开的背影，愣在了当场。

林佳楠的脸色瞬间变得很难看，但她还是勉强地对我笑了笑，然后脚步慌乱地追着沈骆驰上楼去了。

手里明明握着的是个面包，我却像攥着块石头，手心里沉甸甸的，一颗心慌乱地跳着。

我不明白这莫名其妙的心跳加速是为什么，就像我不明白沈骆驰为什么要给我这面包一样，我的脑袋有些当机，等后来的我终于弄明白这一切时，我才恍然顿悟自己都错过了些什么。

春晓突然带着袁满杀回了楼梯，不知道谁通知的他，春晓一出现，就抢走了我手中的面包，二话不说地就把它丢进了楼梯口的垃圾桶，然后回头抓过我的手，将我拽下楼梯，拉着我去了小卖部，对着琳琅满目的面包对我说："王愢，你要吃什么，我都给你买了。"

几乎是一模一样的话，他之前也这么对林佳楠说过。

我挣扎着从春晓手里抽回了自己的手，摇了摇头，说我不饿。

不等春晓追我，我一股脑地跑出了小卖部，离去的时候，有种说不清道不明的感觉驱使着我，我突然抬起头，便看到沈骆驰跟一群男生正站在他们十三班教室外的阳台上聊天。

他的目光落在我的身上，依旧是淡淡的，看不出丝毫情绪，可我竟然被他这淡漠的眼神看得心思烦乱起来。

我想，我一定是最近被春晓摧残得神经跟着他一起混乱了。

【7】郭英是郭老师！是我最敬爱的郭老师！ //

第三节课上课铃响起的时候，我们正好从卫生部领完打扫工具往车库的方向走。

一路上李文艺都在跟我开玩笑，故意一直提沈骆驰突然送我面包的事，别说她觉得意外了，我也惊讶得不行。

只要一想到林佳楠离去时那幽怨的神情，我就跟心上压了块石头似的，胸口闷得慌，不知道晚上回去该怎么跟她解释。

这沈骆驰没事抽什么疯，突然送我面包，而我又为什么要接那面包？！春晓怎么不早点出现，当着林佳楠的面把我那面包给扔了呢？这样的话，我还可以憨笑一声，骂一下春晓来缓解尴尬。

我正烦闷着，春晓他们已经到达了车库，不知道发现了什么惊奇的东西，车库那儿传来春晓激动的声音。

“这都写的什么啊！这么劲爆！”

“劲爆是挺劲爆的，但这是油漆写的吧，咱们怎么清掉这些字啊？！”袁满有些头疼地附和着。

我跟李文艺站在车库外，不知道里面发生了什么，闻言，赶紧跑进了车库一看究竟。

车库灰暗的墙壁上不知道被谁泼了红油漆，还被写了字，上面的字眼很是不堪入目，都是什么贱人、荡妇、婊子、小三、勾引……

“这都谁写的呀？有没有一点社会公德心！一点都不体谅打扫卫生同学的心情。人家怎么了，把人骂成这样！”

我抱怨了几声，转头去看另一面墙上的字，突然两个醒目的大字跃入我的眼帘，我的喉咙像被人生生扼住一般，一时说不出话来。

所有难堪的骂人字眼最后全都指向了一个名字——郭英。

郭英是郭老师！

是我最敬爱的郭老师！

是我仰慕的少年苏遇的母亲!

我怎么能容忍她被这样辱骂!

顿时一种愤怒的情绪涌了上来。

“谁干的!”我大骂一声，冲出了车库，朝下一个车库跑去。

墙壁上的油漆还没有干，说明写这些字的人还没走远。

在授课过程中，学生跟老师难免会有矛盾，我以前也见过学生辱骂老师的，但是头一次看到这么明目张胆，在公众场合写字泼油漆破坏别人名声的。

我一个个车库找过去，内心发誓一定要把侮辱郭老师的坏学生给找出来，我一定要让他吃不了兜着走!

春晓他们见状，追着我跑了出来，陪着我一起找。

每个车库墙上都被写上了油漆字，内容有所不同，但都很粗鄙。

郭英是贱货!

郭英是婊子!

郭英淫荡无比!

郭英是小三!

郭英不要脸，勾引有妇之夫!

跑到最后一个车库，听到里面有响动，我当即愤怒地要冲进去，里面的人听到了我们的脚步声，没等我们冲入，突然从里面冲了出来。

一下子冒出来好几个人，原来始作俑者还不是一个人，我的愤怒更多了一层。

没等我看清是谁，一个油漆桶突然朝我砸了过来，我连忙躲开，身后的春晓却遭了殃，被泼了一身的红油漆，脸上都被溅到了，当即气愤地叫喊着朝逃窜的人追去。

“有种你别跑!”

袁满被冲出来的人撞倒在地，柔弱的李文艺躲在一旁被此景吓得瑟瑟发抖，连声音都带着哭腔。

我跟着春晓一起追那批逃跑的人，看不到他们的脸，只能看到那群人五颜六色的头发，有男有女，但应该都不是我们学校的学生，因为我们学校严禁学生染发。

虽有几个高三的坏学生也染发，但都没这么夸张，被老师逮到后，又都染回了黑色，然后等管得没那么严了，又重新染回去，再染回来，他们真是嫌命太长，变相地拿着有毒的染发剂开生命的玩笑。

那群人跑得很快，我们根本追不上，最后只有眼睁睁看着他们翻过学校的围墙，没了身影。

春晓气不过地还要翻墙去追，我拦住了他。

那帮人有五六个，也不知道围墙外还有没有帮手，春晓若盲目地一个人去追，指不定会吃多大的亏，还是先回去好了。

春晓难得听了我的劝，跟我一道回了车库。

等我们回去，发现车库旁聚集了好几个老师，远远地我就看到了站在人堆里小个的教导主任。

原来是听到我们楼下的响动，楼上班级的老师以为学生捣蛋，下来查看情况，就看到了车库里的字，通知了校领导。

袁满跟李文艺被老师叫去问话，看到我们过去，那两人就像看到救星似的，立刻朝我们投递来求救的目光。

教导主任见状，顺着他们的视线看向我跟春晓。

目光触及春晓，教导主任习惯地皱起眉头，朝他招了招手。

“哟，这是我认识的王春晓吗？混世魔王今天怎么也吃了亏，给我说说，你这身油漆谁泼的？”教导主任半开玩笑半严肃地问春晓话。

春晓义愤填膺且添油加醋地跟主任讲述着整件事的经过。

我沉默地站在一旁望着最后一个车库墙壁上刚写完不久的油漆字，心里很难受。

“郭英，不得好死！”

·第五章·
chapter
流言

【1】我妈以前老爱跟我说一句话就是“相由心生”，一个人的面相多多少少能反映出这个人的人品 //

教导主任向我们问话的时候，几个老师闻讯赶来，两人一组地扛着两桶白涂料到车库商量着从哪里起开始粉刷。

有人提议说一面面地刷，有人说还是先把字给涂了吧，留着太难看了。

没多久，李校长也来了，看到墙壁上的字，脸臭得跟谁欠他几百万似的，厉声道：“这像什么样子！门卫的监控调了吗，赶紧给我查出来是哪帮混账干的！”

说完，他又转头看向跟我们说话的教导主任，下令道：“多喊几个人过来一起刷，趁学生在上课还没看见，赶紧把这些东西给我去掉！”

主任得令，没工夫再理会我们，拿着手机去车库外打电话叫人。

我们几个傻愣愣地站在一旁，不知道该干些什么好。最后还是李校长发了话，让我们先回教室去了。

春晓怕脸上的油漆时间长了洗不掉毁容，火急火燎地朝男厕奔去，袁满作为他的小跟班自然是尾随他跑了。我跟李文艺两人将打扫用的工具还到了卫生部，跟生活老师简单地说了下车库里发生的事后，才被准许离开。

我们回到教室的时候，教室里一个人都没有，其他同学都还在打扫没有回来，李文艺趴在桌上喘了会儿气，然后转过头来问我，说："王愢，你说车库那墙上写的是不是真的？郭老师真做人小三，破坏人家家庭了吗？"

我就知道她憋不住要说这事，其实我跟她一样震惊，但我坚决不信上面写的是真的。

我妈以前老爱跟我说一句话就是"相由心生"，一个人的面相多多少少能反映出这个人的人品。

比如有些人一脸横肉，那这个人铁定很凶。

还有人眼角往上挑，也肯定是狠角色。不信你看《红楼梦》里的王熙凤，那双丹凤眼挑得哟，所以人自然也是个精明伶俐的人。

但郭老师这面相，怎么看也不像是会干那种事的人。

我之前就说过，郭老师是个很有气质的女人，苏遇的长相多半遗传他母亲。郭老师跟苏遇一样，是那种静静站在一旁，都会让人联想到白月光的人。一般这种出尘脱俗的人都很清高，怎会自甘堕落去做那些不要脸的事呢？

所以这绝对是污蔑。

"郭老师才不会是这种人，肯定是她得罪了哪个学生，那学生气不过，就请了外校学生过来干这种事来败坏她的名声。"我义愤填膺地说道，一旁的李文艺倒有些不以为然。

"我觉得不会是我们学校的人干的，咱们学校出了名的校规严，这么出格的事，就连春晓都不会做，何况别人。而且大家都知道之前学校为了评四星级高中在重要的出入口都装了监控摄像头，如果是我们学校的人干的，就算他找了外校的人，被抓到还是逃不了的。所以应该不是你想的那样，这事跟咱们学校的人没关系，就是外校人干的。那些外校生不会平白无故跑来我们学校乱涂乱画的，所以我感觉他们写的东西是真的，郭老师可能真的……”

“那是你自己想的，你又没有证据证明怎么就能笃定他们写的都是真的？反正我是不会相信的，郭老师是什么人，大家都有目共睹。”没等李文艺把话说完，我激动地拔高音量打断了她的话。

李文艺被我吓了一跳，但还是坚持己见地对我说道：“王愢，我知道你很喜欢苏遇，所以连带着郭老师你也超级喜欢。但咱们现在说客观事实呢，你平素脑子都比我好，怎么就在这事上转不过弯来呢？就像你说的，郭老师这人品，咱们学校的人都说好，谁会干这种事抹黑她？肯定是外校生，而且事情也不会是空穴来风的。”

李文艺说得没错，我平时都是很冷静的一个人，只是一涉及与苏遇有关的事，我就完全丧失了理智。所以那会儿的我，才会像只被踩了痛处的猫跟李文艺争论不休。

同桌半年，我跟李文艺从来没有发生过任何口角，那一天却因为郭老师的事，我们整整争执了大半节课。就连春晓跟袁满回教室，看到我们吵，忙着劝和，我们还在争着，直到第三节课的下课铃声响起，在外面打扫完卫生的同学陆续回了教室，我才停止了辩驳，只是疲惫地朝李文艺耸了耸肩，无力道：“说白了，你脑子里已经有了想法，觉得郭老师就是那样的人。”

李文艺努了努嘴，想再说些什么，但最终没说。

楼下的车库还没粉刷完，班上的同学一回教室就说车库被乱涂的事。我估计那些难堪的字眼已经先被涂掉了，不然大家也不会问我们有没有看到写了什么。

我本以为就算李文艺不说，春晓跟袁满也会忍不住跟大家八卦，但令人惊讶的是，他们三个人像说好的似的，都意味深长地看了我一眼，什么也没多说各自回了自己的座位。

他们都知道我喜欢苏遇，那种喜欢近乎信仰，容不得一丝一毫的诋毁。

他们不跟同学八卦是因为顾及我的感受，意识到这一点，我顿时觉得心头暖暖的，为先前与李文艺争吵而感到内疚。

大家没询问多久就上课了，数学老师有事，这节改为自习课。

李文艺安静地埋头做她的作业，遇到不会做的题没有像以前一样凑过来看我写的，而是要强地在上面乱写一通先填满再说。

发现我在偷看她，怕我看到她瞎写嘲笑她，所以她拿橡皮把乱写的擦了，又装模作样地继续写，写完再擦，真是死要面子活受罪。

在她把卷子给擦破之前，我递了张小字条给她，上面写着："文艺，咱们和好吧。"

李文艺面无表情地打开字条看了下，没有扭头看我，停顿了下，她拿笔在上面写了一通，又把字条扔给了我。

"选择题答案报过来。"

"CCBAD，ABCCD。"我笑了笑，麻溜儿给她回了过去。

李文艺按着字条比对下自己的试卷，把不一样的全按我的改了，然后又把字条扔了过来。

"解答题第四题怎么做，不准笑！"

"……"

我哪敢笑她，就在我跟她传字条的那间隙，我瞥到班长秦淑仪拿着值班记录本坐讲台上去了。

我都不用抬头，就能感受到秦淑仪朝我们这边投递过来的冷冷目光。

啧，我可不想被小人抓了把柄。

【2】“恶心”，这是我第一次从佳楠嘴里听到这么伤人的字眼 //

早上没吃饭，我早就饿得饥肠辘辘，所以第四节课下课铃声一响，我连课桌都顾不得收拾，赶紧出了教室，急着回家吃饭。

刚下楼梯，我就看到春晓从车库里推着辆小电驴出来，说要载我。

咱们学校本来不准学生骑电瓶车，但春晓向来是特例。

作为他“看上”的姑娘，春晓觉得我理应坐他的车。

我拒绝，说之前林佳楠都不坐你的车。

春晓的回答是，他之前逮不着林佳楠人。

我无语，朝他翻了个白眼，扭头就要走，正好撞到沈骆驰从楼梯口出来，身后自然是跟着佳楠。

佳楠看到我，脸上的表情有些微妙，没等我搞清楚她怎么了，她的目光触及我身后的春晓，当即就跟见了鬼似的，直接躲沈骆驰后面，细白的小手紧紧地抓着沈骆驰的衣角。

沈骆驰回头看了她一眼，眉头微蹙了下，没说什么，转头看向杵在一旁的我跟春晓，停下了脚步。

我担心他俩又打起来，赶紧用身体挡住身后有些躁动的春晓，就听到沈骆驰冷冷地朝我们道：“让让，挡道了。”

他那千年不变的说话语气，听着就让人觉得讨厌。

别说春晓忍不住要打他，就连我也受不了。

我本来想回怼他几句，但看到杵在他后面整整一楼梯的人都在瞪着我跟春晓，瞬间觉得理亏，赶紧拉着要挥拳头的春晓往外走。

春晓屁股还坐在他的小电瓶车上，被我拽得差点就从车上摔下来。

他一路哇哇地乱号，不知道情况的还以为我怎么他了呢。

沈骆驰去车库推车，冬天天冷，大家都爱睡懒觉，哪怕多睡几分钟也好。所以为了节省时间睡觉，沈骆驰让刘奶奶给他买了新车，直接骑车去学校，不用走着去。

林佳楠为了跟他一个时间点上下学，也让她妈妈给她买了辆很少女的粉色自行车。

他们买车那会儿，我妈问我要不要也买一辆，我想了想拒绝了。

我爸妈既不像沈骆驰他爸在上海开公司的，又不像林佳楠她爸妈做生意的，一辆车三四百块钱，他们工资又不高，回头还要供我上大学，能省则省吧，多走几步就当是运动了。

我继续往前走，春晓还缠着我要我上他的车。

在我俩你推我搡之际，沈骆驰跟林佳楠两个人骑着车从我们身旁经过，林佳楠还朝我微笑了下，我也回了她一个笑。

春晓见状，突然问我，说："王愢，他俩各骑一辆，你怎么不坐林佳楠的车？"

我忍不住朝他又翻了记白眼，没好气道："你以为当电灯泡的感觉很好受吗？"

这话一出，我就接收到了春晓不满的控诉："那之前我追林佳楠，你怎么老在我跟她之间晃悠，你那会儿怎么不觉得自己是电灯泡了？"

我懒得跟他多废话，他以为我喜欢，我那还不是护着林佳楠，谁叫他不讨佳楠喜欢。

我不说话，春晓又开始用他无敌的想象力来揣测我的想法，他激动地抓住我的手，含情脉脉地望着我，深情地说："王愢，我懂了，你就是喜欢我，所以看我追林佳楠你心里不舒服，就要来阻挠我们，你就是那可恨的容嬷嬷。"

我被他刺激得差点隔夜饭都吐出来。

我错了行吗，哥，我之前不该阻挠你跟林佳楠，求你继续去骚扰佳楠吧。反正她现在有沈骆驰护着，没我什么事了。

没等我双手合十朝春晓跪下来，他突然伸手搂住我的腰，一用力，将我整个人抱了起来扔在了车后座上。

我惊得都来不及尖叫，只听到四周不停地传来围观的同学“哦哦哦”的惊叹声。

我头皮一阵发麻，急着要跳车，春晓突然发动车，快速地朝前冲去。

我自问是个贪生怕死的人，所以当春晓的小电驴像箭一样冲出去时，我很㞞地没敢从车上跳下去，而且紧紧地攥住了春晓的羽绒服，刺激得眼泪都要下来了。

车速很快，寒风呼呼地从我耳边吹过。

当我闭着眼迎风凌乱时，突然感觉到车速慢了下来，然后就听到了春晓跟人打招呼的声音：“哟，这么巧啊。”

回答他的是一片沉默。

我下意识地睁开眼，望着身旁骑着车黑脸的沈骆驰以及同样黑脸的林佳楠时，我连死的心都有了。

在死之前，我得先戳死春晓。

我已经很明确地向春晓表示过，我不爱当电灯泡。但春晓也很明确地用行动告诉我，说，王愢，没关系，我愿意与你同甘共苦。

所以，我跟他都成了电灯泡。

沈骆驰他们骑得快，他也骑得快；他们慢，他也慢。要知道坐电瓶车跟坐自行车的感觉不一样，一会儿快一会儿慢真的有点晕车的感觉。

我一路都在纠结要不要立刻跳车的问题，春晓则一路都忙着当个称职的电灯泡。

当林佳楠问沈骆驰中午吃什么时，春晓说他要吃青椒肉丝盖浇饭。

当林佳楠担忧地跟沈骆驰说下午物理要考模拟试卷三了，她还有好多不懂时，春晓说我们家王愢物理模拟试卷三考了满分，你可以抄她的。

当林佳楠问沈骆驰这周末干什么时，春晓说你想干吗？我都有时间。

……

然后林佳楠再也不说话了，一张脸越发黑了。

春晓却装作不懂的样子，还在跟我唠嗑。

我这会儿要搭理他我就是傻子了。

我算是看懂了，春晓追我是假，在林佳楠跟沈骆驰之间捣乱是真。

还好学校到香格花园很近，骑个车没一会儿就到了。

一看到香格花园的大门，我就跟看到了曙光似的，赶紧深吸了口气，从春晓的车上跳了下来，没等他继续拉着我唠嗑，直接逃也似的冲进了小区。

沈骆驰跟林佳楠也骑着车跟了进来。

我回头看了眼春晓，他没跟进来，只是朝我嘚瑟地吐了吐舌头。

我气得肝都疼了，准备回家拿把剪刀，下午去学校把他那舌头给剪了。

等我走到刘奶奶家楼下的时候，沈骆驰他们已经回来了，远远地我就看到一辆黑色的赛车跟一辆粉色的小自行车紧紧地摆放在一起。

冬日午后的暖阳照在它们身上，莫名的和谐。

我目光呆呆地在两辆车上停了会儿，头一次觉得自行车真好看，我竟然有点羡慕。

沈骆驰坐在刘奶奶家的车库门口吃饭，我经过的时候，他连头也没抬。

我也懒得自讨没趣，只是对着刘奶奶礼貌性地喊了一声，然后匆匆上了楼。

在楼梯上，我遇到了慢慢爬楼的林佳楠。

我高兴地冲上前去，在她纤瘦的肩膀上拍了下，笑着唤了声：“佳楠。”

林佳楠回头看我，脸上露出我从未见过的疏离表情，她双眼通红，目光晶莹又哀怨地望着我，声音柔弱中带着些许哽咽地对我说：“愢愢，你是讨厌我吗？”

我被问得傻眼，觉得很是莫名其妙。

我向来粗线条，对于佳楠的敏感脆弱，以及突如其来涌现的情绪，我一时难以理解，只是呆愣地停住脚步，小心翼翼地问了声：“佳楠，你怎么了？”

“你讨厌我就直说，我知道你不喜欢骆驰，你不想我跟他好你可以直接跟我说，为什么要带着王春晓一起恶心我？”

“恶心”，这是我第一次从佳楠嘴里听到这么伤人的字眼。

从小到大，她一直是个通情达理的小淑女，说话软声细语，什么时候用过这么刻薄的语气说话。

我知道她不喜欢春晓，也知道春晓刚带着我做“电灯泡”的事的确过分了，可是用“恶心”这两个字来形容我们，是不是太过了？

我说过，我是个自尊心很强的人，可是这估计也就只有我嘴里说说罢了。事实上，我的所作所为都在打自己的脸。

我承认我有被佳楠说的话伤到，我也承认我有些生气，可是当我面对着佳楠说来就来的眼泪时，我竟然觉得自己真的做错了。

“对不起，佳楠，我没有那个意思，我……”我没骨气地道歉了，可是佳楠没等我说完，就转头走了。

我愣愣地站在原地望着她决然离去的背影，鼻子酸酸的。

之后我才明白，那种酸楚的感觉叫作委屈。

【3】你喜欢他什么 //

佳楠先进的公寓，我在她后头进屋。

林妈妈在家，看到她回来，立刻招呼她吃饭，随口也喊了我一道吃。

我看了眼林佳楠，她坐在餐桌上没有看我，我便没有自找没趣，只是跟林妈妈道了谢，然后回了自己房间。

平素我妈都给我在房间的小桌上准备了饭菜，但我今天进屋，只在桌子上看到了一张十块钱纸币还有我妈留下的字条。

字条上写着我妈急着给人去代班，来不及给我做饭，让我自己随便买点吃的。

我将钱收好，出了房间，准备回学校，在学校外随便买点东西吃吃。

我出门的时候，林佳楠跟她妈妈其乐融融地坐在一起吃饭。

公寓的大厅就只有一张餐桌，因为林佳楠她们家先搬来，餐桌被她们用了，所以我跟我妈都在房间里吃饭。本来觉得没什么大不了的，这会儿看着佳楠她们一桌子的饭菜，我鼻尖的酸楚更重了。

林妈妈惊讶地望着我，说："偲偲，你这么快就吃完了？"

她说话的时候，林佳楠脸上的笑容消失了，低着头继续吃饭，连看都不愿意看我。

估计察觉到我们之间的异样，林妈妈一脸奇怪地打量着我们。

我没有怎么回答她，只是简单地点点头，说了声："阿姨，我走了。"

下楼梯的时候，正好又碰到了上楼的沈骆驰。我以为他是来找林佳楠的，便主动给他让了道。

他却在见到我的那一刻停下了脚步，朝我伸出手，声音不轻不重地说道：

“物理模拟试卷三借我看下。”

我愣住，惊讶地看着他，有些反应不过来。

他没耐心地继续道：“愣什么，你们班不是考完了吗？借看一下啊！”

“你不会是想抄我卷子吧？”因为太吃惊，所以我一时忘记了林佳楠不理我的难过，难以置信地朝沈骆驰问道。

沈骆驰没吭声，算是默认了。

我一边下楼，一边忍不住啧啧道：“你不是学霸吗？怎么还要抄卷子？”

沈骆驰跟着我一道下了楼梯，在我身后没好气地命令道：“你小声一点，谁说我是学霸了。”

“你们班女生啊，把你吹得天花乱坠的。你入学成绩不是挺好的吗？”

“别听她们胡说，那都是在上海的成绩。上海的题没这里的难，你不觉得你们这儿教育很变态吗，没事把题搞那么难干什么？又没见几个考清华北大的。”沈骆驰一脸愤愤道。

难得见他脸上有其他表情出来，我倒觉得有几分新鲜，心情也有些转好，觉得会抱怨的沈骆驰终于有了点人性了。

“那是因为清华北大对江苏考生的录取分数线很高，不像你们上海考生，在我们这儿上几年，考试再回上海考，轻轻松松都能考个名牌大学。不过我们这儿考上名牌大学的也不是没有，苏遇不就是？他还是被清华提前招生录取的。”

说到苏遇，我的话语中总有种掩饰不住的骄傲与自豪，好似在告诉别人，瞧我看上的男人，就是这么优秀。

身后突然安静了下来，我奇怪地回头看向沈骆驰，发现他停下了脚步站在比我高三级的台阶上，目光深沉地看着我，没有说话。

我以为是自己不小心又说错话惹沈骆驰生气了，当即把刚才说的话都细细地回想了一遍，觉得没啥问题啊，正要抬头问沈骆驰，就听到他淡淡地问我，说：“你很喜欢那个苏遇？”

“呃……”

我哑然。

“那个……那个……是吧。”我支支吾吾地回答道，感觉跟沈骆驰这样的冰山讨论感情问题特别别扭。

“你喜欢他什么？”

我急着想要结束这个话题，沈骆驰竟然跟我仔细探讨起来，我很是震惊。

这问题不是没有人问过我，以前其他人问，我都是毫不犹豫地就能回答，这会儿对着沈骆驰，我倒有点踌躇了。

回他吧，感觉特尴尬；不回吧，好不容易他跟我的关系发展到了能好好聊天的地步了，又惹他生气怎么办？

“呃，他成绩好，然后很聪明，嗯，性格很好吧。”我含混不清地回答道。

沈骆驰瞥了我一眼，嘴角扬起一抹嘲讽的笑：“他比我们大好几届，你又没跟他怎么相处过，你怎么就知道他性格好？还有成绩好跟聪明能算是喜欢的点吗？还是说你的喜欢就这么的肤浅？”

“幼稚。”他又多加了一句，然后几步走下了楼，将我甩在了后头。

我被他说得愣在原地，半晌才反应过来，我这是又被他给骂了。

沈骆驰到底是沈骆驰，还是一如既往的毒舌。都怪我太没防备心了，他一跟我说话，我就摸不到东南西北了。

我被气得不轻，火大地冲下楼，正撞见沈骆驰骑在车上要走。

看到我从楼道口出来，他轻笑了下。

不知道为什么，我总觉得他这笑容特别轻蔑，不尊重人。

不想跟他一般见识，我装作没看见他，气鼓鼓地攥紧拳头从他身旁大步走过。他却跟了上来，也不急着走，跟我一个速度，慢腾腾地骑在我身边。

我忍不住转头朝他吼了一声：“你干什么？！”

“卷子。”他嘴里轻轻地吐出了两个字，眉眼竟然还带着笑。

简直是欺人太甚。

“不借。”我没好气地回道。

“那我跟去你班上。”

“你王八蛋！”

刚爆完粗口，我就傻眼了，因为我看到刘奶奶就站在车库门口惊讶地望着我。

“王偲，你刚骂谁呢？女孩子家家怎么说话这么不知轻重。”刘奶奶表情有些严肃地责怪道。

“对不起。”我惭愧地低下头去，小声地道歉，一旁的沈骆驰笑得一脸无害。

在刘奶奶的目光注视下，我红着脸，羞愧地一路朝小区大门跑去。

沈骆驰阴魂不散地骑车跟在我后头。

直到脱离了刘奶奶的视线，我才敢放慢脚步，大口地喘着粗气，饿扁的胃因为剧烈运动痉挛痛了起来。

我将这些坏事发生的原因都归咎到沈骆驰头上，当即恨恨地朝他瞪去，红着眼骂道：“都怪你。”

可能是我那会儿的眼神太过凶残了，沈骆驰被我吼得愣了下，竟然良心发现地问我：“你还好吧？”

“要你假好心，你不等佳楠一起走吗？跟着我干什么！我不会借你卷子的，除非你要我告诉你奶奶你考试要抄我的。”我破罐子破摔道。

本以为沈骆驰会仗着他奶奶宠他说出“你有胆就去告”这种不要脸的话来

反驳我，可他非但没有说，反而觉得很奇怪地反问我：“我为什么要等林佳楠？”

“因为……因为……”我语塞，回答不出来，只是觉得沈骆驰这人真讨厌，这不是明知故问吗？

“因为什么？”沈骆驰朝我追问道。

他一双眼睛紧紧地盯着我，眼眸黑亮深邃像漩涡。

我被盯得脑袋晕乎乎的，脸颊莫名地发烫，我还没搞清楚自己怎么了，春晓突然从路边的一家奶茶店里杀了出来，气势汹汹地走向我们，一把拽住我的后衣领，对着沈骆驰冷哼道：“王愢是我女朋友，你给我离她远点。”

“谁是你女朋友了！王春晓你别瞎说！”我立刻反驳道。

春晓将我一把拎到他身后，说：“男人说话，女人别打岔！”

我觉得他这突如其来的大男子主义莫名地让人讨厌，正打算好好说他几句，就听到沈骆驰很是不礼貌地笑了一声，看着我道：“让你妈去给你配眼镜吧，眼神不好是大事。”

听听，这是人说的话吗？

他这不就是说我“瞎”吗？！

没等我骂回去，沈骆驰就骑着车跑了，只留了高傲的后脑勺给我跟春晓。

春晓这脑子有洞的孩子，非但不觉得自己被羞辱了，还哈哈大笑地嘲笑我，说：“看吧，王愢，连那沈骆驰都觉得你配不上我。”

我翻了个白眼给他，傻蛋儿，他分明是说你配不上我！

【4】咱俩谁跟谁，以后我的钱就是你的钱 //

春晓一路跟着我回学校，我都找不到机会去路边摊买吃的，就怕他又嚷嚷着要给我付钱。

我这人吧，虽然不是什么大户，但就是那臭脾气，最怕欠人情。

谁要对我好一分，我就要对他好十分；谁要在我身上花一点钱，我就想在他身上花更多的钱。可谁叫我现在没钱，面对的又是春晓这种土财主，我要现在接受了他的好处，以后不管我怎么还都还不清了，除非春晓他爸的厂倒闭，春晓家落魄，他愿意给我机会救济下他。

不过这也就是我瞎想想，春晓家要是破产的话，我们家肯定在他家破产之前就喝西北风去了。

胡思乱想间，人已经到了教室。

春晓先我一步进门，我故意在门外逗留了会儿才慢吞吞地进去，就怕同学又拿我俩说笑。

事实证明我想多了，教室里虽然来的人不少，但我进去的时候都没有人看我，大家都围在东北角一个同学的座位边吵闹不休，就连春晓也钻进了人群里头。

隐约间听到有人提到郭老师的名字，我心里好奇，也凑了过去。

“你们在看什么？”我随手拉了最外面的一个男生问道。

被拉的是我们班的黄橙橙同学，之前他割过阑尾，身体一直不大好，怪不得被挤到了最外面。

黄橙橙被我拉着衣服，不情愿地回头瞥了我一眼，不耐烦地说：“我也没看到呢，说是学校外有人发传单，内容跟郭老师有关。”

“郭老师？什么传单？”一听到“郭老师”三个字，我不禁联想到上午车库的事，心悬起，紧张地往里挤，嘴里直嚷嚷着：“给我看看。”

人太多，不怎么好挤进去，最后还是春晓听到我的声音把那传单抢了出来，塞到了我手里。

其他人要来抢，都被春晓给喝住了：“抢什么抢，先让我家王愢看完。”

一声“我家”顿时在同学中激起了千层浪，大家都忙着起哄，开我跟春晓的玩笑。

春晓是那种你们越起哄他越嘚瑟的人，所以我压根没指望他解释什么。

我自己也顾不上解释，忙着看那传单上的内容，其实传单上的字眼跟我在车库里看到的那些油漆字差不多，只是多了几张郭老师跟一个男人的照片，两人相拥进了一家酒店。男人只有侧脸，但郭老师有个回眸的正脸。

要说之前我还坚决不信那些传闻，但现在看到照片，我都不知道说什么了。

周围都是同学议论郭老师的声音。

有的猥琐地说：“真没看出郭老师是这样的人，长得很良家妇女，原来这么水性杨花啊。”

也有人理性地说：“那男人都没拍到脸，说不定是郭老师她老公呢。”

有同学淫笑地反驳他：“谁会跟自己男人跑去酒店开房？”

“说不定是旅游住宿呢！”

“得，就你天真，旅游会被人拍了做成传单，在我们学校外面到处发。这肯定是被男的家里人抓到了，过来报复了。”

“对对，我也觉得是真的，听说上午还有外校生来我们车库写红字了，也是说的郭老师。你没看到车库墙壁都被重新粉刷了吗？要我说没什么事，校长哪舍得花钱粉刷墙。”

“真的吗，真的吗？你们知道都写了啥吗？有谁看到了？对了，春晓，你跟王愢他们不就是上午打扫的车库吗？你有看到什么吗？”

“谁干的你们知道不？”

“听说是职高的，今天来发传单的也是那儿的人，虽然他们戴着口罩，但其中有个很有名，听他说话语气就知道谁了。”

“谁呀？”

“职高的小皮蛋呀！”

“郭老师出轨的对象该不会是小皮蛋他爹吧？”

“怎么可能，小皮蛋他爹不是早就死了吗？”

“……”

大家你一句我一句的说个没完，有几个抓着春晓追问个不停，还有人过来抢我手中的传单。

我一心急，想都没想，转过身就把传单给撕了个粉碎。

刺耳的撕裂声响起的那一刻，周围突然安静下来，随后便响起同学们愤怒的责骂声。

“王愢你干什么呢？你撕什么撕，你不看别人要看的。你知道这传单多难拿吗，人家都没发几张就被门卫给赶走了。”传单的主人第一个跳出来心痛地抢过我手中的碎纸片朝我骂道。

“就是！你倒好，看到了，我们抢了半天都没看到呢。”

“去拿卷胶带纸，看看能不能粘好！”

“王春晓，都怪你，要不是你抢了给她，会成这样吗？好了，现在大家都没得看。”

“……”

“你们爸妈送你们来学校是让你们聊八卦还是学习的？这都快上课了，你们都干啥呢！回头老师来了，又得训了。”我红着脸，面对着众人的指责，死要面子地反驳道。

结果我不说倒好，一说就招来了同学们更大的怒火。

“瞧你说的，你现在又不是班长了，管我们干什么？”

“就是，都被撤职了，还一副班长架子，看着就烦。”

“王愢，你赶紧给我闭嘴，不然信不信老子一巴掌扇到你哭！”

说要打我的是我们班一个很浑的男同学叫顾涛，他这个浑跟春晓的浑不一样，春晓顶多就是皮了点，爱捣蛋，仗着家里有钱闯点小祸吃点小处分。但顾涛的浑那就是真的浑了，人家是混圈子的，平时都跟高三的那帮坏学生玩在一起，抽烟、打架、逃课对他们来说是家常便饭。

最近还听说他们跟社会上的人走得很近，加入了一个叫老虎帮的社团。那老虎帮是干什么的，我听都没听过，但应该是个挺牛的组织，不然顾涛也不会天天在同学面前吹。

顾涛说这话的时候，拳头也举了起来。

周围的同学都黑着脸看我，一副巴不得顾涛赶紧揍我的样子。

我一阵胆寒，怕顾涛真的会打我。他们说他打人很痛的，上次他在车库打他女朋友，还把她的门牙打了下来，原因只是他女朋友觉得他的新发型丑。

顾涛看我的眼神很凶，我有预感我也会被打掉两颗门牙，我都过了换牙期了，门牙被打掉就再也长不出来了。考虑到日后吃饭的方便，我想着要不要主动给顾涛道个歉这事就算完了，但转眼看到周围同学那冷漠的嘴脸，我那倔脾气就又上来了，想着打就打吧，大不了我回头装两颗假牙。

想到这儿，我视死如归地昂头对向顾涛。

顾涛估计被我大无畏的精神给刺激到了，他举着拳头就要朝我挥来，千钧一发之际，春晓从人群中走了出来，一把拉住顾涛的手，嬉皮笑脸地为我出头道：“干什么呢？威吓谁呢！你们不知道王愢是我罩的。不就是张破传单吗？撕了又怎么了？上面是你妈还是你爸呀！一个个都瞎嚷嚷什么呢？”

春晓只是家里有钱，大家平时爱围着他，都是想从他那儿讨点好处，让他买点零食吃吃，真遇到什么问题，怕顾涛的人要比怕春晓的来得多。

顾涛眯着眼危险地看向春晓，当我以为他俩要打起来时，春晓突然拍着顾涛的肩膀说："你上次看中的那双科比穿的运动鞋同款，我可以给你买。"

顾涛狐疑地看了春晓一眼，然后挥着拳头朝春晓胸口捶了下道："好哥们儿。"

拿了一双鞋不算，顾涛还钩着春晓的脖子将他拖去了小卖部让他买了一堆吃的，跟趁火打劫没什么两样。

他们一走，就没好戏看了，大家一哄而散，留下几个气不过的同学继续恶狠狠地瞪着我。

我没跟他们计较，刚被顾涛吓着了，我这会儿都有点腿软。

值日的班干部在外吃完饭回了教室，拿着值班记录本上了讲台。其他人都识相地回了自己座位开始自习。

春晓回来的时候，我正低着头，心不在焉地做着数学卷子。

看我样子比较颓，春晓随手拍了我一下，担心地问我："王愢，你还好吧？"

我没有直接回他，写了张小字条递到了后桌，上面写着"谢谢"，然后是"我没钱还你"。

春晓接了过去，很快地就回了过来。

"咱俩谁跟谁，以后我的钱就是你的钱。"

明明知道这是春晓随口说的玩笑话，但我还是有被暖到，当时鼻子像被人打了似的，酸得不得了，想哭。

王春晓真是个好人，我如此感动地觉得。

【5】我好似喜欢上了一个明星，我会为他的不幸遭遇感到难过痛心，却无法拥抱他给他最直接的温暖，想到这儿，我就很是难过 //

一下午，下课铃一响，班里所有人都在谈论郭老师的事。

虽然中午在校门口发传单的那些人都没发掉几张传单就被门卫给赶走了，但人是会说话的物种，有一个人知道这件事，告诉另一个人，就变成了两个人知道，另一个人再告诉另一个人，这样传播下去，很快全校人都知道了郭老师有外遇了，被人发现闹到学校来了。

只要一到下课时间，出去上个厕所或者去小卖部买点吃的，都能听到一走廊的人在说郭老师。

其实看到传单上的照片时，我还是不相信郭老师真的出轨了。毕竟现在电脑技术这么发达，照片是可以合成的，但下午第二节课课间，我就听到班里几个去小卖部回来的同学说郭老师缺席了她在高二某班的课，有人看到她收拾东西离开了学校。

“如果不是心里有鬼，郭老师为什么不出来为自己辩解，而是要离开学校呢？”

同学们都这么说，我一下子也不知道是不是该继续坚持自己的想法。

到那天放学前，又有新消息出来，说郭老师出轨的对象是水务局的查局长。别说水务局在哪儿，就连他们那儿有几个局长我们都不知道，更别说知道查局长是谁了。

不过查局长有个女儿，叫查紫薇，就算没见过她人，但高中生大部分应该都听说过她。

查紫薇是我们市第一职高的大姐头，我堂姐王爵离世后，整个职高界就唯她独大了。听说她成绩特别差，脾气又特别坏，大家都怕她。她在之前的学校里故意拿开水烫伤过人，后来被学校开除了，之后所有的院校都不敢再收她了。

她家里人四处托关系让她再入学，她倒无所谓，成天跟社会上的一群流氓混在一起，越来越无法无天。最后没办法，她父母只好出钱送她上了职高，想着职高再乱也比在社会上瞎混强。

她进职高可谓是找到了用武之地，没多久就成了那儿的大姐头。她混得风生水起，她父母却被气得不轻。听说她爸为此还跟她断绝了关系，也不知真假。

反正大家都说这事郭老师是真的犯糊涂了，她跟谁搞婚外情不好，要找查紫薇她爸，要知道查紫薇这个人是没有任何道理与人性可讲的。惹了她，别说跑我们学校泼油漆发传单了，比这更出格的事她都可能干得出来。

有人说是校领导顾及学校声誉让郭老师离开学校的，也有人说郭老师这一走，可能再也不会回来当老师了。

还有人说这查局长有什么好的，郭老师要出轨跟他在一起，难不成是为了他的钱？看着也不像，郭老师不像是那种爱慕虚荣的人。旁人就嘘他，说人不可貌相，那郭老师看起来也不像是那种水性杨花的女人啊！

说来说去，这都是别人的家事，别人的生活，别人的爱情。

不管大家再怎么妄加揣测，事实上，只有郭老师自己清楚她为什么会这么做。

这件事最受影响、最受伤害的人不是我们这些围观的过客，而是双方的家庭，他们曾发誓要守护一生的配偶，以及他们的儿女。

不知道苏遇现在怎样了。

我忍不住回想起那个夏末的午后我与苏遇邂逅的情景，想起他突兀地问我觉得郭老师怎样，我毫不掩饰地表达着自己的喜欢，他安静地听着，脸上的表情却很黯然。

我在想，苏遇是不是那会儿就已经知道郭老师出轨了，所以才会问我那样的问题。以他的聪明才智，他不可能什么都没察觉到。但那时候的我，一心沉浸在见到男神的喜悦之中，完全忽视了他眉宇间的忧伤。

倘若我那会儿稍微细心一点，发现他的落寞，就算不知道该怎么安慰他，至少我也可以静静地陪着他，总好过现在，我知道他内心一定很苦闷，却帮不了他任何忙，因为我连再见到他的机会都没有。

我现在算懂了，为什么我跟春晓提起苏遇的时候，他会提苏菲·玛索，因为苏遇就像是我的“苏菲·玛索”，我只能在梦里与之相见。

我好似喜欢上了一个明星，我会为他的不幸遭遇感到难过痛心，却无法拥抱他给他最直接的温暖，想到这儿，我就很是难过。

【6】感情是两个人的事，总有一个人要让步 //

晚上我回公寓吃饭，刚走到刘奶奶家的车库门口，就被人喊住了。

抬头一看竟然是我妈，她代班回来了，刘奶奶喊她一起吃火锅，她就买了点菜过来了。

我被我妈拉着进了刘奶奶家的车库，发现林佳楠跟她妈妈也在。

想想也是，刘奶奶跟林妈妈关系更亲点，她连我们家都邀请了，自然也不会忘记喊佳楠她们。

回想起中午与佳楠的不快，我很是尴尬。

林佳楠看到我进屋，也只是看了我一眼，没有像往常一样打招呼。

我妈忙着帮刘奶奶端菜，我杵在一旁很是挡道，于是随便找了个空位坐了下来。

屁股在凳子上还没坐暖，突然身后有股巨大的压迫感袭来，我下意识地回头，就看到沈骆驰不知道什么时候出现，像阴魂般站在我背后。

我被吓了一跳，筷子一抖，夹着的一块香菇掉在了我盛着浓汤的碗里，溅出的汤汁烫得我的手背立刻红了。

坐我对面的林妈妈出声提醒我道：“偲偲，你那位置是骆驰的，他刚去楼上拿东西了。”

我闻言赶紧起身让座，肩膀上突然多了只修长的手，沈骆驰将我按回了座位，径自在我旁边的位置上坐了下来。

我下意识地看向林妈妈身旁的佳楠，她那双漂亮的眼眸幽幽地望着我们，眼里隐隐有了雾气，没等眼泪掉下来，她迅速地低下了头。

旁边的沈骆驰却是一副毫无察觉的样子，低着头吃他的火锅。

我实在很不喜欢这种别扭的气氛，这让我浑身都不自在。还好学校留给我们学生吃晚饭的时间并不多，大家吃饭都像是战斗，大人们忙着给我们布菜都没顾得上吃几口。

我快速地扒着碗里的饭菜，我妈突然看到我红肿的手背，扯过我的手看了会儿皱起了眉头：“这么红，你先吃着，我上楼给你拿红花油擦擦。”

说完她就要起身，我在她离座之前先站了起来，慌张道：“我吃完了，妈，你吃吧，我自己上楼擦药。”

我妈他们一脸惊讶地看着我，似乎没料到我会吃这么快。没等我妈开口，我便匆匆离开了刘奶奶家的车库，逃一般地跑上了楼。

临走的时候，我还听到林妈妈跟我妈闲聊。

林妈妈说：“感觉今天偲偲有点奇怪。”

我妈回她，说：“会不会是因为那个郭老师的事？我听我们厂里的一中学生家长说之前教过咱们王偲的那个郭老师跟人搞外遇被人揭发到学校来了。

你也知道的，我家惃惃一直喜欢那个神童苏遇，那郭老师就是苏遇他妈。”

林妈妈了然地“哦”了声，说：“怪不得，我说呢，惃惃平时挺活泼的，今天都没怎么说话。不过小孩子懂什么喜欢不喜欢。”

“呵，你可别小瞧现在的孩子，可比我们那会儿早熟多了，什么都懂。”

“你倒开明，你就不怕惃惃早恋啊？”

“怕也没用，这种事拦不住。不过她要真找苏遇那种孩子当对象，我也不反对。说不定男孩子优秀，她也知道努力，给我考个清华北大倒也不错。”

“男孩子再好，他们总归是学生，反正我是不准我们佳楠高中谈恋爱的。”

我一口气跑到了楼上，大人的话一直在我耳边萦绕，我心情很是烦躁。

到了公寓门口我拿钥匙开门，才发现钥匙不见了，不知道什么时候丢的，更不知道丢哪儿了。

本就不好的心情变得更加糟糕了，我颓然地下楼，往下走了一层，就碰到了也上来的林佳楠，她手里拿着我掉的钥匙。

看到我，她将钥匙递给了我，说：“你走得太快，出去的时候掉门口了，我妈让我给你送来。”

“谢谢你啊，佳楠。”我感激地对林佳楠道谢后，转身上楼开门。

一进屋我就直奔自己的房间找红花油，找到后打开瓶子匆忙地在手上涂了几滴，顿时满鼻子都是那清凉的味道。

我深吸了一口气，那股清凉感从我的鼻腔直蹿进我的体内，顿时我烦躁的内心平静了许多。

转身出门的时候，我看到林佳楠站在门口等我，惊讶的同时又有些高兴，直接冲过去熊抱住了她，拿脸蹭她，一个劲嗷嗷地叫：“佳楠佳楠，我错了我错了，求求你别不理我。”

我错了……其实我并不知道我错在哪里，但我的性格就是这样，如果我在意一个人，不想失去她的话，那么我会选择主动求和，哪怕认些不存在的错。

因为感情是两个人的事，总有一个人要让步。

那时候的我一直认为对爱的人让步不是吃亏，而是对这份感情的在乎。

因为我在乎，所以我才不想计较那么多。

我与佳楠从小玩到大，彼此一直都是最好的朋友，我实在不想因为任何人使得我们感情破裂，无论是春晓还是沈骆驰。

我想佳楠也是这么想的，所以她才会在听到我说的话之后红了眼眶，回抱住我，哭着说："愢愢对不起，我中午不该那么说你。我只是太喜欢骆驰了，喜欢得都不像我了。以前我没有这么小心眼的，可现在我觉得自己变得好坏，好讨人厌。我知道我不该嫉妒任何人，也知道骆驰对你没那个心思，可是看到他把我送的面包给你，我就很不舒服。刚才他没让你换位就坐你旁边，本来是件很平常的事，可我心里又很不是滋味。愢愢，我感觉我要疯了，我现在根本无心学习，我满脑子都是他。也许我妈说得对，我们学生就不该早恋，除了学习，就不该喜欢上任何人。但我已经喜欢上他了，我该怎么办，愢愢，我除了跟你说，我都不知道跟谁说，我妈肯定不能让她知道，不然她肯定得骂死我，说不定还会带我搬走……"

我对恋爱这事没什么经验，虽然我也喜欢苏遇，但我喜欢苏遇跟林佳楠喜欢沈骆驰又有所不同。

我喜欢苏遇，可我从来没想过要跟他在一起。我只是把他当偶像，当学习生涯的目标信仰一般地热爱着。虽然我也会因为他情绪波动，就像郭老师的事，我也会跟着难过。但我没有林佳楠对沈骆驰那么强烈的情感，不会像她一样，整天只想围着一个人转。

看着佳楠为沈骆驰痴狂的样子，我想起我为了郭老师得罪同学最后还犯尿的样子，突然有些迷惑。

难道我对苏遇的喜欢不是喜欢吗？

没有好好细想这个问题，我就忙着哄林佳楠，笨拙地安慰她：“别哭啦佳楠，别哭啦。”

佳楠应该只是想找个人说说心里话，发泄下而已，她说完了，哭了会儿，感觉好多了，擦干眼泪，对我笑着说：“我没事了，偲偲。”

“没事就好，反正佳楠你别想太多了，也别讨厌自己，可能喜欢人都是这样的。”我搂着她的肩膀说。

她“嗯”了声，若有所思地说：“也许因为喜欢，所以才会计较吧，偲偲你觉得呢？”

佳楠的问题把我问蒙了，之前我还说过，因为在乎，所以才不爱计较。

也许，这就是我与林佳楠的区别。

在感情面前，我们一个喜欢让，一个不爱妥协。所以，得到与失去也是并存的。

虽然心里想的不同，但我还是对林佳楠点点头，不想她难过。

林佳楠高兴地抱住我，感动道：“偲偲你真好，偲偲，你是站在我这边的对吧？无论发生什么事，你都会支持我的对吧？我们永远都是最好的朋友对吗？”

我没有林佳楠那么心细，所以实在无法深刻体会到她那突如其来的感伤情绪，只能“嗯”一声，拉着她下楼，因为上学快要迟到了。

到楼梯口的时候，林佳楠突然停住脚步，拉住了我，一脸认真地看着我，说：“偲偲，我就问你一次，你不用顾及我的感受，你只要说实话就行。无论你说什么，我都不会生你气。”

“什么？”我茫然地问。

“你喜欢沈骆驰吗？”

我惊愕地睁大眼睛望着林佳楠。

喜欢沈骆驰？

我吗？怎么可能？！

我怎么会喜欢沈骆驰？！我讨厌他还来不及呢！

我暗自觉得佳楠这个问题太可笑了，想直接回她，可脑海里不禁想起了上午沈骆驰送我面包时的画面，还有他在教室外的阳台上与我对望的眼神，我的心跳又一次变快了。

我慌得一时说不出话来。

林佳楠又问了一声：“偲偲，你喜欢骆驰吗？”

她站在我上面的台阶，居高临下地望着我，声音直直地灌入我的耳朵。

我抬头看她，她的眼眸很黑，眼神黯淡，见我不回答，她的眼眶又一次湿润起来。

在她哭出来之前，我急着开口，说：“不……不喜欢。”

那个回答没我想象的那么干脆，我结巴了一下。

我把那个结巴归咎于我太焦急。

“真的吗？你一点都不喜欢他？”林佳楠破涕而笑，惊喜道。

我默然。

她跳下台阶，与我并立，挽着我的手，说：“也是，你只喜欢苏遇。这样就好，我还担心跟你成为情敌了，那样的话，我就不知道怎么办了。不过偲偲，不管你以后会不会喜欢上骆驰，但你一定要记住，是我先喜欢上他的，感情是有先来后到的。”

她说得一本正经，仿佛是很严肃的事。

我还停留在之前的恍惚中，望着她好不容易露出的笑颜，勾唇一笑，说：

“不会的，我不会喜欢他的，你放心。”

“那就好。”佳楠开心地笑着，像要到糖的孩子。

我忍不住提醒她：“小声点，别被你妈听到了。”

说这话的时候我们已经出了楼道，离车库不远了。

林佳楠赶紧噤声，对我比了个嘘的手势。

“你要为我保密。”她小声地说。

我回了她一个“OK”的手势。

那时候对我而言，沈骆驰根本没林佳楠重要。

两者之间，完全没可比性。

回到车库的时候，大人们还在吃饭，看到我们，我妈惊讶道：“你们还没走啊，快迟到了吧。”

我含糊应了一声，林佳楠装作随意地问道：“骆驰呢？”

“他上去喊你们了，怎么，你们没见到？”林妈妈觉得奇怪地说道。

佳楠摇了摇头，刘奶奶笑着插话道：“那估计他先走了，那孩子真的一点耐心都没有，被我宠坏了，让做点小事都不愿意。”

佳楠“哦”了声，出去推她的车。

沈骆驰已经走了，因为赶着去学校，佳楠主动让我坐她的车。

我自然是乐意，立刻跳上了她的车后座。

路上林佳楠跟我聊他们班的事，其实说的都是沈骆驰。她比以前话多了，以前都是我在说，她听。现在她爱说了，我成了听众。

本来我还想跟她聊下郭老师的事，因为我心里挺不舒服的，也想找个人倾诉下，但一直没插上嘴。

我想，可能有些事只适合藏在心里。

·第六章·
chapter
冬天与少年

【1】所谓的幸福，很多是在经历了诸多不幸之后才领悟的"不可求的不要求"//

晚上大家都没有时间继续八卦郭老师的事，因为教数学的黄老太要对我们进行一次大考。

说是大考一点都不夸张，她连位置都给我们用电脑随机重组了，就怕有同学提前在自己课桌上写小抄。

离期末也没几天了，这次考试成绩直接影响到同学们寒假会不会被喊去数学老太家补课。补课这事向来与我没什么关系，我倒没什么担心的，倒是苦了春晓他们。

春晓的位置跟我的简直就是一个天南一个地北，我坐第一排靠窗第二个位置，他坐第四排靠墙的最后一个位置。

刚入座，我就感受到他朝我投递过来的哀怨目光。

我爱莫能助地回头看了他一眼，笑，亲，自求多福吧。

本以为摆脱了春晓，我就能安心地考试了，哪知道大魔头顾涛竟然坐在我后座。

还没开考，他就开始踹我的凳子，恶狠狠地威胁我，说：“一会儿把卷子往边上放点，知道不！”

他说话的时候，数学老太正盯着我们看。

不是我不想帮他作弊，毕竟能不惹这个瘟神我肯定不会惹，但是哥哥啊，我就坐在第一排，差不多就在老师的眼皮子底下，你让我怎么给你抄？

我没回他，顾涛用力地又踹了下凳子，我咬牙忍着。

铃声一响，老太发试卷下来，我拿起笔洋洋洒洒地一路往下做题。

老太这次也是发了狠的，这次试卷难度比我们之前做的都大。老太在讲台上说是因为这次期末全市统考，所以让我们先适应适应。

我倒无所谓卷子有多难，只是巴望着早点考完让我脱离顾涛的苦海。

这厮真心比春晓还霸道，踢我凳子都不带消停的，我的屁股都快被震麻了。

见我没反应，顾涛索性直接扯我的马尾辫。

我的头发短得像兔子尾巴，被他揪着直接疼到了发根，眼泪都要掉下来了。

我想我后来一直留着短发，应该都是那次考试留下的阴影。

最后我实在忍受不了这非人的折磨，趁老太太不注意的时候，把卷子往旁边挪了点，方便顾涛偷看，他这才停止了对我的毒害。

不过好景也不长，顾涛还没偷看多久，老太一个回头，目光落在我们身上，起身走下讲台，伸手把我的卷子理了理，不动声色地塞到我的手里，用铅笔盒将我的卷子压好。之后，不管顾涛怎么踢我、踹我、揪我的发辫，我都不敢再把卷子给他看。

考试结束前二十分钟，数学老太才准许提前交卷。

我望着手表上的时间，一到点，就赶紧把卷子交了，收拾东西出了教室。本来想就这么回家的，但刚被顾涛摧残得我憋得肚子疼，于是回去之前，我先去了趟女厕。

蹲厕的时候，外面的走廊里有一阵响动，那时候我以为是其他来上厕所的同学，所以也就没怎么在意。等我解决完，洗完手准备出去的时候，发现女厕的大门推不开了，从门缝里能看到门把被人用铁链拴住了。

厕所一般都不会锁门的，我隐约感觉到有人在整我。

整个厕所就我一个人，厕所内的灯忽明忽暗的，我有些急了，惊慌地叫喊了几声，没听到任何回应，只听到有人跑掉的声音。

学校建造教学楼的时候，厕所被盖在走廊的尽头，离教室跟办公室都很远，就算我喊，也很难有人听见。那会儿第三节晚自习结束的铃声响了，楼道里陆续传来同学们下楼的脚步声。大家都忙着放学回家，吵吵闹闹的，根本听不到我的呐喊。

见呼救无用，我沉下心来，手透过门缝，认真地研究门上的铁锁，想办法打开。

要是有别针就好了，说不定还能像电视剧里那样穿过钥匙孔开锁，可惜的是我身上根本没什么别针。

我身上也没有手机能找人帮忙，虽然那会儿班里很多同学已经有手机了，但我妈觉得浪费钱，想着她陪读，一般也不会有什么事，所以没给我买。

见自救无望，我只能继续呼救，心里一边把整我的人祖宗十八代都问候了一遍，一边期待着会有人过来上厕所。

喊了十多分钟，等了十多分钟，等到楼道里的声响渐渐没了，我也没等到有人过来。

我终于忍不住害怕起来。

楼道里的灯都是声控的，当所有灯光都暗掉的时候，说明学校里没有人了。

外面的灯光越来越暗，我害怕得不停地在女厕里跺着脚，让厕所内的灯光一直亮着，希望有人会看到，嘴里不顾一切地叫喊着，眼泪不由得掉了下来。

我很少哭，除非真的害怕绝望，我一般都是不哭的。但那会儿，我真心是怕极了，根本无心去想是谁整我，为什么整我，满脑子都是一些恐怖小说里的画面。

我从小就爱看小说，什么武侠奇幻、中外名著，只要是书我都爱看。但我念书时期最喜欢看的就是恐怖小说了，觉得特别刺激，每次都躲被窝里看，又害怕又忍不住要看，看了还要讲给同学们听。很多恐怖小说都发生在校园里，厕所是很多恐怖故事的源头。

受那些故事的影响，当时一个人被关在厕所里的我，就算厕所内的灯都亮着，可还是会忍不住回头，觉得有人在看我。就连水龙头的滴水声都觉得恐怖极了，盯久了感觉那龙头会滴血。

越想便越是害怕，有时候想象力太过丰富也不是什么好事，那会儿就算没人吓我，我都能被自己的联想给吓死。

不知道过了多久，整个校园都安静了下来。

四周安静极了，我能听到自己疯狂的心跳声，心跳得很快很快，仿佛一瞬间要炸裂开来。

一股深深的绝望席卷了我，我终于承受不住地捂住耳朵，蹲下身，大哭起来，嘴里喊着：“谁来帮我开开门！谁来！”

“我错了，求求你们不要吓我。”

“放我出去……”

那时候什么求饶妥协的话都说得出来，只要有人放我出去。

那时候我想，就算所有人都走了，那关我的人一定还在。

可是事实上，是我想多了，关我的人也走了。

谁也听不到我的呐喊。

最后，我不再呼唤任何人，只是哭着叫我爸妈的名字。

“爸！”

“妈！”

“王卫星！”

“李志琴！”

“快来救救你女儿！”

“……”

那个时候，我觉得当我的人生只剩下我父母可以呼救时，那是我做人的一种悲哀。

可是后来有个人告诉我，有父母可喊总比没有人能喊来得强。世界上的幸福，在于一个人的心想要多少。心要得多，他就不容易幸福；要得少，他就一直很幸福。

我们总是在期盼，然后失望，绝望，变得不敢奢求。

所谓的幸福，很多是在经历了诸多不幸之后才领悟的“不可求的不要求”。

【2】没有一点夸张的成分，那时候我完全忘记了沈骆驰的讨厌，觉得他是世界上最好的人，就像天神一般伟岸 //

我喊了很久我爸妈的名字，但我心里比谁都清楚，他们不会出现。因为那晚，我爸妈都在厂里上晚班。白天我妈是给人代班的，晚上才是她自己的班。所以他们不会发现我没有回家。

唯一能发现我没有回去的或许只有林佳楠跟沈骆驰了。

可是最近一段时间，我都是跟他们分开走的，每次一回家，也都是躲自己房间不出去。如果他们不敲我的房门，根本不会发现我没在公寓，更别说来找我了。

夜，越来越深了。

天，越来越冷了。

我喊累了，就没力气挣扎了，最后连动一下的力气都没有。眼皮在打架，人很困，却又不敢睡。

那些说痛苦的鸡汤文都忘了写，世界上最痛苦的事还包括一件事，就是你想睡觉却又不能睡。

在后来的时代，很多人都会得这样一种没法好好睡觉的病。

最后，连厕所的灯光都暗了，整个世界安静了下来，只剩下我颤抖的哭泣声。

在恐惧与绝望之中，我做了最坏的打算，就是被关一夜，只要撑到天亮，总会有人发现我的。

只要撑到天亮就好了！

人一旦有了信仰，时间就不那么难熬了。

我闭着眼睛，强迫着自己在难闻的气味中假寐，学着语文书里的阿Q自我安慰自我催眠，幻想着美好的画面，驱除内心的恐惧。

时间不知道过去了多久，楼道里再度响起了脚步声。那声音离我越来越近，越来越近。楼道里的灯再度亮了起来，明显是有人来了。

不知道是找我的人还是关我的人良心发现来放我出去了，我强打起精神，站起身，用力地剁脚把厕所的灯弄亮，然后拿起洗手池边的拖把，满面泪痕地等在门口。

你要知道，比起以上会来的两种人，最可怕的猜想是，来人谁也不是。

我一定是恐怖小说看多了。

似乎看到了女厕的亮光，那杂乱的脚步声像突然有了方向，直接朝我这边跑了过来。我握着拖把的手不由得发起抖，门外响起了推门声，随之响起的是焦急的询问声。

“王愢？是不是你？你是不是在里面？”

我一时忘记了回答，愣了会儿才意识到那好像是沈骆驰的声音。

眼泪刹那间就掉了下来，我丢掉拖把，哭着敲门，说：“是我是我，我在这儿。”

门外有人在砸锁，我急切地等着。

没多久，门被打开了，沈骆驰满头大汗地站在门口望着我，冬夜清冷的月光照射在他的身上，使得他整个人都蒙上了一层银色的光。

没有一点夸张的成分，那时候我完全忘记了沈骆驰的讨厌，觉得他是世界上最好的人，就像天神一般伟岸。

“王愢……”他定定地站在那儿，喊了我一声。

我红着眼眶看着他，“哇”的一声哭了出来。

下一秒，我被沈骆驰一把拽出了女厕。

长时间的神经紧绷使得我两腿发软，我没力气地倒在沈骆驰的怀里，双手颤抖扒着他的大衣领口拼命地哭着，内心有种劫后余生的感觉。

背上传来轻柔的拍打，是沈骆驰在给哭岔气的我顺气。

难得地，他没有推开我。

楼梯上又传来几串凌乱的脚步声，在我哭晕之前，我好像听到了林佳楠的声音自楼下传来，是在问：“骆驰，你找到愢愢了吗？”

没多久，林佳楠就出现在了我的面前，她手里拿着个电筒，一脸木然地站在楼梯口，望着与沈骆驰相拥的我，眼里有了伤痕。

在看到她的那一刻，我的脑袋瞬间清醒了过来，惊慌地一把推开了沈骆驰，望着佳楠疼痛的眼眸，我手足无措地站在一旁，心里滋生出一股罪恶感来。

明明我跟沈骆驰没有做什么事，但是看着佳楠盯着我的双眼，我觉得浑身都不自在，好像自己碰了不该碰的东西。

气氛莫名的有些怪异，我不再哭泣，只是不停地打着嗝。在我打第四个嗝的时候，楼上跑下来了两个人，是林妈妈跟刘奶奶，她们循着声音找了过来。

看到我，刘奶奶率先松了口气，拉着我的手安抚道："可算把你找着了，都要急死我们了。你妈电话又打不通，我还怕把你给弄丢了呢，想着再找不到要准备报警了。"

林妈妈看到我一脸狼狈无措的样子也跟着安慰，嘴里骂了几句："现在的孩子真是太无法无天了，怎么能把一个女孩子大晚上的关厕所，就算是开玩笑也不能这么开啊！愢愢，回头跟你妈说，让她找老师。这次还好有骆驰，不然我们都不知道你没回来。"

林妈妈她们边说边带我回香格花园，途中只有两个大人在跟我说话，林佳楠跟沈骆驰都很安静。

从刘奶奶她们的话语中我才得知，原来是沈骆驰回公寓后在跟同学发短信聊天，他同学随口说起上课中途去小卖部买笔的时候，看到几个男生慌慌张张地下楼梯，手里还拿着把钥匙。其中一个说他们是不是做得有点过了。另一个回他，说没啥就吓一吓又出不了什么事。

沈骆驰同学也是无心提起，当玩笑说的，沈骆驰一开始也没放在心上，毕竟谁会联想到我会被同学恶作剧关在厕所里。要不是沈骆驰出门喝水，随意瞥了眼门口的鞋柜，没看到我的鞋起了疑，敲我的门没人回应，他们都不知道我没有回家。

发现我不在后，他就觉得不对劲了，赶紧把刘奶奶她们一道喊了起来，跑来学校找我。

还好他们来得及时，值班的门卫还没睡，不然都没人给他们开学校大门。

不管怎么说，这件事我真得好好谢谢沈骆驰。要不是他，我这会儿还被关在厕所里。

一回到公寓，林妈妈好心地给我煮了杯热茶压惊，佳楠给我打了盆热水擦脸。

我都不用照镜子，都能从旁人的眼里看到自己狼狈的模样，满脸的泪痕，脸上还脏兮兮的，我拿手抠钥匙孔的时候沾上的铁锈，在擦眼泪的时候全抹脸上去了。

等我定下神来，想好好感谢下沈骆驰时，发现他早已回了自己房间。

林妈妈拍了拍我的肩膀，劝我说："偲偲，你也赶紧睡觉去吧，明天还要上课的。"

我有些失落地将目光从沈骆驰的房门上移了开来，转头看向林妈妈，说了声谢谢阿姨后也回了房间。

我妈依旧是半夜回来的，晚上她线上忙，都没顾得上看手机，等看到林妈妈的未接来电时，她还不知道我的事。回来之后，林妈妈听到她开门的声音出来找她谈了话，我妈才知晓我被人关厕所了。

当天晚上，她陪着我一起睡觉，睡梦中，我被梦魇困住，一直在哭，张牙舞爪的，全身都不舒服，好像中了邪。

当夜，我就发了高烧。

我妈说我是被吓破魂了，要剪吓我的人的裤腰带煮茶喝，我才能好。

所以第二天一大早，我妈就把我从床上拽了起来，气势汹汹地拽着我去了学校。在老师没来之前，她就搬了张凳子坐我们教室门口，一个个同学审问过去，问是谁关的我。

我觉得我妈就是在瞎搞，她怎么就确定是我们班的同学关的我？但想想也没其他人，我自己猜是顾涛带人干的，因为我考试没给他抄。

很快我就发现我猜错人了，我们班有几个男生被我妈那满脸肃杀的模样吓到，直接招了，说是他们干的，原因是看我不爽，最主要是昨天他们要看郭老师的传单结果被我撕了，春晓还帮我出头，这让他们十分不爽。

他们就是想吓吓我，没想把我怎么着，哪知道我妈会带着我，连带着一把刚磨好的剪刀杀到学校来。

我妈长得很是高大，用魁梧二字形容也不为过。当时那三个男生站在我妈面前，就跟猴子见到大猩猩似的，都不敢乱动。我妈拿着把剪刀一个个地在他们的腰间比过去。

那三个男孩子以为我妈要割他们的子孙根，个个吓得赶紧哭号，说："阿姨，我错了，你别割我，我的还小。"

"王愢，对不起，你快拦住你妈！"

"阿姨，我还要给我家留种的！"

"……"

一个比一个㞞。

我妈特不屑地扫了他们一眼，手起刀落，果断干脆，一人一刀，剪了三段裤腰带下来，然后拉着我又回了公寓，把那裤腰带放水里烧开了逼着我喝下去。

虽然只是喝了水，但我一想到这是用裤腰带泡的水，我心里就有阴影。

有阴影的不止我一个人，还有我们班那三个被剪了裤腰带的男生。

那件事之后，他们只要一看到我就抬不起头来。

我十分理解他们的感受，因为那阵子班里的同学见到我都会问我是不是真的喝了他们的裤腰带烧的茶，还问我味道如何。

味道如何，你们自己尝尝就知道了，我说。

当时觉得说这话没什么，后来长大了，怎么觉得那会儿说的话这么少儿不宜呢。

反正自那之后，班里没有人再敢欺负我了，大家都怕我妈来剪他们的裤腰带，就连那顾涛也不再对我横眉冷对了。

裤腰带事件成了班里同学的新话题，就连郭老师的事渐渐也很少有人提起。

郭老师自停课后就没来过学校，而查紫薇似乎也知道郭老师不在这儿了，没再来闹过。

生活又恢复了以往的平静，期末到了，一个学期又要结束了。

【3】当年春晓“娶”的并不是李文艺，而我“嫁”的也不是袁满 //

我们学校期末考试每次都考三天，考试前一天春晓就嚷嚷着考完那天请我跟李文艺还有袁满吃饭，他嘴里的“牛排”两个字都没吐出来，袁满便激动地说要吃肯德基。

春晓回了他一个嫌弃的眼神，李文艺举双手赞同，说肯德基不错，春晓你请我们一人一个全家桶吧。

春晓也斜了她一眼道：“李文艺，就你那绿豆芽似的小身板，一桶你吃得完吗？”

李文艺不管，说吃不完还有袁满呢。袁满闻言，骄傲地拍了拍自己C罩杯的胸脯。

肯德基是春晓这种土豪吃腻的玩意，但对于那时普通家庭子弟来说，这算是个奢侈品了。

春晓无所谓吃什么，说：“你们问王愢。”

所有人都看向我，我还没决定要不要跟他们一起去呢，都说吃人嘴短，最近我占了春晓不少便宜，再吃他的东西会不会有点得寸进尺。

我支吾了一声，说：“我不去了，我得回家收拾东西，我妈要送我去外婆家。”

“王愢，就你最扫兴，你去外婆家不就是过寒假吗，早去一天晚去一天又没什么差别。”袁满抱怨了我一句，一旁的李文艺噘着小嘴附和道：“就是。”

春晓拍了拍我的肩膀，霸道地说：“王愢，你要不去你就不把我当朋友。”

我本来想说春晓咱俩本来就不是朋友，但想想这话说得也太不近人情了，春晓平日里这么帮我，这都不算朋友算什么呢！

于是我矫情了一把，最终还是答应了。

这次期末统考全校师生都被打乱了学号分配到不同班级考试，我恰好被分在了自己班，春晓他们有的去了楼上的班级，有的去了楼下的。

最后一门考的是化学，那一直是我的强项，我提前十五分钟交了卷，先下楼在约定好的楼梯口等其他人，没想到竟然会在那儿碰到许久没来学校的郭老师。

那会儿整个楼梯上就只有我跟郭老师两个人，郭老师抱着一个纸箱子从办公室里出来，低着头下楼，没有注意到等在一旁的我。

我有些尴尬，但还是鼓起勇气叫了她一声：“郭老师。”

郭老师闻言，惊讶地抬头，看到我，她先是愣了下，然后才点点头，回了声：

“你好。”

她还是跟以前一样，黑色的呢大衣穿在她身上特别显气质，眉眼跟我喜爱的少年如出一辙。

想到苏遇，我又感伤了起来，突然听到郭老师对我说：“你是王愢对吧，我记得你，高一的时候我教过你们一阵子。”

没想到郭老师还记得我，我震惊之余又很是感动，看着她怀里抱着的纸箱里装着她平素办公用的东西，我的脑海里不禁联想到电视剧里演的那些角色辞职时的画面，当即都没多想，激动地朝郭老师道：“郭老师，不管别人怎么说你，在我心里，你永远是我最喜欢的老师。”

我不知道自己该不该在这种时候对郭老师说这样的话，但我知道，这些话都是我的肺腑之言，百分百出自真心。

冥冥之中，我有一种预感，这会儿不说，我就再也没有机会对郭老师说了。

郭老师震惊地望着我，许久没有说话，突然，她背过身去，用手捂住了脸。

我看到她伸手擦了下眼睛，待她再回头看我的时候，眼眶通红。

她下了台阶，与我并立，微笑着对我说：“王愢，你是个好孩子，郭老师也很喜欢你。以后不管遇到什么事，你都要加油。”

我重重地点头，难过地目送郭老师离开。

那是我最后一次见郭老师，此后我每每回想起她，总会记得她微笑着对我说，要加油。

春晓他们出现的时候，我还沉浸在感伤中没有回过神来，直到耳边被呼了口热气，才惊惶地大叫一声，转头看到一脸恶作剧得逞的春晓气不打一处来。

“走了走了。”春晓伸手钩住我的脖子，拽着我走了。

临走之前，我感觉到有道目光一直注视着我，下意识地回头，便看到了沈骆驰站在楼梯的转角，眼神幽暗地望着我们离去的方向，他的身旁永远站着一脸安静的佳楠。

心里有种说不清道不明的感觉，我还没搞明白就被春晓拽上了他的电瓶车，袁满骑着车载着李文艺跟在我们身后。

到了肯德基，春晓大方地买了四个全家桶扔在我们面前，我们也没客气，很快就大快朵颐起来。

李文艺一边吃一边跟我对化学试卷的答案，春晓跟袁满则讨论最新出来的游戏。

那会儿《梦幻西游》刚出来，在男生中特别火，几乎有条件上网的都在玩这个游戏，就连林佳楠也跟我提过它。她之所以知道《梦幻西游》也全因沈骆驰，顺着潮流，刘奶奶给沈骆驰在房间里也装了台电脑，让我们平素有需要就去找沈骆驰。

我是没事绝不会去招惹沈骆驰的，所以那台电脑我就听说过，连见都没见过，主要是我从未进过沈骆驰的房间。不过佳楠借这个由头没少找过沈骆驰，还学到了不少游戏词汇。

她就是那会儿开始玩的网游，游戏里有个婚姻系统，男女角色可以根据亲密度以及所拥有的财富值选择结婚领取系统奖励。虽然是假的结婚，但对佳楠来说，能成为沈骆驰的妻子，是她当时最大的愿望。

春晓跟袁满正说到结婚奖励，他们两个都是男性角色，不满足结婚条件，于是春晓怂恿我跟李文艺也注册账户一起玩。

我跟李文艺对游戏都没什么兴趣，我俩平素只爱看偶像剧跟言情小说。玩网游不仅耗时间还耗金钱，对于我这种穷学生来讲，我宁愿去二手书店多买本小说看看。

想都没想，我一口拒绝，但春晓显然不在乎我们的意见，直接要了我跟李文艺的QQ邮箱账号说回去给我们一人注册一个女号，他跟袁满分别给我们养着，等级别够了，就带我俩去“结婚”。乍一听，还以为他们在养童养媳。

说白了就是他们借我们的邮箱账号养个新角色跟自己结婚，其实跟我和李文艺没什么关系。但李文艺还是觉得别扭，她看了看身旁吃得满嘴是油的袁满，很是嫌弃地摇了摇头，强烈拒绝跟袁满“结婚”，就算是假的，她也不允许她的账号嫁一个大胖子。

这话一说出来，袁满的自尊心就受到了极大的伤害，他当即反驳说，谁说我是大胖子，我在游戏里可是个帅哥，银发大帅哥好吗！

就算他的银发再酷再耀眼也打动不了李文艺的心，最后只好我出来调和，说要不这样，李文艺你跟春晓“结婚”，我跟袁满好了。

我也就是随口一说，想着反正就是个游戏账号，结果刚说完，我就看到袁满的肥脸涨得通红，他拿小眼瞅我，很是感动地嗫嚅一声，说：“王偲，你真好。”

李文艺一脸期待地看向春晓，春晓在啃鸡块，闻言，无所谓道：“随便随便，反正我只要奖励。”

这事就这么说定了，之后我再也没有关心过这个事，直到后来很多年以后，我找到了被盗的QQ账号，在邮箱里看到了一封《梦幻西游》的来信，才知道，当年春晓“娶”的并不是李文艺，而我“嫁”的也不是袁满。

那会儿我才恍然大悟，我以为从来没有来过的爱情，原来早在不经意间已被错过。

【4】我迷恋的少年也是个凡人 //

在春晓他们聊游戏聊得热火朝天的时候，我喝了整整两大杯的冰镇可乐，最后肚子受不了，起身去了卫生间。

等我上完厕所，回去找春晓他们的时候，店里正值高峰期，人特别多。我四处张望着不小心撞到了人，刚要道歉，那人便绕过我急匆匆地推开后门走了。

我都没来得及看他的脸，只看到地上多了个男士钱包，想着可能是那个人掉的，我赶紧弯腰将钱包捡了起来，打开看看有没有身份证、名片什么的好还给人家，然后我便再度看到了苏遇，确切地说，是身份证上的苏遇。

很少有人证件照都拍得很好看，苏遇就是其中一个。

身份上的他就跟我刚入学那年在高中开学典礼上看到的他一模一样，干净清澈。

意识到刚才离去的那个人就是苏遇，我的心抑制不住地狂跳起来，顾不得多想，我将钱包藏进了大衣口袋，循着苏遇离开的方向追了出去。

还好我反应及时跑得快，追出去的时候正好看到苏遇上了辆出租车，我一口气追到马路边也拦了辆车坐了进去，指着前面苏遇坐的那车让司机跟着。

司机挺尽职的，一路载着我跟着苏遇到了一家快捷酒店门口，在马路对面把我放了下来。

过马路的时候，正好遇到绿灯变红灯，我只好在斑马线外等着，眼睁睁地看着苏遇先我一步进了酒店。

那时候的我不过才十七岁，不能说是脑子简单，就是比较单纯，在等待绿灯的过程中满脑子想的不是苏遇为什么会来酒店，而是一会儿见着他我该说些什么，不知道他还记不记得我，我该不该跟他提郭老师的事，我可以安慰他吗……

胡思乱想间，绿灯亮了，我赶忙跑到了马路对面的酒店，推开门就走了进去，但不见苏遇的身影。不过我可以肯定苏遇还在这酒店里，因为我没见他出来。

追丢了人，我只好揣着苏遇的钱包走到前台，拿出他的身份证向年轻靓丽的前台小姐询问道："我刚看到这个人进来了，他钱包掉了，你们能告诉我他在哪个房间吗？"

苏遇的身份证上的照片跟他本人还是很像的，所以前台小姐一眼就认出来了，礼貌地回答我说："哦，这位先生刚上楼，他在302房。"

我道了谢，拿着钱包去坐电梯，电梯门正要关上，我急忙按了下上楼键，门又开了，里面站着个穿着红色短羽绒服跟黑色皮短裤，露着两条光洁大腿的女生。

那女生化着很浓的妆，谈不上漂亮，但也不能说丑，只能说她的眉宇间透着一股特别的英气。

我对她道了声："谢谢。"

她没理我，继续嚼着嘴里的口香糖。

我看着电梯上的数字，见她也是去的三楼，也就没伸手再按数字盘。

三楼很快就到了，她先出的门，我跟在她后头，一路循着门牌号找着苏遇的房间。

那女孩一直走在我的前头，最后在一间房的门口她停了下来，刷卡进门。

进屋之前，她回头瞥了我一眼，眼神冷冽锋利。

我抬头看了下她的门牌号，是302，顿时，我的双脚像被定住了似的，再也走不动。

我呆呆地站在门口，手心里攥着苏遇的钱包，望着那门牌上的数字，脑子里一片空白，心里五味杂陈，说不出来是什么感觉。

班里男生平素没少讲荤段子，我虽不是很听得懂，但是也不是蠢到什么都不懂。

男女去酒店开房能干什么呢?

苏遇快二十岁了，不是我这种没长大的小屁孩。

耳边有个声音一直在催促我，说，王愢，走吧，走吧，别傻得真上前去敲门，可脚步却怎么也挪动不了。

最后还是来打扫房间的清洁阿姨看到我傻愣地站在走廊里，忍不住好心地过来问我，说："姑娘，你找什么？"

我呆呆地抬头看她，愣了会儿才回过神来，脸上火辣辣的。

没等那阿姨继续追问，我撒腿就朝楼梯口跑了。

一口气跑到了楼下，我又走回了前台，将苏遇的钱包给了前台小姐，让她转交给苏遇。

前台小姐很是意外，问我："没找到吗？"

我摇了摇头，没回她，一声不吭地跑出了酒店。

出来的时候，外面的天已经黑了。冬天的夜晚总是来得很早，我们从学校出来就已经是傍晚了。

我站在酒店楼下，抬头望着三楼的房间，那一排灯都亮着。

我在那儿仰望了很久很久，就像仰望海上的灯塔，望着望着，我的视线模糊了，好似海雾蒙蔽了我的眼睛，我再也看不清我的灯塔了。

原来，我迷恋的少年也是个凡人。

外面下起了雪，白色的雪花安静地从空中飘落下来，晶莹剔透的一片片掉落在地上，脚一踩，就全脏了。

在雪势变大之前，我终于从那酒店门口离开，在马路边拦了辆出租车回了肯德基。

我本来想直接回家的，但就怕春晓他们还在等我。我突然走了，他们都不知道，这会儿估计都在找我。

果然，我回到肯德基的时候，李文艺还坐在我们原来的位置正焦急地打电话，我走过去，把她吓了一跳。

她激动地骂我，说：“王憴，你跑哪儿去了，急死我们了，春晓跟袁满都出去找你了。”

边骂我，她边回电话里的人，说：“王憴回来了，你们也赶紧回来吧。”

我没说话，只是拿过她手边的可乐猛吸了一大口，那冰凉的感觉直蹿心肺，冷得我心都疼了。

“王憴你怎么了？鼻子怎么这么红，你哭了？”李文艺察觉到我的异样，担心地问我。

我吸了下鼻子，把可乐还给她，说：“不是，是外面太冷了。”

没多久，春晓他们回来了。一见我，春晓也把我骂了一通，说：“王憴你干什么去了，请你吃个肯德基差点把人都吃没了，你存心为难我是吧。”

我没回怼他，只是轻描淡写地把离开的原委解释了一番，什么都说了，就是没提苏遇。

春晓被我气哭了，说：“你是不是读书读得脑子坏了，数学怎么给你考满分的，你打个车去送钱包，最后连打的费都没让人家报销，是不是傻？你就不知道要个两百块钱回来！”

“王憴不是说了吗，他们不是在开房吗？”李文艺帮我说话道。

“开房又怎么了，开房正好，人家急着办事，钱更好要。”

“春晓，你这说得也太流氓了！”

“怎么流氓了，男欢女爱天经地义啊！袁满，你说是不是！”

“哎哟，春晓，咱们别在女孩子面前说这些。”

“你们男的就知道这种事，桌子里全是黄色小说，一群色胚。”

“你懂什么，正常男人都像我们这样，不看的都是有问题的。”

“……”

李文艺跟春晓吵得我头都疼了，我这会儿只想回家睡觉。反正肯德基也吃了，我说回去吧，没人反对。

春晓说要送我回家，我拒绝了，就怕他看到林佳楠他们又干出点出格事来。

李文艺也不愿再坐袁满的车，提议跟我一道回去，她住的地方离香格花园不远，所以我们打了一辆车。

下车后，我一个人慢悠悠地往公寓楼走，雪花一片片落在我的身上，这画面放电影里看肯定特别唯美，只不过就我现实感受来说实在是冷了点，雪里似乎夹着冰刀子，刮在脸上很疼。

我冷得脖子瑟缩了下，加快脚步往家赶，走到刘奶奶家车库的时候，正好看到沈骆驰躺在门口的木椅里，手里拖着本书看得津津有味。

他爷爷奶奶都不在，车库里就他一个人。

我经过的时候，他连头都没抬一下。

我莫名有点恼，本想就这么走了，但想起之前我被关厕所里还是他来找的我，心就软了下来，凑上前去，主动开口搭话道：“你在看书啊？”

沈骆驰将书移开，面无表情地看着我，没说话。

没瞎的都知道他在看书，我有点窘，但还是硬着头皮继续道：“你看的什么书呀？”

没等我再凑近点看那书的封皮，沈骆驰突然从躺椅里坐了起来，把书往我怀里一丢，说：“你的。”

我翻过书一看，这不是我新买的《巴黎圣母院》吗？

“你怎么会有我的书？你趁我不在偷进我房间了？”我惊呼道。

沈骆驰毫不客气地给了我一个白眼，冷淡地解释道：“我可没这么闲，你妈给的，我爷爷听说你那儿书多，他闲得无聊就要来看看。”

“哦。”我了然，将书收好，准备上楼，沈骆驰跟了过来。

我们俩一前一后地上楼，沈骆驰不跟我说话，我也想不到话来说，就怕哪里说错了又惹怒了他，而我心里还在因为苏遇的事难受着，也没心情跟他吵。

进屋后，发现林佳楠也不在，我才又开口问了沈骆驰，他懒洋洋地回答说佳楠被她妈带去逛超市了。

我点了点头，跟着他朝房间走，在沈骆驰进卧室之前，我望着他白皙光洁的后颈，不禁又想起苏遇的模样，头脑一阵发热，突然朝他问道：“沈骆驰，你喜欢看黄色小说吗？听说你们男生都爱看……”

我还没说完，沈骆驰已经朝我转过身来，一脸阴沉地望着我，嘴里吐出来几个字：“你是不是有病！”

又被骂了。

这次我觉得是我活该，所以在沈骆驰再度开口荼毒我之前，我快速地闪进了屋，关上了门。

【5】走的时候，表姐站在路边目送着我离开，颇有吾家有女初长成，飞上枝头变凤凰的感觉 //

考完试后的那几天一直在下雪，马路上堆着厚厚的积雪，街道很滑，车辆都不方便通行，当地电台的新闻里陆续传来哪里有人骑车摔倒的消息。学校接到上级通知，连期末成绩都没来得及公布，各班班主任就向每个学生家长都发了短信，提前给我们放了寒假。

没有成绩，没有排名，假期还变长了，那个寒假对我们市一中的学生来说，是整个高中生涯最快乐的一个寒假，大家再也不用担心因为没考好回去不好过年无颜面对亲戚朋友。

接到放学通知的当晚，刘奶奶在车库里又做了顿火锅，请我们大家一起过去吃，算作饯别。

第二天，沈骆驰要回上海，在他爸那儿过年；林佳楠跟她妈妈要去青岛，她爸在青岛做生意，有时候生意忙，她爸连年都不会回来过，都是她们母女俩过去；我爸妈不受天气影响，依旧要去厂里上班，准备送我去外婆家。

大家其乐融融地吃完火锅，然后各回各家收拾东西，各奔东西，来年再会。

我外婆家在另一个市的乡下，因为隔得远，我们家那会儿又没车，所以我很少去外婆家，往年都是新年才去。

一到那儿，我就跟马戏团的小丑似的，先被围着观赏了一番，随后被外婆拉去她房内聊天，她问过我爸妈的近况，又塞给我一堆她藏着舍不得吃的好吃的。

等我抱着好吃的出门，几个住附近的表哥表姐听闻我来了，也都跑来了，看见我手里的东西就抢。

外婆见状，急得在我们身后拿着拐杖叫骂："抢什么，这都是我给愢愢的。"

这话一出，立刻有人表示不满。

大表哥率先起头，说："外婆你太偏心了，都是外婆，你藏着只给王愢吃。"

"就是就是，我们来你都不给。"二表姐也起哄。

最后还是小表哥说了句公道话，说："你们瞎叫什么，愢愢年纪最小，三姨妈又嫁得远，她难得过来，外婆宠她也是应该的。再说，你们有愢愢聪明吗？咱们一堆人里就愢愢最会读书，成绩最好，将来也肯定最有出息，外婆这叫长线投资，愢愢，你回头可不能忘了外婆的好。”

我自然是把头点得跟捣蒜似的，说：“那必须的，我最爱外婆了。”

回头，看到外婆朝我笑，幸福夹在褶子里。

我跟自己说，王愢，你一定要有出息，将来要赚大钱，要养爸妈，要养外婆，给他们住最好的，吃最好的。

可惜啊，将来的诺言是最不可信的。

外婆走得早，都没能等到她最爱的小外孙女赡养她。

我亏欠外婆，可我亏欠的又何止只有外婆？

我在外婆家一连住了好几天，成天除了跟几个哥哥姐姐插科打诨，也没其他事干，日子倒消磨得很快。

突然有一天，小舅家的小表姐激动地冲进屋，朝我们咋呼道：“大新闻大新闻，苏医生家的小孙子来了。”

谁家的孙子来了有什么可稀奇的，我一脸不以为意地想，在一旁听着表姐跟表哥聊天。

表哥问：“哪个苏医生啊？”

“就隔壁村的呀，那个退休的老医生。”

“谁啊，隔壁村的你都认识啊？怪不得他们都叫你李百晓呢！”

“你别打岔，苏医生你不认识没关系，但是他家的事你肯定听过，他不是有个小儿子吗，从小就很有出息，当年大学生都很少，他儿子还考了个研究生，简直就是光大门楣啊。后来他儿子找了个外地女朋友，那女的学历不高，但长得很漂亮，长辈给他俩排八字，说他们八字不合，两个人硬要在一起，日后也是家破人亡，妻离子散的结局。那苏医生不同意，儿子硬要娶，结果老人就跟儿子断绝了关系，后来小夫妻俩带着孩子回来看望过老人，还被打了出去。这事你有印象不？”表姐问表哥，激动得脸都红了。

表哥愣愣地点头：“好像之前听我妈讲过。”

“那就得了，我说的大新闻就是苏医生跟他小儿子断绝关系二十多年了，从没来往过，今天，他小孙子来了，震不震撼！”

“他小孙子是谁啊？”

“你是不是傻！听不懂人话啊！他小孙子就是他小儿子的儿子啊！”表姐被气得直接打了下表哥的头。

表哥愤愤地拿眼瞪她：“那关你什么事？”

“你这一点八卦精神都没有，懒得跟你说。”表姐嫌弃地瞥了他一眼，然后转头看向我，眨巴着眼睛问，“王愢，你们市是不是有个天才男生叫苏遇啊，提前被清华大学招进去的。”

我一头雾水地点点头。

“那你认识他吗？听说也是你们市一中毕业的？”表姐继续循循善诱地问我。

我摇头，又点头，支吾道：“算认识吧。”

表姐听完，高兴地一把抓起我的手就往外走，说：“成，咱们去苏医生家玩玩。”

“去那儿干吗，你认识苏医生吗？”表哥过来拦住表姐。

“看天才啊！就你这智商，赶紧跟我们一块儿去，蹭蹭天才的仙气也好。”表姐白了表哥一眼道。

“你都不认识人家，突然跑过去你是不是有病！”

“我不认识没关系，愢愢认识啊！是吧，愢愢，你认识那苏遇吧？”表姐歪着头朝我问道。

我愣愣地看着她，呆了会儿，才反应过来，小表姐嘴里说的苏医生的小孙子就是我认识的那个苏遇。

以前听说要见苏遇，我肯定高兴得不得了，恨不得立刻飞奔到那个人面前；可现在，我满脑子都是那天撞见苏遇去酒店开房的事，心里怎么也开心不起来。

我推开了表姐的手，别扭地说了声：“我不去。”

不是我不认识苏遇，而是我不想去。

我不想见他，好似只要不见他，我曾经当神一般仰望的苏遇就还能活在我的幻想里。

表姐不乐意，拽着我硬是要去苏家，最后还是表哥帮的忙，我从表姐的掌心挣脱开来，就逃进了外婆的卧房，把门给反锁了。

表姐在外头骂了我一会儿，直到被外婆训了，她才悻悻地离去。

后来，我还是去见了苏遇，那是两天后的事了。

外婆家突然来了个意料不到的人，我跟着表姐他们去镇上买完东西回来，就看到一个精神矍铄的老人站在外婆家的门口，在跟外婆聊天。

我跟着表姐他们一同走过去，看到我们，外婆朝我招了招手，笑着对我说：“愢愢，这是苏医生，他想瞧瞧你。”

我当即看向表姐，表姐抬头看天，一副不关我事的样子。

我恨恨地瞪了她一眼，走到外婆跟前，对着苏老医生鞠了个躬，毕恭毕敬地叫了声：“苏爷爷好。”

跟我猜想的一个样，苏医生是个看起来很严肃的老先生，他认真地将我审视了一番，开口，声音嘶哑：“你就是王愢？我听你表姐说你认识我们家苏遇？你跟我们苏遇一个学校的？”

我小心翼翼地点点头，心里把表姐臭骂了一百遍。就她那破嘴巴，她肯定去别人家瞎说我跟苏遇的关系了，不然人家为什么找上门来。

我忐忑地低着头，等着苏医生训我，结果，他非但没指责我，反而伸手摸了摸我的头，说：“乖闺女，你想去我们家玩吗？”

我惊讶地抬头，茫然地望着苏医生。

苏爷爷笑笑，拉着我的手，轻轻地拍了两下：“跟爷爷去找苏遇好吗？你去看他的话，他一定很高兴。”

我本来想告诉苏爷爷，让他别听我表姐瞎说，我去见苏遇，苏遇还未必记得我，怎么就见我高兴了？但是看到苏爷爷眼里那恳切的眼神，以及脸上那恳求的表情，我心一软，突然感到很难过很难过，我不明白这突如其来的难过是为什么，只是有种预感，苏遇好像发生了什么不好的事。

在外婆的授意下，我坐上了苏爷爷的电瓶车，去了苏家。

走的时候，表姐站在路边目送着我离开，颇有吾家有女初长成，飞上枝头变凤凰的感觉。

【6】你这是怎么了啊 //

苏爷爷家是西村口的一栋两层小楼房，外面是新粉刷的白墙，墙的一边爬满了爬山虎，郁郁葱葱的，有点像油画中的建筑。

我跟着苏爷爷进了屋，一个奶奶立刻迎了上来，抓着我的手，万分动容地说：“是叫王憁对吧，模样看着就让人喜欢。你跟我们家苏遇关系好吧，你上楼去劝劝他，让他开开门，吃点东西……”

还没说完，苏奶奶的表情就绷不住了，她哽咽起来，拿手擦眼泪，苏爷爷站在一旁沉默地看着我们，像座坚硬的丰碑。

屋里还有个女人，是苏爷爷的大媳妇，也是红着眼眶直叹气。

我被他们这阵势吓了一大跳，也跟着紧张起来，急忙问：“苏遇怎么了？他生病了吗？”

什么病会不吃不喝？

我当时心里猜的是苏遇可能得了绝症治不好了，所以他爷爷才会认他这个孙子，他爸才把他送到这儿来，估计就是来养病的。只是他得了什么病？上次见他，他还好好的。

我心里有很多疑问，但又不敢多问，倒是苏遇他婶婶听到我说他生病了，赶忙解释说：“不是，他没病，就是一直关在屋里不吃不喝，这样下去身体早晚撑不住。”

听我小表姐说，苏遇来这儿有两天了，这么久不吃不喝，任谁都吃不消。

我皱着眉头担忧地问：“他为什么不吃饭？”

“估计是因为他妈的事吧……”那婶婶多嘴道，没等她继续往下说，苏爷爷出声喝止了她，冷声道：“你去热点饭菜，让王愢给他端过去。”

郭老师的事爆出来之后，我见过一次苏遇，还傻乎乎地跟着他去了酒店。那会儿他看起来也没苏医生他们说的会闹到绝食的地步，是不是后来又出什么事了？

我想问，可刚开口，提到“郭老师”三个字，就被苏爷爷打断了，他说，他们家没这个人，我便识相地住了嘴。

婶婶很快就把饭菜热好，端着陪我一起上楼找苏遇。

在二楼的一间卧室门口，婶婶停了下来，将餐盘递给我，敲了几下门。

没任何回应，她拧开门把，推开门，将我推了进去。

屋内一片漆黑，厚重的落地窗帘被拉得严严实实，窗台上安静地坐着个人，他侧对着我们，头透过厚实的窗帘望着什么也看不见的窗外，不知道在想什么。

婶婶喊了声："小遇，你爷爷给你请了个朋友过来，你们聊聊。"

苏遇没转头，也没吭声。

婶婶有些尴尬，朝我点了下头，带上门先下楼了。

门一关，整个屋子更加暗了，苏遇的影子被拉得很长很长，只有窗帘缝里透着点微弱的光。

"苏遇？"我轻轻地唤了声，没有任何回应。

我小心翼翼地抱着餐盘在门口的墙壁上摸索了下，找到电灯开关按了下去。

屋子里顿时亮堂了起来，我松了口气，转头看向窗台上的苏遇，难以置信地睁大了眼睛。

在我眼前的这个人是苏遇没错，却不是我熟悉的那个苏遇。

我认识的苏遇，是一个干净清澈的少年，他像雨洗过的天空，像冰雪融化的山河，是一个就算是远远地站着，身上都会发光的男孩，可是现在我看到的却是一个浑身散发着寒气，表情阴郁森冷的人。

距离上次我见到他也不过才几天的时间，苏遇却瘦了很多，眼眶都凹陷了下去，五官都突出来了，脸色苍白得像得了白化病的病人。他身上就穿着件蓝白色的格子衬衫，黑色单薄的西装裤，光着脚，露出瘦得全是骨头的脚踝，皮肤上有好几处青紫印。

我震惊地望着他，目光最后落在他垂在身侧的手上，手腕上包着厚厚的纱布，纱布上有些许血丝透出来。

心脏有一瞬间缩紧，我心疼得红了眼。

比起我的激动，苏遇则平静多了，他的脸上看不到丝毫表情波动，只是眼神阴鸷地盯着我，嘴里吐出来两个字："关掉。"

声音很轻，像没有力气似的。

我想起苏爷爷他们说的，他已经绝食两天了，便赶紧收住情绪，端着手中的餐盘朝他走了过去，他却朝我大叫起来：“我让你把灯关掉！”

我被他吓了一跳，脑子一片空白地愣在原地。

见我没反应，苏遇急躁地站起，差点滑倒，他快步朝我走来，用力地拽住我的手，要将我拖去门口。

我手里的饭菜洒了一地，热乎乎的鸡汤溅在苏遇光着的脚背上，烫出一片红印。

他不觉得疼，我都替他觉得疼。

我反手抱住苏遇，焦急地道：“苏遇，你别这样，求求你别这样！我是王偲啊！你还记得我吗？你这是怎么了啊？”

“……”

苏遇罔若未闻，他将我推出了门外，顺手关上了灯。

他要关门，我扒着门口不愿意走。

“让开。”他冷冷地对我说。

我不让，门板夹在我的手指上。

他又重复了一遍：“让开。”

我摇头。

这不是苏遇，他不是苏遇！苏遇不是这个样子的。

我内心奋力地叫着，不愿相信眼前的事实，可手指上的疼痛是那么清晰，简直刻骨。

在我手指被夹断之前，苏爷爷听到声响率先从楼下奔了上来，一把拉开还扒着门边的我，对着苏遇大骂：“混账！”

回应他的只有沉重的关门声。

苏爷爷气得要拧开门冲进去，苏奶奶上楼来拦住了他。

“别逼他了。”她红着眼说。

苏爷爷松开了握着门把的手，瞥了眼我被门板夹伤的手，哀戚地对我说：“闺女，是爷爷对不住你啊！”

我摇头说：“没有没有。”

苏爷爷拉着我下楼，拿了药箱出来给我清理伤口。

我急切地问他：“苏爷爷，苏遇到底怎么了？他为什么会变成现在这个样子？是因为郭老师吗？”

先前我还不敢直接提郭老师，就怕惹怒了苏爷爷，但现在看到苏遇这副模样，我实在是忍不住了。

苏爷爷目光森森地看着我：“你也知道那事？”

我愣愣地点点头。

他冷着脸地呵了一声，啐骂道：“也是，听说对方家里人是先到学校闹的，为人师表竟不知羞耻。”

“郭老师已经不在我们学校了，她辞职那天，我们正好期末考，我还在肯德基里碰到苏遇了，那时候他还好好的，跟现在简直判若两人。他到底怎么了？”

我把之前碰见苏遇的事告诉了苏爷爷，但没有提他去酒店的事。

苏爷爷听罢叹了口气，神色凝重地面对我。

“闺女，你问爷爷，爷爷我也不是十分清楚。十几年不联系的儿子，突然打电话过来，说自己离婚了，郭英跟别人走了，让我们过去接孙子。当初他结婚没经过我同意，现在他离婚了，我也是他离了之后才知道。

“我当初为什么不同意他俩结婚？外面的人都说我是因为他俩八字不合，不不，八字是一回事，我反对的最主要的原因是郭英在跟我们家苏琛之前就跟人有过一段情。那男方父母是做生意的，家里挺有钱。郭英家穷，对方父母看不上，又担心她是来骗钱的，就硬逼着两人分手。那郭英性子也傲，直接分了手，找上了我儿子。苏琛之前就喜欢郭英，郭英问他愿不愿意娶她，他点点头就答应了。郭英是受了情伤找的我儿子，并不是真心爱他，只是拿他当备胎，这样的婚姻是不会长久的，我知道后自然要反对。

“苏琛不听我的，结果吃亏的还是他。他们结婚之前，郭英那前男友还来闹过，两人显然是有情的。这不，郭英出轨了，她出轨的对象就是之前那个富家子弟。我在这里不评价郭英是不是个好的教师，我只想说她并不是个称职的妻子，更不是称职的母亲。在双方都有家庭，都有孩子的基础上，他们选择这么做，是种很不负责任，很不道德的行为。苏琛是爱她的，所以愿意放手跟她离婚，成全他们，可对方呢？对方的妻子，女儿呢？显然是不愿意的，不然这事也不会闹到你们学校去，人家女儿也不会把怨恨报复在我们苏遇身上。”

“您是说，是查紫薇把苏遇害成这样的吗？她把苏遇怎么了？”我激动道。

“怎么了？怎么了谁也不知道。”苏爷爷丧气地说道。

“我们苏琛答应跟郭英离婚，是因为郭英说查锦鸿会跟老婆离婚跟她在一起。查锦鸿应该跟他老婆说了离婚的事，所以那个叫查紫薇的姑娘不知道从哪里要到了咱们小遇的手机号，一直要挟小遇见面。

“那女孩听说是个女流氓，苏琛怕小遇吃亏，让他别理会她。小遇本来也没搭理她，后来郭英去你们学校辞职的那天，小遇出了门，直到第二天晚上才回的家，一回家就把自己关房间里，苏琛喊他吃饭他也不应。起初苏琛以为他是因为郭英的事心情不好，就由着他去了。过了会儿，苏琛怕他饿了再去喊他，敲了很久门里面都没什么回应，门也被反锁了。苏琛急了，喊人去撬门，打开门就看到小遇倒在地上，身下全是血，他拿刀割了手，还好抢救及时，才捡了一条命回来。

“之后，小遇就成了现在这副样子，一直把自己关在黑屋里。苏琛翻了他的手机才知道他去见了查紫薇，见面后发生了什么事，小遇什么都不肯说，我们只要一问，他就激动地伤害自己。苏琛得上班，没办法一直看着他，只好把他送到我们这儿了。

“王愢，刚才你说小遇出门那天你在肯德基见过他，那你看到那个查紫薇了吗？她到底对我们小遇做了什么？”

站在一旁的苏奶奶激动地抓着我的手流着泪说道，我怔愣地看着她，张了张嘴，发不出声音来。

我根本不认识查紫薇，所以并不知道她长什么样子，但是苏奶奶问我的时候，我的脑海里突然浮现出在酒店电梯里遇到的那个女孩，她跟苏遇进了同一间房间，会不会她就是查紫薇？

如果她就是查紫薇的话，那么那天苏遇去酒店就是去跟她见面的，而不是……

我怎么就这么蠢，苏遇是什么样的人，他怎么可能会跟女生去酒店开房！

苏奶奶说苏遇那天一夜未归，直到第二天晚上才回去。

他消失的这段时间，查紫薇一定对他做了些什么，不然他不可能回去后就想寻死。

苏遇不是那种脆弱的人，如果不是发生了什么可怕的事，他不会想死的。

到底发生了什么事？！那天在酒店里查紫薇到底对他做了些什么？！

我脑子里一片混乱，内心懊悔得不行。

如果那天我敲开了那个房间的门，把苏遇从查紫薇面前拽走，是不是什么也不会发生，苏遇就不会变成现在这个样子？

我眼睁睁地看着查紫薇进他的房间，却没有阻止她伤害他。

一想到这里，我内疚得直掉眼泪，对着苏奶奶他们哽咽地说：“对不起，我可能看见查紫薇了，但我不知道那就是她，我真的不知道。”

苏爷爷他们以为我是被吓到了，安抚我说：“孩子别哭，不是你的错，不关你的事。”

我伸手捂住脸，拼命地摇头。

不，是我的错，是我没有坚定自己的信仰，是我不够信任苏遇，是我逃跑了。

·第七章·
chapter
污秽

【1】生而为人，对不起
//

太内疚了，太对不起了，所以那天我实在没法再在苏爷爷家待下去，我不敢再去看苏遇的模样，只要一想到那时自己没有推开那扇门，我就恨不得抽自己一耳光。

苏爷爷将我送回了外婆家，表姐八卦地跑来问我跟苏遇聊得怎么样，我什么也没说就进了外婆的房间，把门给锁了。

表姐在门外骂了我一会儿“小没良心”的，我没有理会，满脑子都在想苏遇的事。

发了一晚上的呆，第二天一大早，我就问表姐借了自行车跑去了苏爷爷家。我想再去看看苏遇，但没有见到他人。

苏家的门关着，从邻居嘴里我得知昨晚苏遇昏厥了，苏爷爷他们连夜将他送去了医院抢救，还没有回来。

我在那儿等了一会儿，直到表哥来喊我回去吃午饭，我才起身回家。傍晚的时候，我又去了趟苏家，那儿的门依旧关着。

我在那儿守了好几天，都不见苏爷爷他们回来。我内心的不安越来越强烈了，那时候我真的怕苏遇不会再回来了，我怕他死了。

所幸，老天保佑，我又一次见到了苏遇，那是他被送去医院抢救后的第七天。

他不是一个人回来的，也不是只跟苏爷爷他们回来的。

他回苏家的时候，身后跟着长长的一条送葬队伍。

他走在队伍的最前头，一身黑色的西装，神情肃穆，形容枯槁，身上披麻戴孝，怀中抱着一个青花瓷的骨灰盒。

听到他回来，我本高兴地从苏爷爷家门口跑出来去迎接他，结果看到那黑色相框里郭老师的照片时，我的眼泪霎时就掉了下来。

郭老师死了。

虽然很长一段时间我都无法相信她死了，但这件事确实是真的。

他们说，她是吞安眠药死的。

外婆家那个小镇的人并不知道郭老师外遇的事，苏家的人将这事藏得很深。

大家对郭老师的死议论纷纷，有人说她是因为工作压力太大，安眠药吞多了，就死了。

有人说郭老师是跟她丈夫吵架，为了去上海买房的事，苏先生没有钱，苏爷爷又不愿资助他们，两人因此吵架，郭老师想不开就寻死了。

还有人说，郭老师是被苏爷爷给逼死的，因为他一直不承认她是苏家的人。

一个个都说得像真的似的。

对于这些揣测，苏家的人并没有做任何解释。

或许对他们这种名誉大于天的书香世家来讲，说郭老师是被苏爷爷的迂腐观念给逼死的，也比她是因为出轨，愧对丈夫跟儿子而自杀来得好听。

当然，这也只是我的猜测，我一直以为郭老师选择死亡，是因为愧疚。

虽然郭老师已经跟苏爸爸离婚了，但在苏遇的强烈要求下，郭老师的骨灰还是被葬在了苏家祖坟。

葬礼结束后，苏遇依旧把自己关在苏爷爷家那栋小洋楼里。

我怀着内疚的心情，后来又去看过他几次。也许是郭老师的死让他想通了，他开始吃饭了，也愿意见人了，只是人变得像死水般安静。

有一次我去看他，他正坐在窗台边的角落看一本书，是个日本作家写的，名字叫《人间失格》，上面有一句是这么说的——“生而为人，对不起”。我记得苏遇看到那句话时，抑制不住地咬住自己的手臂发出绝望的呜咽声。

我在一旁吓得慌了神，不知道自己能为他做些什么，只是傻愣地站在原地，忍不住红了眼眶。

我早就说过，我是个不爱哭的人，可是最近每次见到苏遇，我总是忍不住哭。我也不清楚自己为什么哭，只是觉得巨大的悲伤包裹住了我，我喜欢的少年没了为人的渴望。

苏遇咬着手背，过了好一会儿，才安静下来。他合上了书，目光幽暗地眺望着窗外的景色，眼神很空洞。

我去楼下找苏爷爷要了药箱，然后又匆匆上楼，伏在他的身旁给他清理手背上的咬痕。

他咬得很用力，齿印很深，皮都破了，里面渗出了血。消毒水涂在伤口上的时候，我看到他手指瑟缩了下，但他的脸上却看不到一点痛的表情。

他没有推开我，这让我松了口气。

我小心翼翼地给他清理完伤口，用纱布包好，目光落在他手腕上那道刚脱痂的猩红色疤痕上，我忍不住地伸手摸向了那道疤。

“那个时候一定很疼吧。”我心疼地说道。

苏遇默不作声地抽回了自己的手。

我心里一阵失落，突然，耳边传来苏遇低哑的声音。

“天黑了，你该回家了。”

我惊讶地抬眼看向苏遇，发觉他也在看我，我不禁惊喜地伸手抱了他一下，激动道：“你终于跟我说话了，苏遇，你还记得我是谁吗？”

“记得。”他伸手将我拉开，说，“王愢。”

再次听到苏遇喊我的名字，我高兴得都说不出话来，怕惹他讨厌，在看到他蹙起眉头时，我赶紧站了起来，拎着药箱跑下了楼。

不要急，慢慢来，苏遇愿意跟我说话了，这样已经很好了。我暗自安慰自己，天真地以为只要给苏遇时间，他一定会从伤痛中走出来的。

然而事实上，我高估了时间的治愈能力，也低估了苏遇所受到的伤害。

【2】他就那么静静地站在楼梯口，我抬头却好似看到了月光 //

表哥趁寒假在镇上的大超市站了几天岗，挣了一点钱，发钱的那天，他特意来外婆家找我，给了我两张电影票兑换券，笑得一脸促狭地让我约苏遇去看电影。

想必小表姐没少给他洗脑，他竟然也误会我跟苏遇的关系了，我忙着解释，他却打断了我，摆手道：“别说了愢愢，你哥我也是明白人了，不就是你暗恋人家，人家不喜欢你嘛。现在都21世纪了，女追男也不是不行。你都老往人家家里跑了，约他看场电影又有什么不敢的。那个苏遇的妈不是没了吗，这时候是他最脆弱的时候，他老把自己关屋里也不是个事，你带他出去看看电影，散散心，说不定人家就喜欢你了呢。”

表哥说完，赶着去同学家打游戏，他没给我继续解释的机会，跨上自行车就走了。

我愣在原地，手里握着两张电影票，心里觉得表哥说的也不全都是错的。我去苏爷爷家并不是为了追求苏遇，但我的确是单方面喜欢着苏遇。不管苏遇变成什么样子，他都曾是我最喜欢的男孩。

表哥挑的电影很好，是周星驰自导自演的《长江七号》，光看到星爷的名字，就知道这肯定是一部让人捧腹大笑的电影，的确适合心情不好的人观看。

我们得坐公交车去市区的电影院看，我怕时间上来不及，所以电影播出的当天一大早我就起来了，连早饭都没吃，就跑去苏爷爷家。

到苏家的时候，苏爷爷正在楼下的诊所给村里的人看病，苏奶奶在院子里晒地瓜片。

见到我，苏奶奶微笑地迎了上来，拉着我的手亲昵道："我刚和你苏爷爷说今天不下雨，天气挺好，你可能会过来。这不，前脚刚说完，你后脚就到了，来看我们苏遇的对吧？估计知道你要来，他早就起来了，在楼上呢。"

这只是苏奶奶看到我来看苏遇一时高兴说的玩笑话，但我还是被她说红了脸，低着头说："我找苏遇去看电影。"

"看电影啊！看电影好！那是要去市区吗？也好，小遇来我们这儿后都没出去玩过，你替我带他出去逛逛，散散心。"苏奶奶说完，又不知道想到了什么难过的事，突然叹了口气，伸手擦了下眼睛，然后催促我上楼喊苏遇。

我不是很确定苏遇愿不愿意跟我去看电影，但在苏奶奶的注视下，我还是一口气跑上了楼，伸手去敲苏遇的房门。

苏遇果真已经起来了，我才敲了没几下，就听到他在里面不轻不重地说了声："进来。"

我赶忙拧开门把走进了屋，看到苏遇正坐在地板上，身前放着只花盆，手里拿着打火机在烧照片。

我走过去的时候，他已经烧得差不多了，我只能隐约能看到灰烬中一些没烧完的照片角。

“我妈说烧照片不好，会遭诅咒的，你为什么把它们烧了？”我望着花盆里渐渐湮灭的火苗担忧地问苏遇。

苏遇面无表情地看着那堆灰，眼神冷得没有温度。

“因为脏。”他说。

我不是很明白苏遇的话，想问但又怕刺激到他，突然想起口袋里的电影票，我便直接说明了来意。

苏遇没有回答我，他一直沉默地望着花盆里的那堆灰烬。

当我以为他不想去，悻悻地准备离开的时候，苏遇又喊住了我，声音平淡地说：“你先去楼下等我，我换下衣服。”

我惊喜地回头看了他一眼，激动地跑下了楼，告诉苏奶奶苏遇答应去看电影了。

苏奶奶跟我一样惊讶，老人当即红了眼眶，紧紧地抓着我的手，一再感谢地说：“谢谢你啊，王愢，谢谢你啊！谢谢你没有放弃我们小遇。”

我被她说得一阵鼻酸，其实该说谢谢的人是我，是我该感谢他们没有阻止我来看苏遇，感谢他们给了我弥补他的机会。

我跟苏奶奶说话间，苏遇走下楼来，他穿着黑色的呢子大衣，大衣内配着灰色的毛衣，领口露出白色的衬衫领，下身是蓝色的牛仔裤，经典的匡威鞋，身形清瘦，眸光清冷。

明明很普通的打扮，他也没沈骆驰那么好看，可是，他就那么静静地站在楼梯口，我抬头却好似看到了月光。

苏遇走了过来，我愣怔地站在原地，有一瞬间的恍惚。

胳膊被人撞了下，苏奶奶将我推到了苏遇身旁，微笑地望着我们，动容地叮嘱道：“好好玩。”

临走的时候，她还不忘拉住我的手，请求我帮她照顾好苏遇。

我重重地点头，像是用生命在发誓，如若可以，我愿意用生命去守护那道白月光。

去市区的一路上，苏遇都很安静，安静地走路，安静地等车，安静地坐在座位上眺望着车窗外的景色，安静得让人不敢打扰。

我知道，他人是出来玩了，但他的心没有带出来。

怕他走丢，在人多的地方，我一直拽着他的手臂，他没有挣开，这让我很是安慰。

到了电影院，我让苏遇等在入口处，自己去取票。等我取完票回来，发现苏遇不见了，我顿时慌了神，焦急地四处寻找着。当我急得快要哭出来时，肩膀突然被人轻轻地拍了一下，我慌乱地回头，看到苏遇就站在我的身后，手里捧着一桶爆米花。

“苏遇。”我吃惊地叫了他一声，不敢相信自己的眼睛。

苏遇没有说话，他将爆米花塞进了我的怀里，伸手牵住了我的手，拉着我往入口走。

他的手很冷，像冰块，冷意从指尖流蹿至我的心里，我心疼地回握住那只手，试图将温暖传递给他。

苏遇察觉到了我的用意，想要抽回手，我赶紧一把抱住他的手臂不放，双眼恳求地望着他。

他顿下脚步，蹙起眉头，望着我抓着他胳膊的手，眼里露出厌恶的神情。

我被他的眼神刺伤，慢慢地松开了自己的手，尴尬地将手藏进了衣兜里。

“对不起。”他目光低垂地说道，没有看我，脸上露出愧疚的表情来。

其实他没必要跟我道歉，是我自己不好，强人所难了。

“电影快开始了，我们去检票吧。”我装作没事地笑笑，率先跑到了检票口朝苏遇说道。

苏遇愣了会儿，跟了过来。

电影很好看，整个影厅里时不时地响起观众的爆笑声。

我一边吃着爆米花一边看电影，看到精彩的地方，忍不住跟着众人一起大笑，转头跟苏遇讨论。苏遇自然是没有回应，他一直在专注地看电影，但不见他笑。

收回目光，我继续看电影。看了一会儿，后座的人不知道在干什么，一直在踢我的椅子。我烦躁地转过头去，就看到后座的一对小情侣在接吻。不止他们一对，周围好几对都在接吻。我突然想起表哥给我电影票时笑得一脸促狭的模样，下意识地看了下一直捏在手中的电影票，他果真给我们买的是情侣座。

意识到表哥的意图，我的脸颊不由得发烫起来，赶忙回过身，低着头，连电影都不看了，一个劲地往嘴里塞爆米花。

手上骤然一冷，苏遇突然伸出一只手抓住了我的手，另一只手难受地捂着胸口，脸上净是痛苦的表情。

我惊慌地看着他，小声地问：“苏遇，你怎么了？”

苏遇没有回答，下一秒，他松开了我的手，从椅子上站了起来，捂着嘴跑出了影厅。

我紧张地跟着他一起跑了出去，一直跟着他跑到了洗手间，才停了下来。

苏遇吐了，即使我站在洗手间外，也能听到他吐得很厉害。我之前也看到过沈骆驰因为胃病呕吐，但是没有苏遇吐得那么久，他进去了十多分钟，感觉要把五脏六腑都吐出来才罢休。

我不明情况，只能焦急地在外面等着。等了一会儿，直到里面都没了声音也不见苏遇出来，我实在是担心得不行，也没多想，直接冲进了男厕所找苏遇。

还好大家都在看电影，男厕里就只有苏遇一个人，他脸色惨白地站在洗手池边，在用水洗脸，嘴里发出轻微的喘息声。

我紧张地朝他跑了过去，抓着他的手臂问："苏遇，你还好吗？"

苏遇回头看我，清冷的眼眸里血丝狰狞，良久，空洞的瞳孔里才有了焦距。

"苏遇？"我担心地又喊了他一声。

他突然抓住我的手，神情变得很是阴鸷。

【3】在不明白何为爱情的迷惘年纪，只有痛是真实的 //

电影都没有看完，苏遇就拽着我离开了电影院。一路上，他的手就没有暖过，脸色也很难看，嘴唇都发白了。

我不知道他怎么了，也不知道该怎么帮他，只能任由他拉着来到了电影院附近的一家宾馆。

苏遇拉着我走到前台，前台小姐问我们要身份证。我没有带在身上，苏遇从皮夹里拿出来他的。

前台小姐一边登记一边观察着苏遇，苏遇在抑制不住地发抖，脸上的表情很是难受。他一直紧紧地攥着我的手，勉强地支撑着站立。

前台的人都朝我们看了过来，可能是苏遇的样子太像电影里那些毒瘾发作的瘾君子，而我的打扮也难掩学生气息，所以她们都以为苏遇是坏人，而我被人绑架了。

其中一个年纪稍微大点的姐姐好心地偷偷问我：“小姑娘，你是不是遇到什么事了？”

我摇了摇头，看了眼身旁快要倒下的苏遇，连忙伸手扶住他，恳切道：“房间开好了吗，我哥他身体不舒服，他快站不住了。”

看我一副紧张的样子不像是说谎，刚跟我说话的姐姐赶紧把房卡跟苏遇的身份证一起给了我，指着电梯口说三楼。

我将身份证塞回了苏遇的钱包，然后扶着苏遇朝电梯走去，身后传来前台小姐热心的询问：“要不要给你们叫个医生？”

我看向苏遇，苏遇脸色惨白，抓着我的手，摇了摇头。

“不用了，他是胃病犯了。”我回头撒谎道。

一进房间，苏遇就冲进了浴室，又一次呕吐起来。他把浴室的门锁了，我推不开，只能在门外干着急。

过了很久，苏遇才开门出来，他把大衣给脱了，身上就穿着一件白色的衬衫，不知道是因为冷的还是因为呕得太厉害，他的脸色比先前红润了些，只是一双手还是冷得像从冰窖里拿出来的。

“苏遇，你怎么了？”我手足无措地望着他问，心里慌死了。

苏遇定定地看着我，他的眼神有些可怕。

我被他看得脊背生寒，冥冥之中有种不好的预感，此刻站在我眼前的苏遇很不对劲。

没等我弄清楚苏遇到底怎么了，他突然朝我逼了过来，将我推到了墙上，俯下头来。

我的脑袋瞬间一片空白，无法思考，忘记了挣扎。等我回过神来时，只觉得一股冷意袭来，外面的衣服不知何时被脱了。

苏遇冰冷的手触及我的皮肤，我冷得顿时抖了起来，脑子也清醒了过来，意识到苏遇在对我做什么，我张开嘴，刚想说“不要”，嘴巴又被堵住了。

他在咬我，我的嘴里全是血腥味。

我感到害怕地伸手推他，根本没有用，苏遇抓住了我的手。

我一直记得当时苏遇的眼神，暗得像深潭的水，没有光，我甚至都怀疑他根本看不到我。

一道撕裂声响起，他已俯身上来，我像只被逼到绝境的驯鹿，无助又慌乱。

“苏遇。”我终于害怕地哭出声来。

可能是我的哭声拉回了苏遇的理智，他停了下来，站在床边，眼神森冷地望着裹着床单瑟瑟发抖的我，忽然想到了什么，他的脸上再度露出恶心的表情来。

下一秒，他像逃一般地转身跑出了房间，连大衣都没有拿。

我睁大眼睛，惊恐地望着被狠狠甩上的房门，愣了许久，才慢慢找回神志，从床上爬了下去，捡起地上的衣服，手指颤抖地穿在身上。

我咬着牙去了浴室，想要上厕所，结果刚进去，就看到了白色的洗脸盆里苏遇呕出来的血，我吓得尖叫出声，眼泪刹那间掉落下来。

我想我错了，我跟苏爷爷他们都想错了，苏遇的情况并没有好转，他的病似乎越来越严重了。

我打开水龙头，一边用清水清理着水池里的血，一边哭，脑袋乱得像团糨糊，完全无法思考。

我不知道自己怎么回的外婆家，只知道那天回去，小表姐一见到我，脸上全是惊恐的表情。

她朝我咋呼道："你裤子上怎么全是血，大姨妈来了你都不知道吗？"

我被她吼了几声，慢慢有了点知觉，伸手摸了下裤子，满手都是血。

表姐将我带去她房间换裤子，我躺在她的床上，一直在哭。

难得见我哭，表姐吓了一跳，以为我是约会不顺，失恋了，一再地安慰我，说："天涯何处无芳草。你还小，男朋友也不急着现在找，你姐我都没对象呢。"

我任由她说着，没有解释。

表姐给我煮了红糖水，我喝完就躺她床上睡下了。

晚上苏奶奶来找我，说苏遇没有回家，她问我苏遇去哪儿了。

我惊讶地看着她，却说不出话来。她明明让我照看好苏遇，可我还是把苏遇弄丢了。

苏奶奶问我跟苏遇是不是发生了什么事，所以苏遇才没有回来。

我只是哭着摇头，不知道该怎么跟她解释苏遇的行为。难道我要告诉她，苏遇不仅失去理智差点强奸了我，还吐了很多血吗？

不，我说不出口。苏奶奶要知道的话，肯定要急死的。

见我哭着不说话，苏奶奶也没有为难我，她只是长长地叹了口气，道了声"都是命"，然后走了。

我望着她离去的苍老背影，哭得更厉害了。

晚上，我做了个噩梦，梦到了苏遇脸色阴沉地站在我的上方，我拼命地喊叫，挣扎，却怎么也醒不来。最后还是外婆听到我的喊叫过来叫醒我，我才没有被梦魇吞噬。

因为受了惊吓，当晚，我又发起了高烧，第二天，人就病了。外婆说我是感冒了，要带我去苏爷爷家打针。我拒绝了，我怕见到苏遇。短时间内，我忘不了他压着我欺负我的可怕模样。

我问外婆，苏遇回家了吗？

外婆点点头，说回来了，今早还看到他陪苏奶奶去集市买菜了。

我说那就好，那就好。

一再地重复着，跟傻了似的。

我在床上躺了两天，表姐说我再不好，就要病着过年了，那样的话，新的一年我会过得超级不顺。

被她这乌鸦嘴说中了，我的感冒一直都没好，接下来十八岁这一整年我都过得很糟糕。

我再也没有去苏爷爷家找过苏遇，表姐他们都认为我是失恋了，也识相地没有再跟我提过他。

只是除夕那晚，我们兄妹几个聚在一起放烟火，表哥突然说苏遇出国了。

我愣愣地站在院子里，手中的烟火快烧到了手上都不自知。

表姐气恨地推了表哥一把，说："你是不是傻，哪壶不开提哪壶。"

表哥很是委屈地瞅了我一眼。

我丢掉手中的烟火棒，愣愣地问他："他什么时候走的？"

"你病的第二天。"表姐瓮声答道，看我的眼神满是同情，"别想了，这小子也就是没良心的。"

我什么话也没说，继续放烟火，放着放着，可能烟熏了眼睛，我的眼泪忍不住流了下来。

鞭炮声响起，我把我的初恋留在了十七岁的末梢。

表姐说得没错，我是真的失恋了。

在不明白何为爱情的迷惘年纪，只有痛是真实的。

【4】他走了，我连他去哪个国家留学也不知道，而我也没想过要去找他 //

时间自苏遇走后便流逝得很快，眨眼，新年就过去了。

那年的低温雨雪冰冻灾害袭击了南方十多个省，我们省也未能幸免于难。

大雪连续下了好几天，往年都是初六一过，初七学校就要开学，那年，寒假一直放到了正月十六。

元宵节那天，我爸妈厂里都放假了，我随着他们回了趟乡下，在爷爷家吃了晚饭后又回了市区。到家后，正好看到林佳楠一家在小区的花园里放花灯，我妈拉着我们一同走了过去。

林爸爸给佳楠买了个莲花灯，她小心翼翼地拎在手里，我爸笑着说她像八仙过海里的何仙姑。

佳楠被我爸说得一脸羞红，跑到我的面前，问："愢愢，你的灯呢？"

我瞥了我爸一眼，老实地回答说："从乡下出来那会儿我爷爷给我扎了个兔子灯，我爸嫌电瓶车坐三个人挤，放不下那灯就没拿。"

"这样啊。"林佳楠悻悻地应了声，然后把自己的灯塞我手里道，"我的给你。"

"没事，佳楠你拎着玩吧，我们家愢愢笨手笨脚的，给她肯定得摔坏。"我还没拒绝呢，我妈就在一旁泼我冷水，我气呼呼地噘着嘴，把灯还给了林佳楠。

大人们聚在一起聊家常，我跟林佳楠在附近找了张长椅坐了下来，开始聊寒假发生的趣事。

以前这种时候，我的话都很多，光讲我表哥表姐都能一天一夜讲不停，但今年寒假出了苏遇的事，我都没怎么好好玩。本来碰见佳楠，我挺想跟她聊聊苏遇的，不过今天这么热闹的日子，我又不知道该怎么开口跟她提苏遇。

倒是林佳楠，一坐下就跟我讲她爸带她们去哪儿哪儿旅游，给她买了好多新衣服跟吃的，当然她也没忘提沈骆驰。

佳楠问我寒假有没有跟沈骆驰联系过，我被她问得有些蒙，别说我没沈骆驰的联系方式根本联系不上他，就算有，他也未必想跟我联系。

我耸了耸肩摇头，然后听着林佳楠跟我说她跟沈骆驰打了好几个电话，QQ上也聊过几次，不过沈骆驰好像挺忙，QQ都不怎么见他上线，好几次佳楠给他留言，他都没回复，为此佳楠很苦恼，她拉着我的手，郁闷地说："怎么办呀，愢愢，是不是我太主动了，我感觉骆驰现在都不愿理我了。"

换作之前，我肯定会不假思索地去安慰林佳楠，但现在，望着困在恋爱中的她，我只觉得胸口闷闷的，鼻子堵得难受。

比起林佳楠，我觉得现在的我更需要被人安慰。

我很想告诉佳楠，告诉我最好的朋友，我在这个寒假的遭遇，跟她讲讲我内心的痛苦，可是我刚要开口，林妈妈就来了，找林佳楠回家收拾东西。

明天要开学了，我们又要住回刘奶奶家的公寓了。

林佳楠被林妈妈拉走了，我一个人落寞地坐在长椅上，望着灯火通明的花园，很是惆怅。

没多久，我妈也来找我，喊我回家洗澡。她喊了我好几声，我才反应过来，后知后觉地从椅子上站了起来，朝她走了过去。

我妈奇怪地看了我一眼，喃喃地说："我怎么感觉你这寒假一过像变了个人，以前没见你这么安静，怎么了，跟苏遇有关？愢愢，有什么心事就跟妈说说，你妈我不是那种不开明的家长。你表姐都跟我说了，你喜欢的那个苏遇就是那苏老医生的孙子，说你寒假老往人家家里跑，你是不是跟他在谈恋爱？所以他一出国，你就一副失魂落魄的样子，你被甩了……"

我妈还没说完，我就突然哭了起来。

我觉得我妈说得没错，寒假一过，我真像转了性子，只要一听到苏遇这名字，心里就难受得不行，忍不住要哭，以前，摔倒跌跤，再疼都不会哭的。

我妈看到我哭，惊得不得了，她一边嫌丢人地拿手给我抹脸，一边凑我耳边问："你这丫头不会真背着我跟人谈恋爱了吧？真被甩了？"

我既没摇头也没点头。

我也不知道我跟苏遇那阵子算什么，他从没说过喜欢我这种话，我也没跟他表白过。那天宾馆里的画面一直在我的脑海里挥之不去，惊心动魄又犹如噩梦。

"有什么不好说的，你就算跟他谈了，你妈我也不会说你。不过愢愢，妈还是要叮嘱你一声，苏遇再好，他不喜欢你，你也就别惦记了。他现在走了，你还要上学，不要因此分心，给我好好念书，听到没有。"我妈摸着我的头安慰道。

我点点头，没说话。

她叹了口气："他不喜欢你也好，他妈出那档子事，他们家在外名声也不好。你俩要真在一起，日后肯定少不了被议论。对了，你们没干什么出格事吧，没亲过没抱过吧？"

说着说着，我妈突然停下脚步，一脸严肃地盯着我问道。

我被她盯得心里直发毛，知道她真正担心的是什么，我赶紧摇头，否认道："没有，我又不傻，我不会干那种事的。"

"没干就好，女孩子一定得自爱，贞洁是最重要的。妈不是反对你喜欢谁，但你现在还小，学生要有学生的样子。我倒不是真要求你给我考什么清华北大，你能考上最好，考不上也没事，但是千万不要丢了学生的本分。之前王爵学校那跳楼自杀的女生你还记得吧，就是那么小就被搞大了肚子，被人骂得受不了寻死了，你可不能干这种丢人的事。”我妈继续絮絮叨叨。

虽然我知道苏遇那天没对我做到那一步，但我还是被我妈说得耳朵直发烫，怕她起疑，我赶紧回了好几声“知道了”，她这才安心，拽着我的手臂回了家。

那时候我想我跟苏遇的事就这么算了，他走了，我连他去哪个国家留学也不知道，而我也没想过要去找他，我的确该像我妈说的那样好好学习天天向上才是真的。

可是人生如果真的全部能按我们所想的那样发展下去就好了。

【5】时间是治愈伤痛最好的药，而沉默，是让伤口结痂的最好的方法 //

新学期伊始，郭老师自杀、苏遇出国留学的消息在学校里被传得沸沸扬扬。

那段时间，几乎学校里的每一个人只要一有空就在谈论这件事。就算我不想听，也阻止不了那些闲言碎语流入我的耳朵。

所幸，大家的言论中透露的大多都是对郭老师那么年轻就想不开寻死的惋惜以及对苏遇年少丧母的同情，对于苏遇那段阴郁的过往没有任何人提及。想来是苏家的人保密工作做得好，所以才没有人知道，为此，我松了一大口气。

就算苏遇带着伤痛离开了，我还是希望在同学们心目中的他一直都是那道皎洁的白月光。无论他往后会变成什么样子，他都曾是我少女时代最喜欢的人，也是第一个在我的青春岁月里刻下伤痕的人。

也许是我新学期变得安静了许多，同桌李文艺很是担心我，就连春晓也感觉到了我的异样，上课的时候都不怎么打扰我了，下课了更是变着法子逗我开心。

我已经过了最想跟人分享痛苦的时候，不再想让其他人知道那个寒假我与苏遇之间发生的事，所以我努力地配合着春晓他们的表演，让自己高兴起来。

时间是治愈伤痛最好的药，而沉默，是让伤口结痂的最好的方法。

学校最不缺的就是八卦，只要一有新鲜事发生，同学们就会很快地忘记先前的事。将大家的注意力从郭老师的事上转移走的，还是因为春晓开学没多久就又闯了个大祸。

有天晚自习结束后，春晓在宿舍里拿电饭锅煮泡面，自己却跟室友跑去隔壁宿舍吹牛皮。聊得嗨了，他们就忘记了回去，一直到整个楼层的人都闻到了烧焦味，才有人发现春晓他们宿舍起火了，一帮人又火急火燎地跑去救火。

幸好发现及时，火势才没有蔓延开来，不过春晓他们宿舍的东西还是被烧了个精光。

毫无疑问，春晓又一次受到了校方的处分，按校规被勒令退学，他爸王土豪为了保他，给学校捐了两百万的助学金，又在我们住的香格花园买了套二手房，让春晓从宿舍搬了出来，请了个保姆陪读。

当所有人都在替春晓他爸心疼钱的时候，只有春晓依旧快乐得像个小笨蛋。不过他的快乐都是建立在别人的痛苦之上的。因为春晓他爸给他买的房子就在刘奶奶家对门，不用多想也知道春晓他是故意的。

春晓搬过来的那天正好是周六，天气不错。

我妈难得白天有空，带我去市区买东西，没有留在公寓，回去时在车库前碰到刘奶奶，才听说对门住进人了，问了才知道是春晓。

春晓他爸怕他初来乍到，受邻里欺负，所以一来就带着春晓提着水果篮子挨家挨户地去打招呼，还特意来了我们公寓，因为春晓跟他爸说了他同班同学就住对门。

我跟我妈不在，接待他们的自然就成了林妈妈。

林妈妈本来因为林佳楠受伤一事对春晓印象极差，但听说他爸是我们市赫赫有名的王土豪后，对春晓的态度简直是判若两人。

对此，我妈觉得林妈妈有些势利眼，但我觉得那是人家情商高。

林妈妈在跟着林佳楠陪读之前，是跟佳楠爸爸一起做生意的，做生意的人最讲究人脉，多个朋友多条路，像王土豪那种有钱有身份又有地位的人，要是得罪了，绝对讨不到什么便宜。

何况，春晓他爸是带着一堆豪礼来登门拜访的，林妈妈也不好给他们摆脸色看。

我妈跟刘奶奶在聊天，我在旁边看沈骆驰跟他爷爷下象棋。

沈爷爷见我有兴趣，便让沈骆驰教我下，我有些期待地看了沈骆驰一眼，本以为他会拒绝，没想到他却忽然站起身，将位置让给了我，重新摆棋盘。

“马走日，象走田，車走直路炮翻山。”

沈骆驰声音低沉地给我讲述象棋的基本规则，我默默地听着，在他的引导下，还没跟沈爷爷下几步棋，就听到我妈喊我上楼。

我把座位重新还给了沈骆驰，然后跟着我妈离开了刘奶奶家的车库。

临走的时候，我好像看到沈骆驰朝我看了一眼，神情有些恍惚。我没来得及多想，就被我妈使唤着给她拎东西。

到了公寓，我妈先进的屋，我跟在她后头，一进门就看到林佳楠一脸阴云密布地坐在客厅里画画，春晓在旁边殷勤地给她调颜料。

春晓他爸有事已经先走了，林妈妈在厨房里忙着做饭，听刘奶奶说她是要留春晓一起吃晚饭，因为春晓他爸走之前答应了给林妈妈下岗在家的亲弟弟在他厂里安排个闲职，不用干多少事，月薪都有个四五千，比我爸妈没日没夜加班还来得多。

我妈对此感到很不高兴，觉得跟春晓同班的是我，春晓他爸是因为我住这里才特意来拜访的，结果林妈妈趁我们不在，把好事都揽自己身上了，所以进屋之后，我妈对着林妈妈就没什么好脸色。

林妈妈装作看不懂我妈气啥，笑吟吟地迎了过来，问我们都买了啥。

我妈没理她，拎着东西就回了我们那屋。林妈妈继续回厨房忙活，我尴尬地站在一旁。

倒是林佳楠见到我很是高兴，原本阴沉的小脸瞬间明媚起来，像看到救世主似的朝我扑了过来，拉着我的手，可怜兮兮地说："愢愢，你可算回来了。"

我明白她的心思，知道她不想跟春晓待一块儿，但又碍于她妈不好说，毕竟现在是她妈有求于人。

不过我理解也没用，除了被她拉着，跟春晓两个人一起坐在一旁看她画画，啥事也干不了。

春晓还能给她调颜料，我是真的干杵着坐在那儿，像个傻子似的。

连春晓都看不下去了，问我："王愢，你要不要去看会儿电视？"

我知道他是嫌我在旁碍手碍脚的，我自己也不喜欢坐那儿，若不是林佳楠一直拉着我，我早起身走了，还不如下楼看沈骆驰下象棋呢。

最后还是我妈解救了我，她从房间里出来，气呼呼地朝我吼了一声："王愢，坐那儿干啥呢！你作业做好了？"

其实我作业在学校里就做得差不多了，但在听到我妈吼了之后，我还是赶紧回了屋，内心如获大赦般松了口气。

晚上，林妈妈做了一桌子菜，不仅留春晓吃饭，还喊了沈骆驰跟刘奶奶他们。她让林佳楠过来喊我们的时候，我正跟我妈躲在我们那屋里看电视。我要去开门，我妈黑着脸将我给拦住了。

我知道我妈是自尊心在作祟，但不回林佳楠又有点小家子气，所以我还是回了佳楠一声，说："我们吃过了。"

实际上，我跟我妈除了一人啃了一个从超市买的面包外，没吃过其他东西。

【6】我在等你 //

晚上，林妈妈他们在大厅热闹地吃饭，相比之下，躲在房里的我跟我妈则显得很是凄凉。

我妈故意将电视机的音量调到了最大，以此来表示自己对林妈妈的不满。

我觉得她这做法着实有点幼稚，最后还是忍不住小声地劝她想开点，不管春晓他爸给了林妈妈多少好处，我妈都不应该嫉妒。谁让春晓看上的是人家的女儿，只要林妈妈愿意，佳楠同意，别说是个闲职，就算直接问他要润滑厂，说不定春晓他爸也会给。

我妈也不是那种听不进话的人，上次在医院看到春晓，她就看出来他对佳楠有意思，这会儿经我一说，心里顿时一片清明，也就释然了。

"也对，不是自己的东西，我也不稀罕要。"我妈心高气傲地对我说道，然后把电视机的音量又调小了。

见她没那么生气了，我便叮嘱了她一声，让她别把这事往外说，毕竟是春晓一厢情愿，佳楠对他没那个意思。人都好面子，春晓也不例外。我妈表示理解，对我比了个"OK"的手势。

虽然我妈对我做了保证，但睡了一觉，她又给忘了。

周一一大早，春晓来我们公寓借着喊我起床、一起去上学的理由来看林佳楠，是林妈妈开的门。

林妈妈问春晓早饭吃了没有，春晓手里拿着他家保姆做的南瓜饼，却还是不要脸地回她说没吃，林妈妈就又留了他一起吃早饭。

我在卫生间里刷牙洗脸，林妈妈也喊我一道吃了，我顾及我妈的感受，于是婉拒了。

我妈从房间里出来正好看到林妈妈跟春晓献殷勤，没忍住嘲讽了林妈妈一声说：“还是养女儿省事，成绩什么都不重要，只要长得好就行了，日后嫁个有钱人，什么都有了。”

这话别说林妈妈听得不是滋味了，就连我都听不下去。瞧我妈这话说得，敢情她生的就不是女儿了！我虽然没林佳楠漂亮，但也不像她说得那么不堪吧。

我有点生气地瞪了我妈一眼，在她说出更过分的话之前，赶紧从卫生间里冲了出来，拉住了她。

林妈妈也不是好惹的人，我妈三番两次挑衅她，以她的脾气没第一时间跟我妈吵也算是不错了。

林妈妈立刻板起脸来，语气尖酸地朝我妈道：“你这话我就听不懂了，什么叫成绩不重要，长得好就行了。你这是在说我们家佳楠吗？是，我们家佳楠是没有你们家王憁成绩好，但是碍你什么事了？你要看不惯春晓来我们公寓，也不用这么拐弯抹角地骂人，再说了，人家春晓是来找你们家王憁的，我只不过是好心叫他一起吃个饭，你语气这么酸做什么！”

林妈妈是真的厉害，我妈也没说春晓，她直接就把矛头扔给了春晓。别说无故躺枪的春晓蒙了，就连我妈也蒙了。

我妈那种直肠子性格哪是林妈妈的对手，林妈妈一句话就把我妈给惹奓毛了，不管我怎么拦，我妈当场就朝林妈妈发飙道：“什么叫找我们家王憁，那王春晓到底要找谁，你问他呀！你家女儿自己惹的桃花债别随便往我们家王愢身上扔。”

我妈话里的意思已经很明确了，那就是春晓喜欢林佳楠。

我觉得她真傻，这会儿跟林妈妈说这种话，那不是正好长了林妈妈的志气吗，人家还巴不得春晓喜欢的是自己女儿呢。

林妈妈虽心里乐着，但面上还是装出一副惊讶的样子，朝埋头吃粥的春晓问道：“春晓，你在追我们家佳楠吗？”

春晓被她问得手里的春卷都掉进了碗里，他呵呵地抬头，朝林妈妈笑着。

没等他回答，在一旁默默吃饭的林佳楠突然激动地站起身，对她妈说道：“不是，李阿姨说错了，王春晓喜欢的是愢愢，这事我们学校很多人都知道，不信的话，你们……你们去问骆驰啊！”

林佳楠说这话的时候，沈骆驰正好被外面的动静给吵醒了，从他的房间里走了出来。

他脸色不大好地乜斜了我们一眼，然后走向门口换鞋，淡淡地说了句：“我去学校了。”

眼看着沈骆驰的身影消失在门口，林佳楠脸上的失望掩都掩饰不住。

气氛变得很是尴尬，最后还是林妈妈先开的口，道了声：“小孩子家家，都懂什么喜欢啊！赶紧吃饭，还得去上学呢。”

林妈妈率先摆出大度的样子，我妈再计较下去只会显得她很小鸡肚肠，她心里有气又不好发作，只是气呼呼地扔给了我十块钱，让我自己去买早点吃。

我拿着钱去房间拿书包，然后也换了鞋离开了公寓。

走之前，我没有跟林佳楠他们打招呼，只是单纯地觉得现在闹得这么僵，我要跟林佳楠说话的话，我妈肯定会骂死我，而且，我也不知道要说什么，我心里也很烦。

我跑到楼下的时候，沈骆驰还没走，他背着书包跨坐在刘奶奶家车库前的一辆新电瓶车上，白皙修长的手指正在把玩着车龙头上的钥匙。

车库的铁门紧闭着，刘奶奶夫妻俩晨练去了还没回来。

我朝前走了过去，经过沈骆驰身旁的时候，还是礼貌性地跟他打了个招呼，随意地问了句："你还没走啊？在等佳楠吗？她应该快下来了。"

说完，我也没期望沈骆驰会理我，抬脚准备走了。

"王憁。"沈骆驰突然叫住了我。

我回头，一脸迷惘地看着他，困惑道："有事？"

"我在等你。"沈骆驰目光紧紧地盯着我，声音清冷地说道。

我以为是自己听错了，不由得朝沈骆驰出声确认了下："你刚说什么？"

"我说，我、在、等、你。"沈骆驰一字一顿地又重复了一遍，没等我从震惊中缓过神来，他已经将自己的书包扔进了我怀里，冷着脸对我说道，"上车。"

"啊？"我惊呼了一声，想要拒绝，还没开口，沈骆驰伸手一把拽过我的肩膀，把我按在了电瓶车的后座上。

手长真是好，我暗自感慨了一声，刚打算跳车，沈骆驰拧动了手柄，车突然急速地朝前驶去。

我一点心理准备都没有，吓得"啊"了一声，双手本能地抱住了沈骆驰的腰，嘴里不停地大骂道："沈骆驰，你浑蛋啊！"

"你想干什么？"

"我还要去学校啊，没工夫跟你瞎闹！"

"……"

车穿过了马路，直接从西校门进了学校，沈骆驰懒洋洋地回了我一句："谁有空跟你闹！我这不就是载你去学校吗！"

“你不是骑赛车的吗？什么时候也换小电驴了？”我奇怪地嘟囔了一句，随口开玩笑道，“难道是因为看春晓骑，所以你羡慕了？”

“不就是一辆电瓶车，我又不是没钱买不起，有必要去羡慕王春晓吗？”

没想到我的话又一次触怒了沈骆驰，他跟我说话的语气再度变得刻薄起来。

我那天从公寓里出来后，本就心情不大好，这会儿听沈骆驰这么一说，穷人的自尊心开始瞎作祟，忍不住回怼了沈骆驰一句：“对，你有钱，一两千对你来说不算什么钱，是我穷人见识短，说错了行吧。”

“刺啦”一声，一个急刹车，电瓶车突然停了下来，沈骆驰转头看向我，眉头微蹙，眼神幽暗。

没等他开口说话，我立刻从车后座跳了下来，朝前跑去。

前面没几步就是教学楼，沈骆驰在我背后喊我，说：“王愢，我没那个意思。”

我知道他不是这个意思，我也不是真的在生他的气，我也不知道自己怎么了，好像自从苏遇离开之后，我就变得很是敏感，就像天天来了大姨妈，情绪一直处于爆炸的边缘。

我开始真正地理解林佳楠，那种变得连自己都讨厌自己的感觉，真的很难受。

我知道这件事是我不好，但那会儿我倔脾气上头，不愿低头跟沈骆驰认错，只是一味地往前冲，没有回头。

·第八章·
chapter
错过

【1】还是王愢好，最懂我，
能一眼透过我腐朽的外表看到
我那颗纯净的内心 //

我到教室没多久，春晓也来了学校，像遇到了什么好事，他容光焕发地走进教室，嘴里还吹着口哨。

他那点小心思，我们那几个人都知道。

一等春晓落座，李文艺就率先翻了个白眼，嘲讽他道："你这不就是搬去对门，又不是跟人家住一屋，瞧你这小人得志的样子，不知道的还以为你把林佳楠怎么了！"

"对，春晓，就这点上你真不如沈骆驰，人家天天跟林佳楠住一屋，都总是一张死鱼脸，你这喜欢也表现得太明显了吧，你就不怕那林佳楠妈妈找你麻烦？"袁满在旁附和道，他要不提林妈妈倒好，一提，春晓脸上的笑容绽得更大了。

袁满他们顿时觉得有猫腻，八卦地朝他扑了过去，问："怎么说？"

春晓一脸娇羞地将脸埋在书后，捂着嘴偷笑道："她妈妈喜欢我，今天还故意骑走了林佳楠的自行车，要她坐我的车上学呢。"

“所以，今早是你载着林佳楠来学校的！怪不得你的脸红得跟猴子屁股似的。”袁满惊呼。

“不对啊，王愢说林佳楠妈妈不是对她管得很严，禁止她高中谈恋爱的吗？怎么还给你这种货色制造机会！这不是把女儿往火坑里推吗？！”李文艺不解道。

春晓气不过地回怼李文艺，说：“你这说的什么话！什么叫火坑！小爷我条件多好，长得帅还有钱，关键还这么可爱。”

说完，春晓双手托腮，装成一朵花。

李文艺嫌弃地“咦”了声，问我：“王愢，你不是说春晓害林佳楠脚受伤后，林妈妈就很讨厌春晓吗？这态度怎么说变就变了。”

面对李文艺的提问，我当然不能直接说林妈妈喜欢的不是春晓这个人，而是春晓他爸的钱，所以只好摇头，装作不知道地说：“人都是会变的吧，而且春晓也就皮了点，人又不坏。”

春晓听得很是受用，他当即一脸感动地抓着我的手，又唱起了琼瑶戏：“还是王愢好，最懂我，能一眼透过我腐朽的外表看到我那颗纯净的内心。”

别说我听得要吐了，就连李文艺跟袁满都纷纷做出了要呕吐的表情。

李文艺板着脸骂春晓：“既然你觉得王愢好，你怎么不喜欢王愢啊？！真搞不懂你们男生，那林佳楠有什么好的，不就是柔弱了点，长得林黛玉了点，怎么就那么多人喜欢？”

春晓抿着嘴，伸着手指对李文艺摇了摇，说：“文艺，你不懂，谁愿意娶‘假小子’跟‘母老虎’回家啊！”

春晓说的那“假小子”是我，“母老虎”应该就是李文艺了，气得李文艺当场就拍了桌子，为我鸣不平，愤怒地朝春晓道：“你喜欢谁是你的事！烦请你以后不要再拿王愢当幌子，我们王愢是要考清华北大的，你别打扰她了！”

早读课还没开始，大家都在教室里吃早餐跟闲聊。李文艺的声音很大，一下子把所有人的注意力都吸引了过来，同学们的脸上都是戏谑的表情。

我被看得恨不得找个地洞钻进去，伸手拉着李文艺坐下来。

教室前方传来一阵咳嗽声，我下意识地抬起头，就看到班主任黄老师一脸严肃地站在教室前门口，一双眼睛锐利地盯着我们。

“志向挺好，但清华北大不是靠你们闲聊就考得上的。”黄老师阴着脸看着我说道。

我隐约有种不好的预感，果然，下一秒就听到黄老师喊我的名字。

“王偲，你出来一下。”

上周的月考成绩出来了，我第一次掉出了全班前三，跌到了十名开外。

办公室里，黄老师将成绩单摊在我的面前，一脸失望地对我说：“王偲，你这学期是怎么了，开学一个多月了，你都还没进入状态。高二第二学期有多重要，你知道吗？这学期的内容学完，你们高中的课程就算完成得差不多了。下学期你们就要升高三了，就要进入紧张的复习阶段，你现在这个状态下去，别说考清华北大了，我担心你连普通大学都考不上！王偲，你一直是我最喜欢的学生，你聪明懂事，活泼大方，所有老师都喜欢你，可你也让所有老师都失望了。”

黄老师对我说了很多话，她说的话并不重，可我听得心里难受极了。我知道是我的问题，是我不好，我让老师们失望了，我也让父母失望了。

一想到我爸我妈为了陪读，起早贪黑地赚钱，一想到他们为了给我良好的学习环境，花那么多钱让我住进了香格花园，而我却考出这样的成绩来回馈他们，我就很是自责，眼泪在眼眶里直打转，最终还是忍不住落了下来。

我一边擦眼泪，一边哽咽着跟黄老师道歉。

黄老师无奈地叹了口气，从椅子上站了起来，摸了摸我的头，安慰道："王偲，你要明白老师是对你寄予了极大的希望才会找你谈话，并不是真的想怪你，只是希望你能成才，不辜负你父母为你付出的心血。"

"我知道了，黄老师。"

"好了，别哭了，回教室去吧。"黄老师拍了拍我的肩膀。

我拿着黄老师给我的班级月考成绩单回到了教室。

那会儿早读课已经开始了，同学们都在背新教的文言文，看到我进来，教室里的读书声瞬间变得小了起来。大家都在看我，我低着头将成绩单张贴在了教室前门口墙壁上，然后默默地回到了自己的座位，拿起了语文课本。

可能是看到我哭红的眼睛，李文艺一脸担心地凑过头来问我："王偲，你怎么了？"

我摇了摇头，没说话，开始专心背课文。

身后的春晓用脚踹了几下我的凳子，我都没有理会他。

早读课一结束，众人争先恐后地跑去看墙壁上的成绩单，袁满那胖胖的身子从人群里挤了出来，神情凝重地回到座位，跟李文艺报了她的成绩，又说了春晓的，最后把目光看向了我，欲言又止。

我在做奥数题，没有出声。

李文艺小声地问袁满我的成绩，袁满比了个口型给她。

李文艺震惊之余朝趴在课桌上睡大头觉的春晓打了过去，恨恨道："都怪你！看你把王偲害得多惨！"

春晓吃痛地抬起头，一脸无辜地看着李文艺，道："关我什么事！"

李文艺还要骂，我放下手中的笔，拦住了她，平静地说道："跟春晓没关系，是我自己的问题。别闹了，文艺，快上课了。”

刚说完，上课铃声就响了。我背过身去，继续埋头做题。

春晓拿手指在我背上戳了下，小心翼翼地喊了声：“王愢。”

我没有理他。

【2】王愢，没有下一次了 //

第一次考砸给了我莫大的打击，那天我整个人就像着了魔似的，一整天也没跟人讲一句话，只是埋头做题，中午跟晚上都没有回公寓吃饭。

我妈在上日班，所以我回不回去，她都不会知道。

最后还是春晓看不下去了，让保姆弄了个保温桶，给我带了一桶饭菜硬逼着我吃，我才不至于饿晕过去。

晚自习最后一节课，数学老太又拖堂了，等我们放学的时候，学校里的人都走得差不多了。沈骆驰跟林佳楠也早已回去了。

我将老师复印好的每人一张的成绩单放进了书包，心事重重地走出教室，看到春晓站在楼梯口等我，说要载我一起回家。

我本来想拒绝的，后来想想也没这个必要。又不是第一次坐春晓车了，也没什么可矫情的。

回去的路上，我一直在担心到家后该怎么跟我妈说成绩的事，春晓像是知道我心里在想什么，不停地安慰我，让我放宽心，回头我妈要骂我的话，他就去找我妈说都是他的错，是他上课老打扰我，影响了我学习。

虽然以前我老说春晓打搅我学习，但心里从来都没有真的怪过他。这次明明是我自己考砸的，听到春晓把责任全揽他身上，我内心很是感动，再一次觉得春晓是个好人。

到家后，春晓将车停好，跟着我一道上楼。

到了我们公寓门口，春晓有些担忧地问我：“王愢，要不我跟你一道进屋跟你妈解释下？”

我摇了摇头，拒绝道：“还是不要了。都这么晚了，你跑去我们公寓别人会说的，而且我妈也没有那么不讲道理，回头我跟她好好认个错，她会原谅我的。”

春晓还是不放心，要跟着我进门。推搡间，公寓的门突然开了，沈骆驰面无表情地站在门口看着我俩。我跟春晓皆一脸震惊地回望着他。

发现春晓的手还抓着我的手臂，我下意识地抽回自己的手，催促春晓赶紧回自己家去，然后猫着腰闪进了屋。

春晓在门口张望了一番，还想要跟进来，结果沈骆驰“啪”的一声，就把门给关了。

我惊愕地回头看着一脸冷酷的沈骆驰，眨了眨眼睛，说不出话来。

沈骆驰白了我一眼，回自己屋去了。我有些莫名其妙地摸了摸头，然后蹑手蹑脚地走到了自己房间，拧开了门把。

我妈已经睡着了，床头柜的灯亮着。听到我回来，我妈支吾了声，然后又继续睡了。

我轻声走进了房间，将成绩单从书包里拿了出来，放在了书桌上，又拿了笔跟便笺条出来，在上面写了句“妈妈，对不起”。

做完这一切，我才敢去卫生间洗漱。等我再回到房间时，就看到我妈红着眼眶半坐在床上。我知道她已经看到成绩单了，便拘谨地站在一旁，等着她训我。结果等了很久，也没等到我妈骂我。

我惊疑地抬起眼，就看到我妈朝我招了招手，让我过去睡觉。

我忐忑不安地睡下，我妈关掉了床头柜的灯，然后严肃地对我说："王愢，没有下一次了。"

黑暗中，我拼命地点着头，抱着我妈，眼泪流进了她的胸口。

那天之后，我更加努力地学习，每天比林佳楠他们早起一个小时去学校，在操场背英语单词；中午也不回公寓，直接吃我妈给我准备的装在保温桶里的饭菜；晚饭就在学校小卖部买个面包解决；晚自习结束，回到香格花园，我都要做题做到半夜才会去睡。

有时候，做题忘记了时间，深夜一点多了，我妈睡了一觉醒来，看我的台灯还亮着，我直接睡在了书桌上，她喊醒我，我才会去床上睡觉。

那段日子，我把所有的时间都耗在了学习上，根本无心关注其他的事，别说去掺和春晓、林佳楠以及沈骆驰之间的爱恨情仇了，我除了在学校能见到春晓外，我都没有机会看见林佳楠他们。只是偶然一次，我做题到半夜突然想上厕所，在卫生间又一次碰到了呕吐的沈骆驰。

他洗了把脸，转头冷漠地瞥了我一眼。

上次闹得不愉快，我还没有时间跟他好好道个歉，刚想趁此跟他说声"对不起"时，沈骆驰从卫生间走了出来，一句话也没跟我说，头也不回地进了他的房间。

我尴尬地愣在原地，有些自嘲地笑了笑，然后赶忙进了卫生间，关上了门。

回自己房间之前，我本想给沈骆驰做个油煎蛋，但又怕他醒着突然跑出来看到，到时候我又不知道怎么解释。

我现在一心学习，不想给自己惹太多麻烦，所以最后我还是叫醒了林佳楠，悄悄跟她说了沈骆驰胃病又犯了的事。

那会儿林佳楠早就学会自己做油煎蛋，她听到后二话不说地就进了厨房，卷起袖子，起了油锅。

我回头看了她一眼，没有多说什么，回房间继续做题去了。

期中考很快来临，皇天不负有心人，成绩单出来的那天，看到我的名字又一次回到了第一的位置，并且比第二名高出了二十多分，我高兴得一把抱住李文艺，然后激动地回头对春晓跟袁满说要请他们吃饭。

李文艺是真心地替我开心，对着我又哭又笑地说："真好，王愢，我都快一个月不见你笑了。"

一旁的袁满深有同感地点点头。

春晓松了口长气，很是委屈地问我："王愢，我现在可以跟你讲话了吗？我这个月都不敢跟你讲话，就怕又打扰你，快憋死我了。"

我红着脸笑笑："当然可以。"

回到公寓后，我把成绩单交给了我妈，跟她说了想请大家吃饭的事，我妈很爽快地给了我两百块钱。多了算我的零花钱，少了她让我自己贴。她知道我有藏压岁钱，我也没跟她计较，高兴地拿着钱走了。

既然是请客吃饭，我连春晓他们都请了，总不能不请林佳楠跟沈骆驰吧。毕竟我们都是住一个公寓的，要论关系的话，我跟佳楠才是最亲的。所以吃饭前一天晚上，正好是周六，趁大人们都不在家，我看到沈骆驰跟林佳楠在大厅里看《康熙来了》，便走了过去，说了吃饭的事。

林佳楠本来挺乐意去的，但一听春晓也去，她就有些犹豫不决，倒是沈骆驰竟然二话不说地就应了下来，这让我感到很是震惊。

同样震惊的还有佳楠，她觉得奇怪地问了一声："骆驰，你不是一向不喜欢跟王春晓相处吗？"

沈骆驰眼睛一直盯着电视机屏幕，头也不抬地回道："有免费的饭为什么不吃？"

他说得甚有道理，让林佳楠无力反驳。因为沈骆驰答应了去，佳楠也就没再犹豫，答应一同去了。

周日十点多，我们一行人去了市区的一家烤肉店碰头。怕带的钱不够丢人，走之前，我特意把储蓄罐里存的一千块压岁钱全带在了身上，然后在点单的时候，对着众人打肿脸充胖子道："你们想吃什么随便点，不用跟我客气。"

结果大家真的没有客气，我们六个人一顿吃了三百多，以当时的物价而言，这无疑是豪华大餐了。吃得差不多的时候，我拿着单子去付钱，整颗心都在滴血，一张张将毛爷爷往外抽时，却被告知单已经买了。

我惊讶得说不出话来，暗自猜测是春晓给我付的钱，所以一出店门，我就拉住春晓，偷偷地要将钱塞给他。

春晓很是莫名其妙地把钱还给我，不解道："王愢，你有什么需要我帮忙的就直说呗，给我钱干什么？"

"不是你给我买的单吗？"

"谁给你买单啊！不是说好你请客的吗？我连钱包都没带。"春晓一边说一边还认真地翻裤兜给我看，除了两个钢镚，真的啥都没有。

我奇怪了："不是你买的谁给我买的，文艺他们没那么多钱的。"

"要不你问问沈骆驰？我看到他中途出去了下。"

我顺着春晓手指的方向朝沈骆驰望去，他正跟林佳楠站在马路边等车，李文艺跟袁满在他们身后嚷嚷着问春晓过会儿去哪里玩。

春晓耸了耸肩："你们问王愢。"

我平时很少出来玩，所以也不知道能去哪里玩，便只好向佳楠求助，问："佳楠，你有想去哪里吗？"

佳楠下意识地看向沈骆驰，推脱道："我想回去画画了，骆驰你呢？"

她说这话的时候，李文艺在旁一脸嫌弃地偷翻了个白眼，袁满同情地看着春晓，春晓倒像没事人似的，还乐呵呵地跑去路边给林佳楠拦车，笑着道："那佳楠我送你回去吧，我正好回家拿下钱包。"

林佳楠没动，再度唤了声沈骆驰。

"骆驰？"这一次，她的声音里带着些许恳求。

她那卑微的样子让我看得很是心疼，我忍不住地出声对李文艺道："文艺啊，我也不玩了，还得回家看书，要不改天我们再一起玩？"

"王恺，你要不要这么扫兴啊！咱们今天是为了谁出来的？就你要考大学吗，我们不要啊？"李文艺有些生气地说道。

我左右为难地站在一旁，突然耳边传来沈骆驰不咸不淡的声音："去哪个 KTV？"

顿时，所有人都震惊地看向他。

李文艺第一个咋呼起来，惊叫道："沈骆驰，你要去？"

"怎么，我不可以去吗？"沈骆驰冷眼瞥了文艺一下道。

"可以是可以，我就是挺意外的。不过你去也好，唱歌就是要人多才热闹。那沈骆驰去，我跟袁满也去，王恺你也来吧。咱们先去，春晓你送完林佳楠就过来。"李文艺擅自安排道，直接把林佳楠给剔除了。

佳楠的眼眶瞬间就红了，眼看她撇着嘴，委屈得要哭了，春晓赶紧出来打圆场，拉着佳楠的手臂道："得了，林佳楠，咱们也一块去吧，你画画晚上再画呗，大不了我陪你熬夜。"

林佳楠抿着嘴不答，人也没动。

李文艺恨铁不成钢地白了春晓一眼，还想继续怼林佳楠，我赶紧拦住了她，示意她别这样，佳楠毕竟是我朋友。

李文艺无奈，只得拿春晓撒气，冷声道："那春晓你请我们唱歌，王恺已经请我们吃饭了。”

“不就是唱歌吗，多大点事，得，你们想唱多久就唱多久。”春晓豪气道。

“你不是钱包没带吗？”袁满提醒他。

“没事，问王愢先借呗，回去我就还她。”说完，春晓用胳膊撞了我一下。

我在一旁木讷地点点头，刚想说其实我请他们唱歌也没事，反正都出来花钱了，一两次我还是请得起的。

可我还没说，沈骆驰就插嘴道：“去钱柜吧，那儿老板是我小姨，我跟她说一下，不用花钱。”

“这么爽，你怎么不早说！”

“沈骆驰你可以啊！”

李文艺跟袁满吵闹着，沈骆驰已经伸手拦了辆出租车，他让林佳楠先上车，春晓见状赶紧跟了上去，李文艺跟袁满也挤进了车内。一下子，车就坐满了，而我跟沈骆驰却还没上车。

林佳楠想要下车，把位置让给我。李文艺最后一个上车，啪的一声把车门给甩上了，吆喝着让司机开车，然后跟春晓互相眨了下眼睛。

车子往前驶去，看到林佳楠坐在车内一副郁郁寡欢的样子，我觉得文艺这次有点过分了，想要追上去主动换佳楠下车，沈骆驰突然伸手拽住了我的胳膊。

又有一辆出租车停在了我们面前，没问我意见，他直接拽着我上了车。

【3】王愢，你有没有发现沈骆驰对你挺特别的 //

唱歌的钱柜离烤肉店不远，往前走两个红绿灯就到了。开车的师傅是个话特别多的人，打我们一上车就拉着我们说这说那，我都没有机会问沈骆驰中午那顿饭是不是他给我付的钱。

一直到沈骆驰付完车费拽着我下车，我才逮到机会跟他说这个事。

沈骆驰倒也没有否认，他双手插在裤兜里，带着我往钱柜里面走，懒洋洋地说道："不就是一顿饭吗？谁请不都一样，你至于分得那么清楚吗？"

"这本来就是我说好请大家吃的，怎么能让你付钱？我身上带钱了，三百六十二对吧，你走慢点，我这就给你。"我从口袋里掏了六百块钱出来，塞给沈骆驰。

沈骆驰没拿，扭头就走。我赶忙追了上去，一把抓住他的手，要把钱塞进他的手心。你推我搡之间，我突然听到有人喊我的名字，回头就看到了比我们先到、在前台等我们的林佳楠。

春晓被李文艺他们拽着去 KTV 内部的小卖部买吃的去了。

"愢愢，你们在干什么？"林佳楠朝我们走了过来，轻声问道，她的目光最终落在了我拽着沈骆驰的手上。

我下意识地收回了手，手心里还攥着沈骆驰不要的六百块钱，怕被误会似的，慌乱地向林佳楠解释道："中午吃饭的时候，沈骆驰先给我垫了饭钱，我这会儿还给他。"

说完，当着林佳楠的面，我把钱又给了沈骆驰。

沈骆驰依旧没收，他手插在裤袋里，面无表情地看着我，眼神竟然有些愠怒了。

我不知道他在恼火什么，就听到一旁的林佳楠说道："骆驰你就收了吧，愢愢这人向来不爱欠人情，你不收她钱，她心里会很难受的。是吧，愢愢？"

林佳楠又看向了我，我木讷地点点头，把钱塞进了沈骆驰的牛仔外套口袋里。

这一次，沈骆驰没有拒绝，他直接走到了前台，要了间 VIP 大包间。

“128元一个小时。”柜台小姐声音甜美地说道。

沈骆驰什么也没说，把我给的四百块钱全拿了出来。

看到他付钱，我忍不住在旁低声问：“不是说可以免费的吗？你要不要跟你小姨说一声？”

沈骆驰回头白了我一眼，突然冷笑了一下：“你不是不爱欠人情吗？我小姨就不是欠人情了？就当你请呗。”

我被他怼得说不出话来，红着脸站在一旁看着他轻车熟路地安排一切，心里总觉得哪里不对，但又说不上来，直到后来到家后我才想清楚，我就出了六百块钱，说唱歌我请，那饭钱不还是沈骆驰请的吗？说来说去，我还是欠了沈骆驰的。

开完包厢，沈骆驰带着我跟林佳楠往包厢走，正好春晓他们也买完零食过来了。

一见到我，春晓就扔了根没开封的冰冻的旺仔碎碎冰给我，然后又把自己手里拿的那根掰了一半给林佳楠，李文艺跟袁满分一根。

我学着他们的样子，拆了包装，把碎碎冰一分为二，准备分一半给别人时，才发现我能给的只有沈骆驰了。

其实都没有吃过，分一下也没什么大不了的，但是触及林佳楠的目光，我就很是别扭。

当我双手拿着两根半截碎碎冰不知道该如何是好时，沈骆驰突然伸手从我手中抢过了半截碎碎冰。

林佳楠连忙拦住了他，道：“骆驰，你都不吃草莓味的，我这根是你最喜欢吃的荔枝口味，我跟你换吧。”

她一出声，所有人都在看她。春晓嘴角的笑容顿时凝固了，脸色变得很是难看。李文艺跟袁满皆一脸同情地望着他。

“不用了，偶尔换个口味尝下也不错。”沈骆驰淡淡地说道，直接拿着从我手里抢的碎碎冰放嘴里轻咬着。

林佳楠的眼眶红了起来，眼看她要哭了，我赶紧将手中的半截草莓味的碎碎冰塞到了她手里，拿走了那根快融化的荔枝味的，边吃边拽过愣在一旁的春晓，装作随意地问李文艺他们还买了什么好吃的。

我不敢回头去看沈骆驰他们，就怕又看到佳楠受伤的目光。我与佳楠认识这么多年，最见不得的就是她哭，她一哭，我心里就特别难受，整颗心都软了下来，恨不得把月亮都摘给她。

很多人都无法理解为什么我会一直让着佳楠，我想是因为习惯吧。

记得我们还在上小学的时候，有一次我去找佳楠玩，看到她蹲在花坛边拿着铁锹在种花。我好奇心起，也要一起种。佳楠把铁锹给了我，我从小就是个粗心大意的人，做事毛手毛脚的，一个不当心，用铁锹割伤了佳楠的脚。

那时是夏天，她脚上穿着露趾的凉鞋，左脚的大脚趾上被我割出了一道很深的伤口，血像水龙头里流的水汩汩冒了出来。佳楠疼得哇哇大哭，我吓得抱着她去喊人。我跟她一般大，那时候不知道哪里来的力气竟然抱得动她，佳楠很快就被她妈送去了医院包扎。

之前就说过了，林妈妈一直不算是个好脾气的女人，她对佳楠疼爱至深，见不得女儿受半点委屈。我伤了佳楠，她本来一定不会放过我，当我拎着水果去佳楠家道歉时，我已经做好了挨骂的准备，可是林妈妈非但没有骂我，还各种谢谢我抱佳楠回家，后来我才知道佳楠跟她妈撒了谎，说是她自己弄伤的脚趾头。

年少的我，既怕林妈妈责怪，又怕我妈知道这事后打我，没有勇气去承认自己的错误，因而默认了那个谎。

那个伤口在佳楠的脚趾头上留了道很难看的疤，因此，她在夏天再也没有穿过露趾凉鞋。

自那以后，我的良心一直不得安稳，总觉得亏欠了佳楠，所以后来，只要一看到佳楠哭，我什么都可以为她做。渐渐地，也就养成了习惯。

一进包厢，春晓跟袁满率先抢走了话筒，两个人俨然是麦霸，唱起歌来一点都不含糊。

我打小五音不全，KTV 这种地方我只有在新年的时候跟着哥哥姐姐们一起来玩过，每次都是躲在角落里听着别人唱歌。

春晓过来拉我去点歌，我摆摆手拒绝了，回头看到沈骆驰与我一样，安静地坐在角落里把玩着手中的手机，林佳楠坐在他的身旁正在贴心地给他剥开心果。

我看得有些出神，李文艺突然坐到了我的身旁，头凑在我的耳边，偷偷地问道："王愢，你有没有发现沈骆驰对你挺特别的。"

我震惊地"啊"了一声，似乎感觉到了我的目光，沈骆驰朝我看了过来。四目相对的瞬间，我的心突然跳得快了起来。

我慌乱地移开了视线，朝李文艺瞪了一眼，小声地嗔怪道："你别胡说。"

"我是不是胡说你日后看呗，反正我敢说他现在肯定不喜欢林佳楠，你看林佳楠表现得都这么殷勤了，他还一副面瘫脸。"李文艺继续在我耳边嘀咕道。

"那是他高冷。"我帮忙解释道。

"就算是高冷，遇到喜欢的女生也不该是这副表情吧。"李文艺不以为然道。

“你不懂。”

“嘁，我不懂你就懂啦，王愢，我看你才是我们这些人中最傻的，情商最低的。沈骆驰都不愿意跟林佳楠吃一根碎碎冰了，你还跟林佳楠换，要我说你什么才好。”

李文艺絮絮叨叨个不停，我就怕她越说越多，越说越大声，被林佳楠他们听见了不好，便没再跟她一般见识，借故去洗手间，然后离开了包厢。

我走的时候，春晓正一脸幽怨地坐在高脚椅上，望着给沈骆驰剥开心果的林佳楠，唱了一首很伤感的歌。

后来我问了李文艺才知道那是刘若英的《成全》。

【4】原来他所说的“脏”是这个意思 //

我去洗手间洗了个手，在镜子前逗留了一会儿，最终决定回包厢。

回去的路上，我在走廊里看到了一个靠在墙壁上抽烟的女生。她梳着高高的马尾辫，上身穿着硕大的蝙蝠袖粉色毛衣，下身是黑色的皮短裤，露出两条不粗不细、小麦色健康的腿，脚上是双耐克鞋。她头低着，我看不清她的脸，只能看到她嘴里吐出的白色烟圈。

以前王爵还在的时候，我老爱跟在她屁股后面玩。她的朋友都是些不良少男少女，我没少见这种打扮的女孩，也深知这种人惹不得，甚至都看不得。有时候，你不过是多看了她们一眼，就会被一帮人围住，被甩耳光，挨打，非要你道歉不可。

所以，趁那人没注意，我如避瘟神似的加快脚步朝前走去。耳后突然响起一个熟悉的名字，我像被雷劈了一样，猛地停下脚步，转过头去，眼睛紧紧地盯着前方。

“查紫薇，你烟抽完了没啊！大家都在等你喝酒呢！”另一个女生从包厢内走了出来，手搭在查紫薇的肩上戏谑道。

查紫薇乜斜了她一眼，扔下手中的烟蒂，用脚踱了下，准备回包厢。

眼看她就要推门，我大脑都没有经过思考，突然喊住了她：“等一下！”

她讶异地回头扫了我一眼，眉毛不悦地挑起：“你在叫我？”

我默认，攥紧双手，继续道：“查紫薇，我有话问你。”

“你哪位啊？我们阿薇的名字是你能随便乱叫的？”站在查紫薇身旁的女生一脸嘲讽地望着我，凶狠地说道。

我没有理会她，只是眼睛直勾勾地盯着查紫薇道：“你认识苏遇吗？”

听到“苏遇”的名字，查紫薇的目光亮了一下，她侧头打量了我一番，眼睛危险地眯起。

“去年冬天，你约了苏遇在酒店见面，那天，你对他都做了些什么？你是不是……伤害了他。”我的声音到后面有点止不住地哆嗦。

查紫薇眼神锋利地看着我，没有回答，她表情倨傲地上前一步，气场强大地压迫着我，伸手一把拽住我的衣领，冷笑道：“我为什么要告诉你？”

“你毁了他是不是……”

“啪”的一声脆响，我还没有说完，脸上就挨了一巴掌。

查紫薇的脸朝我逼近过来，她的手掐着我的下巴，表情阴狠道：“你算哪根葱可以随便质问我！”

说完，她扬手又要打我。

我本能地闭上眼睛，前方忽然传来一声冷呵。

“住手！”

有人毕恭毕敬地叫了一声：“球哥。”

那巴掌没有落下来，我慢慢地睁开眼，看到一个皮肤有点黑的高个子男生站在我的面前正对着我笑。

查紫薇阴着脸站在他身后。

我一脸茫然地看着那男生，只觉得有点眼熟，像是在哪儿见过，但叫不出名字来。

那人先认出了我，笑着对我道："你是王愢吧？"

我轻轻地点点头。

他伸手摸了摸我的头，笑起来的时候露出两排洁白的牙齿："果真是女大十八变，不过几年没见，你都长这么大了。"

我有点蒙。

他继续道："我是小皮球啊！以前老跟你姐后面跑的那个。"

他这么一说，我倒有点印象了，以前王爵的小跟班里的确有个叫小皮球的男孩子。那会儿他个头很矮小，不似现在这般高大。

想到王爵，我的鼻子忍不住一酸，没想到我姐活着的时候能护我，她走了，我还能活在她的庇护之下。

"皮球，什么时候你都管起我的事来了？"查紫薇走了出来，环着双手，一脸不爽地瞪着小皮球。

小皮球一手搭在我的肩膀上，朝查紫薇道："薇子，你跟王愢道个歉。"

"要我道歉？陈东林你没搞错吧！你是不是脑子被驴踢了。"

陈东林应该是小皮球的真名。

"她是王爵的妹妹，当着我的面，你打了她就是不行。"小皮球脸上的笑容凝固，板着脸看着查紫薇。

查紫薇有些惊奇地看了我一眼，然后觉得可笑地说道："王爵又怎样？都已经是死人一个了，难道还能从坟墓里爬出来为她妹出头？我今天就是打她了怎么了，你能把我怎么样？”

“你有种给我把话再说一遍！你说谁死人一个！”

“我说王爵！”

“你个婊子！给脸不要脸！”

小皮球面色一变，将手从我的肩上挪开，一巴掌扇在查紫薇的脸上，按着她的头就往墙上撞。

我从来没见过这么暴力的景象，当即吓得愣在一旁，反应全无。刚跟查紫薇站在一旁的女生见状连忙进包厢喊人。

没多久，临近的包厢里就拥出来一帮人，看到查紫薇被打，都纷纷要揍人，但看到打人的是小皮球时，谁都不敢再躁动，只能站在一旁看着，连大气都不敢出一声。

如果说查紫薇是整个职高的女老大，那么陈东林就是这个片区的扛把子，几乎所有人都会敬畏他三分，而这么一个叱咤风云的人物，在几年前只是王爵身后那个个头矮小的小皮球。

记忆中，过去我为数不多的见到小皮球的几次，都是他在王爵身旁嬉闹，而王爵的脸上总是挂着宠溺的笑。

我说过的，就算是已经离去的人也可以成为我们的信仰，不管是王爵还是苏遇，他们都像是烟火，即使稍纵即逝，但也曾在我们的青春里璀璨过。

“今天我把话放这儿了，谁敢对我爵姐不敬，我就送他下去给我姐赔礼道歉。这位是王愢，以后就是我陈东林的妹妹，除非我死了，不然谁要动她一根毫毛，我必十倍奉还。”

小皮球松开了抓着查紫薇头发的手，将她推到了我的面前，冷酷地要求道：“薇子，道歉！”

查紫薇抬起头来，血从她脑门的头发丝里流出来，她的眼睛肿了起来，眼神却还是那般漠视一切。在众人的注视下，迫于陈东林的威压，她脚步踉跄地朝我走来，停在了我的身前，对着我凄冷的一笑，凑过头来，在我耳边小声地絮叨着。

我全身发寒地愣在原地，用了许久才反应过来她都跟我说了些什么，当我激动地要去抓她时，她的身影已经没入人群，消失不见了。

眼泪不自知地从我眼里掉了下来，四周的人走得差不多了，只有小皮球跟他的几个手下陪在我的身边。

见我哭了，他激动地跑来，手足无措地安慰我，说："妹子怎么了，是不是查紫薇又欺负你了，你别哭，哥回头给你出气。"

我呆呆地望着他，不说话，就像被瀑布蒙住了眼睛，眼前一片模糊。

我忘记了跟小皮球道别，也忘记了回包厢去找春晓他们，只是哭着离开了 KTV，那会儿耳边全是查紫薇对我说的话。

"你不是想知道那天我对苏遇做了什么吗？

"我在他喝的水里放了点儿东西，喊了一帮朋友轮流……呵呵，还拍了照寄给了他妈，结果他妈受不了刺激就……

"毁了他的人不是我，是他那个妈。"

我的眼前不禁浮现出那天苏遇在阳台上烧照片的情景，我记得我问他为什么要烧照片，他漠然地回答，说是因为脏。

原来他所说的"脏"是这个意思。

我觉得胃里一阵恶心，似乎有针在刺着我的心脏，我痛得有些难以呼吸，心里懊悔极了，也恨极了。我懊悔的是，为什么那一天我没有敲开那个房间的门，如果我没有像个逃兵一样跑出酒店，说不定苏遇就不会被那样对待，郭老师说不定也就不会因为内疚寻死了。

只要一想到寒假里苏遇那生无可恋的样子，我就恨不得与她同归于尽。

可是我胆小，我若去找她麻烦，所有人都会知道市一中的天才少年苏遇被毁了，所有人都会看不起、嘲笑苏遇的。

我舍不得也容不得苏遇被任何人诋毁，可是除了心疼之外，我什么都帮不了他，我甚至都没法替他找查紫薇出气。今天如果不是小皮球及时出现，那么被打得头破血流的人就不是查紫薇，而是我了。

我连保护喜欢人的能力都没有，我真不是个合格的暗恋者。

【5】除了苏遇，我不知道我还能喜欢谁 //

从 KTV 里出来后，我打车去了学校。

周末的校园很是寂静，门卫大叔在打盹。我从西校门走了进去，路过操场的时候，看到几个男生在打篮球，有人朝我吹了几声口哨，我并没有理会，径直走向了教学楼前的公告栏。

苏遇的照片被张贴在公告栏最显眼的版块里，四周张贴的都是他得奖的新闻报道，即使后来郭老师出了丑闻，学校也没有将这些撤走。

照片上的苏遇有着我所见过的最澄澈的眼神，最干净的笑容。曾经无数次，我站在这个公告栏前暗自发誓，我以后一定要成为像苏遇一样优秀的人。我也要考清华，我也要让我的照片张贴在这里，与苏遇并肩。

可是，当我努力地想要靠近苏遇，命运却将我们拉得越来越远。

我伸手摸向橱窗，隔着玻璃触碰着照片上的苏遇，鼻子酸得不行，但我已经不想哭了，眼泪解决不了任何问题，我必须强打起精神来。

在橱窗前站了一会儿，我离开了学校，在校门外的小书店逗留了会儿，买了很多英语考级的资料。我打算去考托福，考雅思，我想出国找苏遇。

虽然我不知道苏遇在哪个国家留学，我知道找他不容易，他也可能并不想见我，我对他来讲，或许早已是个被遗忘的过客，但是，那时候的我心里就只有这么一个念头，那就是我必须要找到苏遇，我不能让他就这么一个人待在国外。

其实说白了，我是怕他死在外面。

我抱着资料回到了香格花园，刘奶奶夫妇不在家，林妈妈也出去跟她的小姐妹打麻将了。一到公寓，我就把自己关在了房间内开始做英语试卷，完全忘记了春晓他们还被我落在 KTV 里。

直到门外传来敲门声，我打开门看到沈骆驰，才知道大家都在找我。

似乎没有料到我在家，沈骆驰一看到我，脸上便露出惊愕的表情来。

我讶然地看着他，不知道该说点什么。

他突然推门走进了我的房间，狭长的凤眼扫了眼堆得满书桌的英语试卷，冷声问："你什么时候回来的？"

"没多久。"我有些理亏地站在一旁，小声地说道。

"你一声不响地从 KTV 跑了，就是回来做题？这是雅思题，你这会儿做来干什么？难不成你才高二就想着要出国？"沈骆驰拿起我刚做了一半的卷子，皱着眉头问。

"我就是随便做做。"我赶忙走上前去，试图从沈骆驰的手中抢下卷子。

沈骆驰故意将手高高举起，他个子本就比我高很多，这么一举，任我再怎么踮起脚尖，我都够不着。

我有点恼火了，停下动作，站在一旁，生气地问他："你想干什么？"

"是我想问你，王愢，你在干什么？说请吃饭的人是你，要庆祝的人是你，结果丢下所有人跑掉的也是你。你说去洗手间，却一直没有回去，大家找你又找不到，正好王春晓碰到个认识的人，说你跟查紫薇起了纷争后一个人哭着跑了。大家都怕你出事，急得四处找你，结果你呢，完好无缺地躲在公寓里，做现在根本用不到的雅思题。请问，你是受了什么刺激？”沈骆驰板着脸斥责我道。

“对不起。”

我知道这事是我不对，我也不打算为自己做任何辩解，如果可以，苏遇被伤害的事，我不希望再有别人知道。

可是我不说，不代表别人不会提。

沈骆驰目光幽深地看着我，见我不再吭声，他突然呵了一声道：“是不是又是因为苏遇？”

我抬眼看他，牙齿紧张地咬着嘴唇，没回。

“我听说苏遇去国外留学了，你准备考雅思，是为了出国去找他吧？王愢，你就这么喜欢他？”沈骆驰近乎咬牙切齿地朝我说道。

我隐隐察觉出他有些生气了，但不知道他为什么生气，我想可能是跟上次一样，我不告而别离开了KTV先回了家，害他一顿白找，所以他才生气了吧。

要换作之前，他这个态度跟我说话，我肯定会跟他大吵一架，但这次我深知自己错了，所以只是闷声回了一句：“我出不出国，喜欢谁，跟你没关系。”

“跟我没关系？”沈骆驰自嘲地轻笑了声，看我的眼神变得有些受伤。

我被他盯着莫名觉得心里很不是滋味，有点不敢直视他的目光，遂别过头去，就听到沈骆驰语气严厉地对我说道：“苏遇都走了，他甚至都不记得你，你除了他就不能再喜欢别人吗？何必要把青春浪费在一个不会回应你的人身上。”

沈骆驰说的话，句句都是事实，针针见血。

我被他刺得无力反驳，只是抬头，一脸无助地望着他。

“除了苏遇，我不知道我还能喜欢谁。”

沈骆驰静静地看着我，眼里闪过几丝痛楚。

“或许你可以……”他声音嘶哑地开口。

“偲偲，你在里面吗？”

沈骆驰的话还没有说完，门外突然传来林佳楠的声音，很快，房门被推开来，佳楠一脸紧张地走了进来。

她先看了沈骆驰一眼，然后拉着我手道：“偲偲，原来你已经回家了，可把我们急死了，大家还以为你出什么事了。”

说完，她又看向沈骆驰，有些嗔怪道：“骆驰你也真是的，找到偲偲了，怎么不给我们打个电话？偲偲没手机，你不是有我号码的吗？还好我回来看了一下。”

沈骆驰没出声，直接绕过她从我的房间走了出去，黑着脸进了自己的房间，用力地关上了门。

巨大的关门声响起，我的心跟着颤抖了下。

林佳楠一脸惊惧地朝我吐了吐舌头，小心翼翼地问：“你俩又吵架了？”

我摇摇头，其实我也不知道我跟沈骆驰刚才算不算是在吵架。

从佳楠嘴里听说春晓他们还在外头寻我，我赶紧问佳楠借了手机，在通讯录里找到了春晓的手机号给打了过去，告诉他们我回家了。

听到我的声音，春晓大松一口气，非但没有怪我，还问我要不要喝奶茶，他跟李文艺、袁满正在一家台湾奶茶店里休息，顺便偷看几眼那儿的老板娘，说是那老板娘是个英国妹子，长得特别美。

春晓一直都没个正经样子，我被他逗得发笑，但一想到苏遇，脸上的笑容又隐了下去。

电话里传来店员催春晓付钱的声音，春晓在问袁满借钱，没工夫跟我多说，我也就没再说下去。

挂了电话，我发现林佳楠还在我房间里没走，我走到书桌旁，打算将英语试卷先收起来。

林佳楠拿起我的试卷看了几眼，然后一眼就戳穿我道："愢愢，你是想出国找苏遇吗？"

我有点难过地点点头。

"是不是查紫薇跟你说了些什么？"佳楠担心地问我。

我欲言又止地看了她一眼，最后还是摇了摇头，撒谎道："不是，我也就是突然想考雅思，也不一定考得上。出国也要钱，我家又没钱。"

不知道从什么时候开始，我跟佳楠对彼此都有了隐瞒，再也不似以前一般无话不谈。

"好吧，那你好好做题，我回去画画了，不打扰你了。"

佳楠没再追问我，我顿时松了一大口气。送她走后，我准备关门，目光下意识地朝对门沈骆驰的房间瞥了过去，他的房门紧闭着。

我心里有种说不出的滋味，在门口纠结了会儿，最终我都没有勇气上前去敲那扇门。

那天过后，生活依旧在继续，跟以往好像没有什么两样。春晓依旧缠着林佳楠，林佳楠的目光依旧追逐着沈骆驰，我仍然沉沦于漫无边际的知识海洋，本以为查紫薇会来找我麻烦，但也没有，苏遇的事再也没有人提起过。

唯一发生改变的是，沈骆驰从那之后，很久都没有跟我讲过话了。

本就因为学习任务的不同，我们很少碰面。有一天又是双休，他跟佳楠照旧坐在客厅里看电视，我走过去跟他们打了一声招呼。

看到我过去，他就立刻起身回了房间，一句话也没有跟我说。

那时候我就隐隐察觉沈骆驰在跟我闹别扭，我们俩好像又回到了最开始的相处模式，他不待见我，我也懒得自找没趣。

沈骆驰不跟我讲话，我也憋着不主动找他聊天。久而久之，我们就陷入了冷战。

这一场冷战持续的时间比我想象得还要长，我们再一次讲话，已经是八个月后的事了。

那天，是个值得纪念的日子。

·第九章·

chapter

与冬天一起消亡

【1】白色的雪景，黑衣的少年，
看似不搭，却又莫名和谐 //

元旦后的第二个周六，那天，我起得特别早，因为雅思成绩就要出来了。

早在前一天，我就已经跟春晓约好，要去他公寓借用他的电脑查成绩，春晓自然是二话不说地答应了我。

我起来的时候，整个公寓都很安静，我妈上夜班还没有回来。我在房间的窗前站了一会儿，欣赏了下窗外的雪景。

又是一个风雪天，外面白茫茫的一片，厚重的雪积压在屋顶，树木银装素裹，整个画面很像是电视剧《林海雪原》里的场景。

雪还在下，冷风刮着片片雪花，我打开窗户的瞬间，只觉脸上一阵寒意，冰冷的雪花扑到我的脸上。

我冷不丁地瑟缩了下脖子，赶忙又把窗户给关上了。

七点刚过，屋内的大厅里传来了响动，随后是林妈妈喊林佳楠吃饭的声音。

我们都高三了，元旦前，学校进行了一次高考模拟考，佳楠考得很糟糕，掉入了全校后六十名。她本就成绩平平，进入高三后，成绩更是一路往下掉。

林妈妈很担心她的高考，花了很多钱送她去上补习班，但佳楠的心思并不在学习上，她的成绩一直不见提高。无奈之下，林妈妈只好另谋出路，准备让佳楠参加年后的美术艺考。

佳楠从小就学画了，她画什么像什么，艺考对她来说，要比参加普通高考考上大学的概率大多了。但即使是这样，林妈妈也不敢松懈，一到双休，就老早送她去美术培训班上课。

那美术课上一节都要一百二，一天下来都要近千，对我家来说，简直就是天价。为此，我妈还偷偷在我面前得意过，夸我成绩好给她省钱。

我很不喜欢我妈这种小人得志的嘴脸，但我又不好说她，只能由她去了。

林佳楠一吃完早饭就跟着林妈妈出了公寓，去补习班上课了。我也出了房间从冰箱里找了两个鸡蛋出来，起了油锅，给自己做了份油煎蛋，又煎了根火腿肠。

我端着碗，坐在客厅的沙发里，正准备要吃时，身后传来一阵响动，沈骆驰从他的房间里走了出来。

我下意识地回头看了他一眼，他穿得很正式，一身黑色西装，脚上还穿着双崭新的黑色皮鞋，配着他前阵子刚剪的寸头，好看之余又莫名多了几分成熟感，有点像男人，而不是男孩子了。

我一时看得有些痴迷，忘记了我们俩还在冷战，看着他裸露在外面冻得有些发红的耳朵跟手，忍不住多嘴道："你不冷吗？外面在下雪哎，零下好几度呢，你要不要再穿件羽绒服？"

沈骆驰没有回我，只是眼神轻微地扫了眼我手中还未动过的油煎蛋，表情复杂，让人猜不透他在想什么。

我被他看得心里一阵发毛，又想把油煎蛋藏起来，又觉得不好意思，最后还是把碗朝他伸了伸，小声地问："你要吃吗？我还没吃过。"

沈骆驰依旧不吭声。

当我觉得他并不想吃，准备自己吃掉时，他突然朝我走了过来，一把抢过我手中的碗筷，坐到了沙发上，冷着脸大口吃了起来。

我震惊地愣在一旁，手脚都不知道放哪儿。

见他吃得太快，呛了一下，我赶紧跑去厨房给他倒了杯温水，递了过去。

沈骆驰接过水，喝了几口后继续吃油煎蛋。没一会儿，他就把两个蛋都吃完了，连火腿肠也没给我剩下。

我心里虽有些悻悻，但还是随口问了一句："味道还行吧？"

他顿了顿，抿了下嘴，淡淡道："比上次好多了。"

上次是我故意做坏的，所以口感自然不会很好。

听到他跟我说话，我心里顿时松了一口气。这段时间，一直像有块石头压在我的心上，我都要被憋死了。

吃完东西，我拿着碗筷去厨房清洗了下。沈骆驰依旧坐在沙发里没走。

我洗完碗出来，有些尴尬地站在他身旁，没话找话地问道："你今天穿这么正式，是有什么好事发生吗？参加什么高档的宴会吗？"

"去喝喜酒。"沈骆驰手里把玩着电视机的遥控器，低着头道。

"哦哦，恭喜恭喜。"我赶忙干笑道。

"今天是我爸结婚。"他继续道，朝我抬起头来。

"哦哦，你爸结婚？那更要恭喜你呢！"我一个劲地傻笑，自己都不知道自己在说什么。

果然，沈骆驰的脸再度阴了下来，没好气道："有什么好恭喜的，给我娶个后妈算是好事吗？"

我"呃"了下，笑容顿时凝住，尴尬地道歉道："对不起啊，我不是故意的，我刚没动脑。”

“算了，不想跟你说话。”

“哦。”我郁闷地低下头，转身要回自己房间。

“你今天出成绩？”身后突然又传来沈骆驰的声音。

“啊？”我惊讶地回头看着他，憋屈道，“你不是不想跟我说话吗？”

沈骆驰白了我一眼，傲娇地别过头去。

我这人吧，一直都是这个毛病。不管我多少次告诫自己，不要热脸贴人冷屁股，但是谁给我一点阳光，我就又忍不住开始灿烂。所以一听到沈骆驰叫我，我就又屁颠地朝他跑了过去。

“是佳楠告诉你的吗？”

沈骆驰没回答，我就当他默认了，不由得激动地跟他絮叨起来：“对啊，今天成绩要出来了，我好紧张，春晓不知道睡到什么时候起来，我还得借他电脑查成绩，也不知道能不能考过。”

沈骆驰安静地听着，漠然地瞥了我一眼，然后很是别扭地说道：“我房间也有电脑，没有设密码，你也可以去用。”

我又“啊”了一声，很是惊讶地偷瞄着他的脸色，最后还是拒绝道：“还是不用了吧，我都跟春晓说好了。”

“随便你。”他有些生气地转过身去。

我正想说点什么，门外传来刘奶奶的声音，她来催沈骆驰下楼，说他们还得开车赶去上海参加婚礼，怕时间上来不及。

沈骆驰很是不情愿地从沙发上起身去开门，我望着他单薄的身影，还是多问了一声：“你真不打算再多穿件羽绒服？”

“车里跟酒店都有空调。”他不以为意地回道，推开门，跟刘奶奶走了。

果真是有钱人的世界，真让人看不懂。

来接沈骆驰他们的是辆黑色的奔驰，就停在路边，没有开进来。

我趴在阳台上看着，纯白色的雪花落在沈骆驰清瘦的脊背上，他的耳朵被冻得通红，可背却依旧挺得很直。

白色的雪景，黑衣的少年，看似不搭，却又莫名和谐。

我一直都觉得沈骆驰是我见过的最好看的男生，今天不得不再强调一句，那是真的真的，很好看。

【2】佳楠佳楠，似乎所有人的心底都更偏爱佳楠 //

沈骆驰他们走后没多久，对门传来开锁声，是春晓家的保姆买了菜过来给春晓做早餐。我趁机跟着她溜进了春晓家，轻车熟路地走到春晓房间，拧开门走了进去。

春晓还在睡觉，他整个人都蒙在被子里，睡得很沉，就连我进来了喊他，他也没听见。

他床头边的书桌上放着台液晶屏的台式电脑，电脑屏幕还亮着，轻轻一碰鼠标，就跳出个酷炫的游戏界面来。不用想也知道，春晓昨晚一定是又熬夜打游戏了。

没经过主人同意，我也不好私自动别人的电脑。

于是我朝床头走了过去，在春晓的脑袋边，弯着腰朝忙着打呼噜的他呼唤道："王春晓，醒醒！"

"春晓！"

一连喊了好几声，春晓才将脑袋从被窝里探了出来，半睡半醒地咕哝了声："你来了啊！电脑在那边，你自己用。"

不知道是不是蒙着头睡觉的缘故，春晓的脸色发白，嘴唇上也没见多少血色。

我有点担心地问他："春晓，你没事吧？你的脸色好难看啊！游戏有啥好玩的，你怎么老爱熬夜玩游戏。"

"你不会玩，所以不懂。哎呀，我不跟你说了，我好困，我要继续睡了，你自己玩去吧。"闭着眼睛说完，春晓又将被子蒙住了头，开始打起呼噜来。

时间还早，成绩还没有那么快出来。我坐在春晓的电脑桌前玩扫雷打发时间，心里乱乱的，一直静不下来，手指握着鼠标时不时地点开成绩查询的网页，登录账号进去看下分数出来了没有。

一直等到了十点多，我才终于看到了成绩。没考上，虽然是意料之中的事，但我的心情瞬间低落了下来。

雅思本就难考，很多人为了考雅思，特意花钱去上补习班也不见得能考上，何况我这种没受过专业指导，随便瞎考考的。

没考上，那是正常的。

我安慰自己，却又难掩失落地从椅子上站了起来，离开了春晓的房间。我走的时候，春晓还没醒，依旧在睡他的大头觉。

我回到了自己的公寓，发现我妈已经下班回来了，正躺在房间里睡觉。听到我推门，她被我吵醒了，醒来第一句话就是问我雅思成绩出来没有。

对于我考雅思，想要出国这事，我妈一直都很支持。当然，我没有告诉她我想出国是因为想去找苏遇。我妈以为，我考雅思是一种上进的表现，我若能考上，日后我想出国留学，哪怕家里没钱，她也会四处筹钱送我出去。我若考不上，那也关系，清华北大才是她给我定的最终目标。

所以，一听说我没考上时，我妈的反应很是平常。

"没事，你现在才高三，雅思到了大学考都来得及。反正你就算是出国，也得等你先上了大学才行。那种高中毕业直接去国外的，那不叫考出国，那叫家里买出国，没啥意义。好了，别气馁，再接再厉。”

随意地安慰了我几句话，我妈倒在床上，继续补觉。我也没再打扰她，抱着书包去了外面的客厅，坐在沙发上做作业。

中午，林佳楠还在外头补课没有回来，林妈妈去市区买衣服去了。我妈睡饱后，骑电瓶车回了趟自己家拿东西，独留我一个人在公寓。

外面的雪一直没停过。

午饭一过，我打算回屋睡个午觉，春晓突然跑了过来，要在我们公寓看电视。这不是他第一次跑来我们这儿玩，对于他这种行为，我早已习以为常，也就没说他。

春晓带了一堆薯片过来，我泡了两杯奶茶，然后我们俩各自捧着奶茶杯坐在沙发上看《恶作剧之吻》。

这剧是我们念书那会儿最火的校园偶像剧了，几乎全校的学生都在看。

我们班的女生，以李文艺为例，只要一说到江直树，就两眼冒红心，一脸花痴样。男生也不知道哪里学到的毛病，没江直树的帅，却学了江直树的摆酷，看着特别硌硬人。

那时候的我一直搞不懂为什么那么完美的江直树会喜欢袁湘琴这么笨的女孩，看的时候，我一再地跟春晓吐槽，说这袁湘琴怎么就这么蠢呢，什么都做不好，简直是一无是处啊。

春晓总是不以为意地回我说：“没有啊，我觉得她很可爱啊！王恺，我们男生跟你们女生不一样，男生喜欢的女生，只要好看就行了，要那么聪明干什么？如果好看之外，那女孩还善良懂事，加温柔可人，那简直就是满分了。”

“那在你们男生眼里，像湘琴这样的女生算满分吗？”

“满分得是我家林佳楠那种的，袁湘琴算七十分吧，最起码她够可爱。”

“那我这样的呢？”

“你啊？”春晓很是嫌弃地打量了我一眼，摇摇头，一脸实诚道，“论样貌的话，王愢你这种就是中等水平，五十分，脑子好给你加个五分吧。有时候脑袋太好，在有些男生那儿是要减分的。至于善良懂事吧，你算有，给你个十分，勉勉强强六十五分吧。”

“比我预想的高点，哈哈，看来我还是在及格线上的啊！”我很阿Q地笑道。

春晓无语道：“你还真会自我安慰！”

我正跟春晓有说有笑，突然公寓里的固定电话响了。我赶忙起身去接，是刘奶奶打来的。她很是焦急地问我沈骆驰到家了没有。

我很是讶异地问刘奶奶：“沈骆驰不是跟你们一起去喝喜酒了吗？”

刘奶奶急得叹气道：“这孩子突然从婚礼上跑了，有人说看到他坐车从上海回我们市了，所以我问问他有没有到家。他要没回家的话，你们能不能帮我去找找他？他一个人在外头，我不放心。”

刘奶奶急得快要哭出来了，我赶紧安抚她道：“奶奶您别着急，我这就喊人一块儿去找他，他都这么大的人了，不会走丢的，说不定是雪大，他在哪儿逗留了会儿呢。”

“好好，你们帮我去找他就再好不过了。愢愢，回头你找到他了，让他给我回个电话啊。”

“我知道了，奶奶。”

挂断电话，我拿起沙发上的羽绒服外套就要出去找沈骆驰。

春晓一把拽住我的手，阻拦道：“外面雪这么大，你去哪儿找他？王愢，他不回家关你什么事啊？你俩不是互相看不顺眼吗？他不是连话都不跟你说吗？”

“他今天出去身上就穿了件薄西装，一个人在外面不得冻死吗？春晓你别拦我了，再怎么说刘奶奶他们待我不薄，她让我去找，我总得帮她找一下吧。”

“算了，既然你都这么说了，那我陪你一起找好了。”春晓无奈地松开我的手，拿起他的外套说道。

春晓是个好人，我一直都这么说。

料到他会妥协，我高兴地朝他笑了笑，然后穿上羽绒服，拿着钥匙，跟春晓一同出了公寓。

在楼梯口，我们正好碰到画画回来的林佳楠。

一听我们要去找沈骆驰，佳楠的脸上立刻露出了担忧的表情，她匆匆上了楼，将画具放回公寓后，又跑下楼来，要跟我们一块儿去找。

她对沈骆驰的心思，估计除了林妈妈跟刘奶奶二老外，其他人都看得出来。

我是无所谓，倒是春晓一看到林佳楠那心急如焚的样子，又忍不住吃起醋来，全程都虎着张脸。

有时候我还挺佩服春晓的，以他的条件，想找个女生谈恋爱不要太容易，他却宁愿选择在林佳楠一棵树上吊死，可以说是很痴情了。

从我嘴里听说沈骆驰出去的时候身上就穿着单薄的小西装后，林佳楠急得脸都白了，一路上都在说“骆驰怎么办”，好像她不立刻找到沈骆驰，沈骆驰就会被冻死似的。

沈骆驰又不是小孩子了，就算外面冷，他穿得少，不回公寓的话，也会找个暖和的地方待着吧。

可能是我太理性，佳楠又太感性，所以我说的话，她根本听不进去。

她跑得很快，几度差点摔倒在雪地里，但都勇往直前。我跟春晓被她遥遥地甩在后头，等我们走到香格花园的大门时，林佳楠已经拦下辆出租车，没等我们，就一头钻了进去。

雨雪天，路上的车辆很少，更别说是出租车了。林佳楠走后，我跟春晓沿路走着，一边寻找沈骆驰，一边等车过来。

我们这个市说大不大，说小也不小，从南到北，从东到西，开车逛个遍，也得花上一天的工夫。我们这样漫无目的地寻找，简直就跟大海捞针没什么不同。

走了约莫半个多小时，春晓有些累了，他扶着路边的电线杆，惨白着一张脸，嘴唇青紫地朝我道："王愢，你知不知道沈骆驰平素都爱去哪儿？我们这样瞎找下去也不是办法。"

他这一问可把我问蒙了，我跟沈骆驰接触并不多，对于他的喜好、兴趣，我一概都不清楚。

"我看你脸色不大好，要不你先回去，我一个人再找会儿。"我有点担心地看着春晓发白的脸说道。

春晓不放心地扫了我一眼，摆摆手，张嘴正要说点什么，突然，他整个人瘫软了下去，倒在了地上。

我惊慌地扑向春晓，将他从地上抱了起来。春晓已经昏迷了过去，我不知道他怎么了，吓得直喊"救命"。

附近都没有什么出租车，还好路边的一家建材店开着门，老板听到我的呼救声，拿自己装货的面包车将我跟春晓送去了医院。

一到医院大门，医生跟护士就将春晓抬上了病床送去了急救室。我慌得六神无主地站在急诊室外等着，想要通知大人，可发现自己没有手机。

头一次我感觉到钱的重要性，如果我家里够有钱的话，我也就有手机了。

在焦急等待的过程中，我内心滋生出一股强烈的念头来，那就是回去之后，我一定要跟我妈提要她给我买部手机，哪怕是旧手机也好，我必须得有部手机。

外面的雪突然下大了，大片的雪花在空中飞舞。

不知道佳楠有没有找到沈骆驰，我幽幽地想着，一股凉意袭来，我下意识地倒抽了口冷气。

急救室的灯暗了下来，春晓被推了出来，人已经醒来，但看上去还是很虚弱。医生让我们去通知家长，给春晓办手续，做个全身检查，好确定一下他为什么突然晕倒。

我觉得检查很有必要，急忙让春晓给他爸打电话。

春晓倒不以为意，嬉皮笑脸道："不就是熬了个通宵吗，没睡好，大冷天的又跑出来找人，体力消耗太多呗。没什么大不了的，不用做检查。"

"那不行，还是得检查下才能放心。"我强烈要求道。

"我认为你最好做个脑 CT。"一旁的医生插嘴道。

"脑 CT？是因为春晓他摔倒时撞到头了吗？要检查他是不是脑震荡吗？"我惊奇道。

医生没有回答我，只是一脸严肃地看着春晓。

春晓的目光闪烁了下，脸上却依旧挂着笑道："好了，好了，到了医院哪能不花钱。我这就给我爸打电话，王偲，你先走吧，还得去找沈骆驰呢。"

"我还是留下来陪你吧，沈骆驰有佳楠找，他不会有什么事的，我等你爸来了我再走。"

"这儿有医生护士，我要你陪干啥。回头我爸见了你，我该怎么跟他解释啊！我爸知道我喜欢林佳楠才把她舅舅弄进我们厂里，要是看到你在我身边，而林佳楠去找沈骆驰了，以为我俩有一腿也就算了，回头一气之下，把林佳楠舅舅从厂里赶出去那多尴尬。到时候别说林妈妈恨死我，林佳楠肯定更不理我了，我跟林佳楠好不容易走近了点，可不能因为你给疏远了。"

春晓说话的时候，看我的眼神不要太嫌弃。

这也不是他第一次拿林佳楠来挤对我，我本不应该放在心上，但是这一次他当着那么多医生跟护士的面对我说这种话，我心里还是有点不舒服。毕竟我也是要面子的人，说一点都不生气是不可能的。

所以没等春晓继续往下说，我黑着脸，一句话也没说，扭头走了，由他一个人自生自灭去了。

佳楠佳楠，似乎所有人心底都更偏爱佳楠。

如果林佳楠在这儿的话，一定不会被赶走吧。

【3】她嘴唇哆嗦地朝沈骆驰精致的脸亲了上去，他没有推开 //

从医院出来，我又沿路找了一圈，都不见沈骆驰的踪影。

雪越来越大，又打不到车，我走了没多久，身上就被雪花给打湿了。这样下去，也不是办法，我打算先回公寓看下，说不定沈骆驰已经回来了。

我一路走了回去，等我走到香格花园时，我脚上的运动鞋已经全湿了，里面的袜子都被浸湿了，双脚像被冰冻住了似的，冷得都没知觉了。我长长地呼了口气，小跑着往我们住的那栋楼走。

经过小区花园的时候，眼角的余光瞥到了一道熟悉的身影，我连忙停下脚步。看到坐在凉亭里发呆的沈骆驰时，我惊喜地睁大了眼睛，正要跑过去喊他，林佳楠从不远处的小道上跑了过来，手里拿着杯奶茶，奶茶的杯盖上还飘着白色的雾气，应该是刚泡的。

她走到了亭子里，将奶茶塞给了沈骆驰。

沈骆驰没有接，他似乎被冻得不轻，浑身都在发抖。

林佳楠一脸心疼地看着他，伸手握住沈骆驰的手，给他搓手。

我看向自己身上厚重的羽绒服，犹豫了下，准备走过去把衣服先给沈骆驰穿上。

我的脚步刚迈开，就看到林佳楠突然抱住了沈骆驰，将他的手塞进了她的大衣里，贴近胸口的位置。

她嘴唇哆嗦地朝沈骆驰精致的脸亲了上去，他没有推开。

我下意识地缩回了脚，躲在了一旁的洋槐树下，背过身不再看他们，心底莫名地感到憋闷。

估计是我转身的时候幅度太大，碰到了树干。洋槐树微颤了下，积雪从树枝上掉落了下来，砸了我一头。

我整张脸没在雪里，刺骨的寒意冷透了我的心。

在被人发现之前，我慌乱地跑了。

我故意在小区外头的奶茶店里逗留了很久，直到外面的雪停了，我才慢慢地回到了公寓。

门口的地毯上并排放着两双鞋，一双雪地靴和一双黑色皮鞋。

佳楠跟沈骆驰已经回来了，听到我的声音，林佳楠从沈骆驰的房间里走了出来，小声地跟我打招呼道："愢愢，你也回来了。我找到骆驰了，他累了，先睡了。对了，王春晓呢？"

"春晓他在路上晕倒了，我送他去医院了，医生要他做脑 CT，他喊了他爸过去，我就先回来了。"我一五一十地回佳楠道，目光落在她身上穿着的冬款睡衣上。

佳楠脸色有些发红，道："愢愢，你也去洗个澡吧，瞧你头发都是湿的，别冻感冒了。"

我应了声，回自己房间拿睡衣。

等我洗完澡出来，沈骆驰还没有起来，林佳楠正坐在客厅的阳台上画雪景。转头看到我，她朝我招了招手。

我走了过去，看着她画了一半的雪景图，忍不住赞叹道：“真好看。”

佳楠羞涩地微笑了下，目光静静地望着远处的凉亭，仔细地调着色。

看着那亭子，我忽然想起先前看到的情景，不由得感到有点别扭。

沈骆驰房间内突然传来几声急促的咳嗽声。

佳楠紧张地朝他房间看了一眼，笑容消失，露出悲伤的表情来，压低着声音，一脸心疼地跟我说：“骆驰真可怜，他爸娶的那个女的，就比骆驰大几岁，肚子里孩子都有了。也不知道他爸怎么想的，孩子都没生下来呢，就给那女的在上海买了房子跟车，还把骆驰的户口给迁到我们这儿了。前年，他妈也再婚了，还生了个女儿，对他也是不闻不问的。现在等于他爸妈都不要骆驰了，骆驰就跟他爷爷奶奶过了。”

“所以他今天才从婚礼上跑回来的？”

“是啊！”林佳楠怅然道，拿着画笔蘸了点墨色，在画板上随意涂了几笔，就画出了一副“山雨欲来风满楼”的气势来。

“这些都是沈骆驰告诉你的？”

“我找到骆驰后，给刘奶奶回了电话，这些都是她跟我说的。骆驰好面子，这种话他不会跟人说的。所以愢愢，你听了也就当不知道，别跟别人说知道吗？”林佳楠一本正经地叮嘱我道。

我“嗯”了声，心里想着佳楠是多虑了，我又不是爱嚼舌根的人。

看佳楠还要画画，我便没有再打扰她，起身回了自己房间写作业。

对门时不时地传来沈骆驰剧烈咳嗽的声音，还有桌椅挪动的声响，我听到林佳楠开门问沈骆驰“怎么了”，但没有听到沈骆驰的回应。

没多久，佳楠过来敲我的门，问我有没有感冒药，说沈骆驰发烧了。

我赶忙从床头柜的医药箱里找了一盒退烧药还有几包感冒冲剂给了她，本想去帮忙的，但看佳楠忙这忙那，照顾沈骆驰挺有条不紊的，我也不好意思打扰他们。

一想到凉亭里的画面，我就觉得头皮有点发麻，突然就想到了王春晓，暗自庆幸春晓没跟我一道回来，不然被他看到的话，指不定又要起什么风波了。

沈骆驰这一觉睡得很久，一直到晚上，他都没有起来。

傍晚，林妈妈逛街回来，买了很多好菜。从佳楠那儿听说了沈骆驰的事后，林妈妈很是心疼，当即又出了公寓，去外头买了只老母鸡回来，炖了一锅鸡汤，让佳楠端去喂给沈骆驰喝。

我妈晚上直接去上夜班了，没有回来，林妈妈喊我一道吃饭。我本想拒绝，但拗不过佳楠三番两次地来请我，只好觍着脸跟他们一起吃了。

吃完后，林妈妈在厨房里忙活，沈骆驰依旧在他房间睡觉。林佳楠说他烧退了，我们大家都松了口气。

碍于她妈在，佳楠也不敢再在沈骆驰的房间里久待，回了大厅继续画画，我也回屋看书去了。

可能是因为白天着了凉，不到八点，我就感觉到困了，一连打了好几个喷嚏。怕感冒耽误了学习，我赶紧拿热水给自己冲了包板蓝根，喝了就躺床上休息去了。

我已经很久没有做梦了，那晚上很奇怪地，我又做了个梦。

先是梦到了苏遇，他独自一人站在冰天雪地里，遥遥地看着我。我朝他跑了过去，一边跑一边大声地问他，苏遇你在哪里？他没有回答，清瘦的身影如云雾般缥缈散去。等我跑到他原先站的位置，伸出双手，却什么也拥抱不到。

然后四周的冰全都化了，我的眼前突然出现一片汪洋大海，海的中央停立着一艘小船，船上坐着沈骆驰。

远处的海岸线上刮起了龙卷风，眼看就要将沈骆驰的小船给吞噬掉。我急得朝他哇哇大叫，喊着“沈骆驰，你快游回来”，沈骆驰不动，只是满目忧伤地望着我，眼里似乎有泪。下一秒，海浪淹没了小船，他的身影消失在大海里。

我的脸上一凉，竟然落了泪。

顾不得擦眼泪，我翻身跳下海，想要去救沈骆驰，却发现自己根本不会游泳。

我在海水里拼命地挣扎，身体却不受控制地越来越往下沉，当我的脑袋都快入水时，一条黑色的巨龙从海底一跃而出，沈骆驰一脸肃穆地坐在龙的背上。

我惊喜地想要朝他呼救，眼睛却瞥到了坐在他身后穿着华美衣裙的少女，女孩有着佳楠一模一样的脸。

我愣住，顿时忘记了挣扎，一个海浪袭来，将我整个人打入了海底。

窒息间，我看到了海面上的巨龙嘶吼一声，驮着那两人跃入了天际。我似乎看到了龙背上的少男少女，相视一笑，画面和谐，让人不忍打扰。

等我再度睁开眼，我发现自己躺在了灵堂里，灵堂里一个人都没有，但我却听到了春晓的说话声。

我坐起身，循声望去，就看到我的遗像旁边放着春晓的遗像。

他的遗像在张着嘴跟我说话，他流着眼泪，很是感动地对我说，到底是我们王家人好啊，就连黄泉路还有王愢你陪着我，我也算是死而无憾了！

一张惨白的死人脸，流着血泪跟你说话的样子，是有多惊悚。

我当时就被吓得从棺材里跳了出来，撒腿就跑，边跑边哭，说谁要陪你上黄泉啊，我还没活够，我不要死啊！

身后传来春晓嘤嘤的哭泣声。

“我也不想死。”他说。

【4】我早晚会知道啊！我们早晚都会知道啊 //

那一夜我睡得很不安稳，一直在梦里挣扎，但就是醒不过来，若不是林妈妈他们听到我的尖叫声跑过来敲门，拼命地喊我的名字，将我的魂从梦中拉了出来，我都不知道我还要在梦里挣扎多久才会醒来。

我身上出了很多汗，起床去开门的时候，林妈妈一看到我，就伸手摸了摸我额头上湿透的刘海，担心地问道：“愢愢，你怎么了？是不是做噩梦了，我听你一直喊救命。”

被我吵醒的不止林妈妈一个人，还有佳楠，甚至还有发烧的沈骆驰。

林佳楠看到我满脸都是汗就给我到卫生间拿毛巾去了，沈骆驰则穿着睡衣靠在他的房间门口面无表情地看着我。

我感到尴尬地点点头，忽然想到了什么，我朝沈骆驰看了一眼，见他正垂着眼眸看着我的胸口，我顿时感到脸上火辣辣的，脑袋里一片空白，顾不得思考，慌乱地把门给关上了。

我想起我睡觉的时候把内衣给脱了，不知道沈骆驰刚才有没有看到。

我紧张地低头看了眼身上那还算挺厚的冬款睡衣，有些绝望地闭上眼睛，应该看不到吧？

林妈妈不明所以，还在大力地敲我的门，问我：“愢愢，你怎么了？是不是哪里不舒服？”

我都不敢回答，赶忙回床上把内衣给穿上了，才敢重新去开门。

这一次，沈骆驰已经回屋了，我隐隐地松了口气，跟林妈妈说了我没事，她们才放心地又回屋睡觉。

家里有男生在，我也不好半夜再去洗澡，只好先就着林佳楠给我拧的热毛巾把身上的汗先擦了下，然后换了套干净清爽的衣服后才又回到床上，却再也没有睡意。

这才凌晨三点多，到天亮还早，反正睡不着，我就起来开始做奥数题，脑子里却一直回想着先前做的噩梦，心里七上八下的，怎么也静不下来。

梦见死人总归不是什么很好的事，第二天八点刚过，我就跑去春晓家敲门，想跟他探讨下昨晚我所做的噩梦。

结果敲了老半天，也不见有人来开门，按往常的话，这个点春晓家的保姆都来做早饭了，可是我一直等到了中午，也没见他们家保姆来。

想着是周末，春晓他爸说不定带春晓回别墅住了，我也就没怎么放在心上。

毕竟人们都说梦是与现实相反的，我都好好地活着，春晓又怎么可能有事呢？

都说日有所思夜有所梦，可能是昨天白天发生的事太多，让我太过震撼了，所以晚上我才会做那些离谱的梦吧。

下周就要期末考了，我没有那么多时间浪费在胡思乱想上，从春晓家回来后，我就回屋复习功课去了。

林佳楠跟沈骆驰都不在公寓，我也没有问他们去哪儿了。

等我妈上完班回来，我跟她说了想要买手机的事。

我妈刚发了工资，竟然二话不说地就答应了。当天下午她就带我去了手机店买了部红色的诺基亚 5700，跟林佳楠用的是一样的。

我其实没有料到我妈会给我买这么好的手机，在我们高三的时候，这款手机是很多学生都用的热门款，价格要一千多，我连提都不敢跟我妈提，可我妈一到手机店就给我买了这款。

我一直记得她付完钱把手机给我时对我说的话，她得意地一笑，眼里却带着些许苦涩地说：“愢愢，妈总不能一直让你用得比佳楠差太多。”

我被她说得当时差点就哭了，我捂着嘴，摇头，说：“妈，我不羡慕。”

她摸着我的头，粗糙的茧触碰着我的脸，大笑，说：“对！咱们不羡慕，咱们愢愢很争气！”

来自于父母过大的期望，对我们来说，是动力也是压力。

从小到大，我从没让我爸妈很失望过，所以当那些失望来临时，我整个人都会慌掉。就像上次考试考砸，我就会觉得天都塌了，更别说其他更严重的事了。当然，对高三的我来说，再也没有比高考更重要的事了。

虽然嘴上说不羡慕，但是拿到手机后的我，还是高兴地抱着手机玩了很久，激动地把电话簿上的号码全都一一输进了手机里，然后在我妈的授意下，认真地编辑了一条短信，群发了出去。

“不好意思，打扰了，我是王愢，这是我的手机号，麻烦大家惠存一下。”

没多久，就响起了一连串的短信声。

有李文艺的：“愢愢，你买手机了？”

表哥的：“愢愢，铁公鸡拔毛了，你妈怎么舍得给你买手机的？”

小表姐的：“愢愢，你手机买的什么型号？多少钱啊？不会买的是二手机吧？”

林佳楠的：“愢愢，阿姨给你买手机了？太好了，这样寒暑假了，我们都可以打电话了。”

……

我高兴地抱着手机躺在床上，头靠着我妈的胸口，感动地说：“妈，我期末一定会给你考好的。”

我妈笑，说：“傻，你不是给妈考的，愢愢，你是给自己考的。妈老希望你考清华北大，但真考上了，日后好日子也是你过的。妈跟你爸能给你的不多，也是希望你以后过得比我们好。”

我重重地点头，暗自发誓，绝不再让我爸妈失望，我一定要成为他们的骄傲，一定要。

有了手机的我，就跟打了鸡血一样，整个人更加斗志昂扬。

周一一早，我像之前一样，很早就起来去学校了。早读课我比以往都读得大声，以前李文艺找我聊天，我说不定还会搭上几句，现在都不理了。为此，文艺还跟我置起气来，说你妈的手机可真没白买。

我朝她一笑，觉得生活无比美好。然而越是美好的东西，越是容易逝去。

两节课都上完了，春晓的座位还空着。起初我还以为他睡过头迟到了，后来我去办公室拿班级日志本，问了班主任才知道春晓又请病假了。

这次我倒没有怀疑春晓撒谎，毕竟那天是我亲自把他送进医院的。

我担心是春晓的脑 CT 查出了什么问题，所以他才请假的，便问老师，春晓是生什么病了。结果班主任支支吾吾了几声后说不知道，然后把我给打发了。

眼看离期末考没几天了，高三的学业每天都很紧张，耽误不得，我怕春晓赶不回来考试，自告奋勇地跟班主任说要去春晓家探病，顺便给他送复习资料。

班主任拒绝了，我不明所以，但又不好追问。

一直到期末考，春晓也没有回到学校，就连香格花园的公寓也没有回。我心里很是不安，但又自己安慰自己，说没事的，沈骆驰感冒发烧都停课在家四五天了，春晓说不定也感冒了呢。

话虽这么说，可是打春晓的电话都没有人接，这一点都不像是春晓的作风。

担心春晓的不止我一个人，还有李文艺跟袁满。当我们战战兢兢地考完三天的期末考后，准备一同去春晓家别墅找他时，在放学前的班会课上，班主任黄老师一脸肃穆地跟我们宣布了一个悲伤的消息，她说春晓因病停学了。

这消息太过突然，又太让人想不通了。什么病才会严重到要停学？

当即，班里的同学都喧哗了起来，嚷嚷着问老师："王春晓怎么了啊？"

"春晓生什么病啊？"

"前阵子他还不是好好的，老师你开玩笑吧。"

"对啊，老师你快说啊！"

"……"

在众人的质问声中，黄老师的眼眶红了，她哽咽地告诉我们："王春晓跟他妈妈一样，得了遗传性脑癌，早在半年前他就做了开颅手术，为了不让别人担心，春晓上次生病在家，骗我们说是出了车祸。老师我不是个好班主任，自己学生生这种病，我都不知道，还一直训春晓。我们春晓是多么乐观活泼的人啊，他一直给大家带来快乐，怎么就……就生这种病了呢……"

说着说着，黄老师哭得再也说不下去了，台下的同学们也早已哭得泣不成声。

李文艺用力地拽着我的手臂，哭得差点背过气去，她嘴里不停地喊着春晓的名字："春晓啊，春晓！"

后座的袁满抱着春晓的课桌哭得鼻涕眼泪都混在了一起。

我呆呆地坐在座位上，眼前一片模糊，耳边全是同学们的哭声，那一声声"春晓"像刀子一般割着我的心脏，我痛得差点窒息。

假的吧！是假的吧！

我想起了第一次去春晓家探望他的样子，想起了他头上绑着的厚重的白纱布，想起他那戏说生死的模样，想起后来他来学校，头发剃得很短，又突然爱戴起了帽子。我想春晓真的没有说错，我哪聪明了，我明明那么笨。

我一点都没看出来他在骗我。就连那天在医院，医生让他做脑 CT，不管怎么说，我都该留下来陪他的。春晓是故意赶我走的，他不想我知道。

可是我早晚会知道啊！我们早晚都会知道啊！

我知道，春晓是不想我们难过，他希望活在我们回忆里的他一直都是那酷酷的模样，一直是惹人发笑的。可是，就是因为这样，如今得知这个消息的我们才会更加的心痛，更加的心疼他。

我们的春晓，有着这世界上最灿烂的笑容，最热的心肠，他是我遇到的最好的人。

【5】如果你不喜欢一个人，那么就算这个人凭空消失了，死了，对你来说，也顶多不过一句“好可怜”//

得知春晓的病后，我们的心情久久不能平静。

夜色晚了，眼看校园里就剩我们班的同学没走了，黄老师平复好情绪，让我们收拾东西回家，好好在家里等成绩，不要辜负了这么好的学习环境。

同学们一个个红着眼眶背着书包离开，最后就剩我跟李文艺还有袁满三个人还坐在教室里。

我们商量了下，决定一起去春晓家的别墅探望下他。

择日不如撞日，反正考完了回家也没事干，我妈又上夜班，我晚点回家也没事，于是我坐上了李文艺的自行车，跟着袁满一道去了春晓家。

到了那儿才发现我们还是去晚了，春晓不在家，别墅里就剩他奶奶跟保姆两个人。

春晓奶奶虽然上了年纪，但记性很好，她一眼就认出了我，亲切地喊我们进去坐。

我们向她问了春晓的情况，一提到春晓，王奶奶就忍不住掉起了眼泪，她边伸手擦眼泪，边跟我们说："春晓被他爸送去美国治病了，有个叫安德森癌症中心的地方，听说那儿治疗脑肿瘤很有一套，他爸带他去那儿试试。只要还有希望，我们家就不会放弃。春晓还小，他是我们王家的独苗苗，我还等着他给我娶孙媳妇，等着他给我们王家传宗接代呢。"

还没说完，王奶奶就哭得说不下去了，我们三个人在旁听着也是格外的难受。平时我们都受春晓不少恩惠，现在，他生病了，我们却什么也帮不了，实在不配当春晓的朋友。

似乎看出了我们心中所想，王奶奶擦干了眼泪，反过来安慰我们道："你们能想到春晓，就已经很好了。春晓要在这儿的话，肯定不想见你们哭。看，我也不哭了。我孙子说了，哭了人老得快，我还得等着春晓回家喊我奶奶呢。快，都别哭了，奶奶给你们拿好吃的。"

在王奶奶的面前，我们谁也不敢再掉眼泪，就怕老人见了，更加伤心。

我们不愿辜负春晓的一片心意，如今能做的，只能在有限的时间里，为在大洋彼岸治疗的春晓祷告祈福。

神啊，倘若你能听到我们说的话，就请你把春晓健健康康地送还给我们。

一定是祷告的人太多，所以神才没有及时听到我们的祈求。

在王奶奶的盛情邀请之下，我们吃完晚饭才离开了春晓家。

李文艺顺路将我送到了香格花园，下车后，我一个人慢慢地往公寓里走。

冬天的夜总是黑得很早，道路两旁的路灯早早就亮了起来，天气太冷，小区里都看不到有散步的人，只有零星几个人牵着几条狗走出来遛了一下，到超市买完东西后又各自回了家。

空中落下几片飘雪，又下雪了。

我停下脚步，伸手去接那白色的雪花，晶莹的雪落在我的手心，过了很久才融化，是我的手太冷了，还是这天太冷了？

不知道春晓跟苏遇那边下雪了吗？春晓去了美国，你们说苏遇又去了哪里？他们都在国外，会不会偶尔想起我？

我在冷风中呆呆地站了会儿，然后又继续往前走。

经过刘奶奶家车库，我习惯性地放慢了脚步。车库的大门被关得严严实实，里面透着温暖的光，刘奶奶他们似乎在吃火锅，我还听到沈爷爷嚷嚷着要刘奶奶多放点羊肉的声音。

我不禁莞尔一笑，一阵冷风灌进脖子，我瑟缩了下，赶忙朝楼梯口跑去，才爬了几步台阶，就撞见有对小情侣在转角处抱在一起。

我有些尴尬地想要避开，那对情侣听到脚步声也立刻分了开来，女孩一脸紧张地朝我转过头来。

看到佳楠时，我震惊地睁大了眼睛，然后下意识地朝她身后的男生看了过去，正对上沈骆驰冰冷的目光。他面无表情地望着我，没有说话。

“偲偲。”佳楠小声地叫了下我的名字，脸上的表情很是慌乱。

我不知道该怎么回复她，就当没听到似的，低着头从他们的身旁绕开，脚步匆匆地上了楼，心里说不出来是一种什么感觉。

到了我们合租的公寓，没等我拿钥匙开门，林妈妈已经听到脚步声帮我开了门。见到我，她先是微愣了下，然后笑着问我：“偲偲，你怎么现在才回来？对了，你上来的时候有没有看到佳楠，她去超市买牛奶了，都有一会儿了，怎么现在还没回来？”

说完，林妈妈探头朝楼梯那儿看了一眼。

我抿了抿嘴，最后还是回了她一声：“没有。”

没等她继续缠着我追问，我换好鞋就躲进了自己的房间，一屁股坐在了床上，眼前全是佳楠与沈骆驰抱在一起的画面。

这不是我第一次见他们这样，之前在凉亭我就见过了。可是为什么要让我看见这些？偏偏又是在我得知春晓生病之后。

我心里说不出地难受，就像蚂蚁在啃噬我的心。

没多久，佳楠也回公寓了，她过来敲我的门。

我努力地平复了下自己的情绪，起身去开门。沈骆驰没有跟她一道上来，显然是怕林妈妈发现。

等佳楠走进我的房间内，我就把门给关上了。佳楠一脸拘谨地坐在我的床上，神情看上去很是尴尬。我同样尴尬地坐在一旁，等着她开口。

支吾了一会儿，她终于还是拉住了我的手，小声地向我乞求道：“偲偲，刚才的事你可以给我保密吗？我跟骆驰在一起了，很快就要高考了，我不能让我妈知道，不然她会送我走的。”

其实我知道她找我除了说这事外，也没啥可说的了。就算她不主动要求我，我也会帮她保密的。可是，我感到不舒服的是，她跟沈骆驰什么时候在一起的？为什么她没告诉我？如果不是今天我看到他们在楼梯那儿抱在一起，她是不是并不打算告诉我？我们以前不是无话不说的好朋友吗？什么时候开始，她有了秘密，而我也有了秘密？

如果换作以前，作为佳楠的好朋友，听到她的努力终于有了回报，她喜欢的人终于跟她在一起了，我该为她感到高兴的，可是一想到春晓，我就怎么也笑不出来。

估计是我的脸色太难看，把佳楠给吓到了，她有些紧张地问我：“偲偲，你怎么了？”

我摇摇头，看着她，欲言又止。

佳楠以为我是见她跟沈骆驰在一起了不开心，难过地对我说：“愢愢，你就不能看在我的面子上，跟骆驰和好吗？”

骆驰，沈骆驰，佳楠的脑子里只装得下一个沈骆驰，再也装不下其他了。春晓都已经不见好几天了，我也从未见她问过。

念及过去春晓对佳楠的种种宠爱与维护，我不免为春晓感到悲伤，忍不住朝佳楠大声问道：“你知道春晓他得脑癌了吗？”

我的声音很大，佳楠被我吓了一跳。

她一脸惊惧地坐在床上，睁大眼睛，难以置信地看着我，问：“愢愢，你刚说什么？谁得脑癌了？”

“春晓，我说的是王春晓！”

那个很喜欢你的王春晓啊！我在内心嘶吼着，却没有把这句话对佳楠说出来。因为我知道，对于一个不喜欢你的人来说，你再多的喜欢都是多余的。

“你说春晓他得了脑癌？愢愢，你不是在开玩笑吧。”

“我干吗拿这种事跟你开玩笑？”我带着哭腔地说道。

佳楠震惊地望着我，陷入了沉默。

良久，当我以为她会跟我一样，会因为春晓掉眼泪时，她却只是怅然地叹了口气，说了一声：“好可怜。”

平素那么爱哭的林佳楠却没有哭，这让我完全意料不到。我很是惊讶地看着追问我情况的林佳楠，一时之间，竟然有些说不出话来。

“愢愢，那王春晓现在怎么样了？他什么时候得脑癌的呀？怎么之前都没听到任何风声呢？”

“你是怎么知道的啊，愢愢？他告诉你的？”

“听说他妈也是因脑癌死的，你说春晓会不会跟他妈一样啊，真的是好可怜啊，他还那么年轻。”

“……”

佳楠的声音像蚊子一样在我耳边不停地叫着，望着她那张天真无邪、一无所知的单纯脸庞，一股深深的悲凉感将我吞噬。

因为我们喜欢一个人，所以他的一颦一笑，都对我们无比重要。他笑，你陪着他一起笑；他伤心，你陪着他一起哭泣，那是因为你爱他。

可是如果你不喜欢一个人，那么就算这个人凭空消失了，死了，对你来说，也顶多不过一句“好可怜”。

这就是爱情残酷的地方。

十八岁的时候，关于爱情，佳楠给我上了一堂深刻的课。

是她让我知道，真正的爱情，是自私的。

·第十章·
chapter

灰烬里的救赎

【1】我不知道该怎么跟你们告别，所以我选择不告而别 //

春晓彻底离开我们，是在新一年的春天，一个很配他名字的季节。

三月的初春，河边的杨柳刚冒出新芽，校园里的梅花开得正好。

又是个周五，大家都在教室里埋头填写高考理想志愿，李文艺突发奇想地说，想要去武汉大学看樱花。

她在网上看到，这个季节的樱花，就数武汉大学开得最美，所以她的第一志愿是遥远的武汉大学。

她问我："偲偲，你还是想考清华吗？"

我说："是的，清华一直是我的梦。"

"如果你考不上怎么办？"

"不行，必须，必须得考上。"

"考上了，你还打算考托福出国吗？"

"考啊，只要考得上，还是想出去的。"

"还是为了去找苏遇吗？"

"不了，还有春晓啊！他一个人在美国一定很寂寞。你知道的，他是耐不住寂寞的性子。”

“是的啊，等你去了美国，记得把他拽回来给我和袁满道歉，说好高考我们四个人中他来垫底的，结果，他却先溜了。”

“嗯。”

我点头应允文艺，其实我们俩都知道，春晓不会再回来了。

不久前，我们三个人的QQ邮箱里都收到了一封来自春晓的电邮。

那封邮件是这样写的：

致我最亲爱的朋友们，当你们看到这封信时，你们的小霸王我已经离开了。

我不知道该怎么跟你们告别，所以我选择不告而别，这样，在我们的共同回忆里，我们一直都是快乐的。

请不要为我难过，也不要为我流泪，我只是比你们提前先过完了一生。这一生虽短，可我很快乐，我有很好的朋友，有很疼我的亲人，也有喜欢的姑娘。

我的青春很灿烂，只比所有人辉煌，不比任何人差，哈哈，当然这句是骗人的，但换个角度看也没错，大家都没我有钱。因为我太有钱了，所以老天爷先把我收了去，来说明他是公平的。好了，废话不说，咱们来世再见。

这封信是从美国发来的。

我们都不知道春晓到底是哪一天从这个世界离开的，我们也没有去追问。至于他的葬礼，我们也没有去参加，一是王土豪没有大肆宣扬这个事，也没有邀请我们；二是，我们三个人达成了共识，好似这样做的话，春晓在我们的心里就没有死。

对我们而言，春晓并没有死去，他只是留在了美国不想回来。

就像春晓所希望的那样，活在我们回忆里的他，永远都是微笑的。

我唯一的遗憾，就是那天在医院里最后一次见他时，没有好好地抱一下他。

模拟志愿填完，学校提前放了一节课假，让我们回家。第二天是双休，我像往常一样，回家之前先去了趟学校外的教育书店，买了几本习题集。

找书的时候，看到小说的架子上放着我之前很喜欢看的《镜》系列，是沧月大神写的，已经出到结局篇了。

我之前零星看了五本，苏摩跟白璎的最终结局一直让我牵挂不已。有那么一个冲动，我想把结局篇给看了，但最终还是忍住了。

现在不是看小说的时候，说来有点苛刻，但对当时的我来讲，高考是我人生中最大的事，任何对其有影响的事，我都不能干。我恋恋不舍地将书放回了书架，抱着新选的复习资料去柜台付账。

刚走到公寓门口，就看到林妈妈在大厅里打包行李，林佳楠站在一旁拼命地哭着，拉着她妈的手哭求："妈妈，我不要走。妈妈，我求你了。"

我不明所以地抱着书站在门口。

林妈妈一把挣开了林佳楠的手臂，红着眼睛朝她叱骂道："不走，留在这里干什么？我之前怎么叮嘱你的，你是学生，学生的本分是学习。你都高三了，你文化课成绩不好，考不上好大学，我也由着你，想着总归还有艺大上。可你艺考都能给我考砸，你这阵子心思在哪里？你以为我什么都不知道是吧，你当你妈傻的，看不出来你跟沈骆驰之间的眉来眼去。我之前不说，是不想大家难看，想着你都快考试了，考上了，你想怎样，我都不管。你想谈恋爱，我也不说你。可是你这不是没考上吗？我就是平素太纵容你了，所以才让你给我丢这么大的脸。我真是后悔在这儿给你陪读了，我要不把房子租这儿，你跟那沈骆驰能搅和在一起！"

林妈妈气不打一处来，她一边骂一边哭。

佳楠跪在地上抱着她妈的双腿，满面泪痕地哀求道："妈，我错了，你不要带我走，我会复读的，我会好好努力的，我明年一定会考上的。”

我在旁听了会儿，总算是听出了点苗头。应该是佳楠的艺考成绩出来了，她没考上，所以林妈妈大发雷霆，觉得是她跟沈骆驰早恋影响了她的成绩。

佳楠的艺考一月份就开始了，为了她能考上好大学，林妈妈前阵子一直带着她全国各地四处跑，参加各种考试，这会儿听说佳楠没考上，也怪不得林妈妈生气。

可是生气归生气，以林妈妈的性子，她就算是再生气也不会当着外人的面责骂佳楠。而且她又是怎么知道佳楠跟沈骆驰在谈恋爱的呢？

我心生疑惑，来不及细想，就看到林妈妈伸手要打佳楠巴掌。

见状，我赶紧迈步跑了过去，伸手拽住林妈妈的手，挡在佳楠的身前，朝林妈妈劝道：“阿姨，既然成绩都已经出来了，你这会儿打佳楠也没用，她都愿意复读了，明年再考就好了。”

我知道这种时候我说这样的话有点站着说话不腰疼，但我也不知道该怎么说才是对的。

果真林妈妈听到后，便气愤地甩开了我的手，阴阳怪气地朝我道：“你倒挺会说风凉话的，你怎么不考砸下试试，你看看你妈怎么对你？瞧你说得轻巧，我佳楠没考上，王憬你心里一定很高兴吧。”

“阿姨，你怎么能说这种话呢？我高兴什么呀？我有什么好高兴的，佳楠是我的好朋友，我能盼着她不好吗？”

“好朋友？你跟她是好朋友的话，你怎么能看着她犯错不告诉我！亏你还是个好学生呢，你们老师教你高三生可以谈恋爱吗？你明知道佳楠跟沈骆驰早恋了，你也不告诉大人，就自己一个人学习，你这不是巴不得他们考不好吗？”

林妈妈这会儿说的话句句带刺，我根本没法跟她沟通。

正当我百口莫辩时，刘奶奶突然走进了公寓，黑着脸朝林妈妈道：“你们收拾好了没有，弄好了就赶紧走吧，大呼小叫的，是要整栋楼的人都听到是吧，也不觉得丢人。”

所有人都知道平素里就数刘奶奶跟林妈妈关系最好，所以这会儿听到刘奶奶嘴里说这种话，我说不震惊是不可能的。

没等我搞清楚这到底是怎么一回事，林妈妈耷拉着张脸，拖着行李箱，拽着佳楠的手就朝楼下走。

没多久，搬家公司的人也上来了，帮林妈妈她们一起搬行李。

从头到尾，刘奶奶一直在旁冷眼旁观。我叫了她几声，她都没有理我。我去敲沈骆驰的房门，他不在家。

我觉得这不是佳楠一个人的过错，感情是两个人的事，一个巴掌拍不响，不管这中间有什么问题，佳楠就这样离开的话，总归不是最好的解决办法。

眼看佳楠屋里的东西都被搬得差不多了，我没再多想，放下书，匆匆跑下了楼去找佳楠。

林妈妈正站在搬家公司的大货车旁跟人家说话，林佳楠独自站在不远处的白桦树下抹眼泪，我放缓脚步朝她走了过去，小心翼翼地问道：“佳楠，你还好吗？”

林佳楠闻声，抬起头来，红着眼，冷冷地看着我。

这是我第一次从佳楠眼里看到这么冰冷的眼神，我的心猛地一阵刺痛，耳边响起佳楠满怀恨意的声音。

“现在你高兴了？王偲，我以为我们是最好的朋友，原来并不是。你答应过我会替我保密的，可事实上，你还是说了。”

“我没有说，佳楠，我没有跟任何人提过你跟沈骆驰的事。你看我每天都在学习，我根本没空跟人八卦。而且，我跟人说这些对我来说有什么好处？我为什么要说？”

“有没有好处，你心里最清楚。你敢发誓说你从来都没跟你妈提过我的事吗？”佳楠瞪着眼朝我逼问道。

“我妈？你是说……”

“对，你可能没有说，但你妈说了。如果不是你跟你妈说的，你妈又怎么会知道我在跟骆驰谈恋爱？”

“佳楠，你跟沈骆驰确定在一起后，我真没有跟我妈说过。但我承认，你喜欢沈骆驰的事，我妈一早就知道。是她自己看出来的，我妈不是傻子，你看沈骆驰的眼神那么露骨，学校里的同学都看得出来，我妈自然也看得出来啊。”

“所以你的意思是，还是我的错咯？”佳楠气得声音有些发抖。

我抓着她的手，摇头，极力解释道：“不是，我没这个意思。佳楠，这不是你一个人的事，你这会儿走了，沈骆驰怎么办？我觉得既然事情已经这样了，你们两家人可以坐下来好好谈谈……”

我还没有说完，佳楠就哭着打断了我的话。

“谈什么？刘奶奶都赶我们走了，她说是我勾引的沈骆驰，你让我跟我妈还说什么呀！”

“佳楠！”

“你走开！我不想看到你！”佳楠生气地用力推开了我的手，朝林妈妈跑了过去。

我一个没站稳，脚往后踉跄了下，一屁股摔坐在地上，手按在了树底下的煤渣上，手心一痛，一根长树刺刺入了我的皮肤，鲜血顿时流了出来。

我吃疼地皱起眉头，顾不得喊疼，从地上爬了起来，想要去追佳楠，她却已经跟着她妈上了搬家公司的车。

“佳楠！”我哭着跑去追。

那车开得很快，丝毫没有停下来。

坐在车内的林佳楠一直在哭，她没有回头再看我一眼。

眼看那车离我越来越远，我慢慢地停下脚步，望着渐渐消失的林佳楠，内心陡然滋生出一股悲凉来。

原来我们的友情竟是这般脆弱。

【2】不听老人言，吃亏在眼前 //

佳楠跟她妈走后，我独自在香格花园的小区门口站了许久，最后才转身回公寓。

走到刘奶奶家车库的时候，我正好碰到刘奶奶双脚不灵活地从楼上下来，见到我，她收起脸上痛苦的表情，定定地看了我一会儿，深邃的目光落在我还在流血的手心上。她皱了皱眉，然后朝我招了招手，说：“你跟我过来。”

我一声不吭地跟着刘奶奶进了车库。沈爷爷出去散步了，家里就她一个人。她从床头柜那儿拿了个医药箱出来，要我把手放在桌上。我听话地照做了。

她戴上老花眼镜，仔细地看了下我手心嵌进肉里的树刺，深深地叹了口气，问我：“这么深，挑出来肯定很疼，你忍着点。”

见我依旧不说话，她探寻地扫了我一眼：“你要不信我的话，我让你沈爷爷送你去医院挑。”

我摇摇头，说：“没事。”

刘奶奶听罢，拿了缝衣针出来，点燃了酒精灯，先拿药水给我伤口消了下毒，然后开始给我挑刺。

可能是天气太冷了，我手都被冻僵了，也可能是最疼的时候过去了，所以针刺进皮肤的时候，那痛感比我想象的要弱许多，但也不是一点都不疼。

期间，我还是吃痛地叫了几声，刘奶奶让我忍着点，把刺给我挑出来后，又伸手捏着我的伤口，将污血全给挤了出来。待黑血清理干净，她才给我上药，用纱布包住了我的手叮嘱我要注意伤口，别沾水，也别吃辛辣的东西。

我对刘奶奶道了声谢，起身要走。

刘奶奶喊住了我，说："王愢，你都不问问我为啥非要赶佳楠她们走？"

我回头看她，红着眼，哽咽道："奶奶，佳楠她不是这种人，她没有勾引沈骆驰，她是真的很喜欢他。"

"我知道，王愢，奶奶都知道。奶奶也年轻过，也知道你们小孩子到了这年纪，叛逆，爱追求刺激，开始谈恋爱。我就骆驰一个孙子，你也知道他父母什么情况。这孩子从小就话少，不爱与人交流，有什么事都藏在心里。前几年他妈再婚，他知道后什么也没说，一个人关在房间里几天都不出来，他爸又在出差，家里就他一个人，他这是在寻死。后来是胃出血了，他疼得自己都受不了了，突然不想死了，打电话给他同学，人家送他去医院，他才捡回来一条命。之后，他就跟我来这边念书了，我也好照顾他。现在他爸再婚了，他虽没闹，但心里也是不痛快的，不然也不会从婚礼上跑掉，一个人从上海跑回这里。你们平时看他跟以前没啥不同，但我知道这孩子变了，变坏了。

"这一学期，他们班班主任找了我好几回，跟我说他的情况，说他开始逃课，说他跟学校里的坏学生玩，说他去网吧，说他打架，还说他早恋。他跟谁早恋不好，偏偏要跟林佳楠。现在的社会不像我们以前，人都比较开放。俩孩子天天住一起，要出点什么事，让我这老脸以后往哪儿搁？我知道我们家骆驰这会儿是在放纵自己，他这是拿自己的前途开玩笑，以此来反抗他爸，但是他不懂事，这林佳楠就不能懂事点吗？

“女孩子最基本的是自爱，她就算再喜欢骆驰，也不能忘了自己现在是什么身份。她是可以考不上大学考艺校，可我们骆驰还是要参加正规高考的，要考不上怎么办？人生很长，不是一时的激情，意气用事，我们作为家长的，陪不了你们一辈子，关键的路还得你们自己选择。王愢，你说奶奶说得对不对？你也是女孩子，你王愢知道要好好学习，她林佳楠怎么就不知道？脑子里就装着谈恋爱。我这会儿赶她走，既是为了骆驰好，也是为了她好。”

刘奶奶问我她说的对不对，我也不知道。

每个人对人生都有着不同的定义，对当时的我而言，的确学习是最重要的。可是对佳楠而言，也许爱情更重要。我们不能说佳楠是错的，因为谁也不知道未来是怎样的。

就像一对夫妇，曾经因为相爱结合在一起，后来因为各种矛盾走向了离婚。你能说他们选择结婚的时候是错的吗？

当然不能。

那会儿，我唯一能确定的是，佳楠这一次是恨死我了，说不定她永远也不会再原谅我。

因为我后来问了我妈，我说你有没有跟刘奶奶说佳楠什么。

我妈毫不掩饰地回答我，说刘奶奶问她知不知道佳楠喜欢沈骆驰，我妈以为刘奶奶也知道了，想都没想就说知道啊，你们也看出来了吗？

刘奶奶问她，什么时候知道的。

我妈说了时间，早在春晓刚搬过来的时候。

刘奶奶听了很是生气，因为那会儿沈骆驰他爸还没有再婚，沈骆驰还没有堕落，所以她就认为是佳楠先勾引了沈骆驰。

人都是护短的，明明是一个巴掌拍不响的过错，刘奶奶却把错的大头归在佳楠身上，因而对林妈妈说了狠话，说她没带好女儿，说佳楠不自爱，勾引自己孙子，借此将佳楠赶走。

她所谓的为佳楠他们的好，是建立在对佳楠纯洁爱情的侮辱上的，是不想让这事继续下去，杜绝了它成为丑闻的可能。

也许就像她说的那样，住一个公寓，谁知道会发生点什么。

我气得把我妈说了一顿，我妈觉得很是委屈，反过来端出母亲的威严来叮嘱我，说，憓憓，佳楠的事对你来说就是个教训，你以后喜欢谁都别喜欢上那沈骆驰。妈的眼光比你们毒，妈给你看好了，这孩子早晚是个祸害。你迄今为止遇到的可以发展的男孩子，苏遇这孩子人好，但家里有丑闻。沈骆驰别看长得好，但父母婚姻不幸福，孩子的婚姻日后也好不到哪儿去。至于那王春晓，唉，人傻钱多，就是太短命。要我看，就你们班那副班长霍栋最靠谱。

那时候我正在气头上，还在为与佳楠的友情破碎而耿耿于怀，哪听得进我妈说的话，只是之后，细细回想起来，才觉得有句话真是说得一点都没错——不听老人言，吃亏在眼前。

【3】你没有在我身上浪费丝毫感情，你凭什么看不起我 //

林佳楠从公寓搬走的当晚，沈骆驰不知道去了哪里，一夜未归，刘奶奶他们也没有出去找，我也没心情管他的事。

我给佳楠打了很多个电话，也发了无数条短信，跟她道歉解释了我妈的多嘴，希望她能原谅我们，但是佳楠并没有接我的电话，也没有回我的短信。

那个晚上，我一夜无眠，右手心上的伤口又痒又疼。

我妈睡得很香，呼噜打得很响。

我很想把她吵醒，跟她诉说我内心的难过与委屈，以及手上那钻心的疼痛，但最后还是忍住了。

最近她在上日班，第二天还得去厂里干活。

有的人为了生活在拼命地努力，有的人却在浪费自己的生命。

沈骆驰回家的时候，已经是第二天的中午了。他没带钥匙，刘奶奶夫妇俩又出门了，是我给他开的门。

看到我，他先是微愣了下，然后侧身绕过我，直接朝他的房间走去。

距离我上次见他有些时日了，虽然我们住一个公寓，但是很少见面。我是忙于学习，他是忙于堕落。

眼看他拧开门把就要进房间，我忍不住地出声喊住了他。

“沈骆驰。”

他停下手，回头看我，表情有些不耐。

他的头发比先前长了许多，不再是小平头了，染了色，有点像栗子黄，头顶应该还烫了下。

这种发型换其他人做，说不定会被说非主流，但很适合沈骆驰，他这会儿看起来很帅，像偶像剧里的明星。只不过我不是很习惯他的新发型，看着还是有些硌硬。

“什么事？”见我光看着他不说话，他蹙了下眉头，冷声问道。

“佳楠搬走了，你知道吗？”我赶忙回过神，看着他说道。

“她打电话跟我说了。”他语气轻淡地说道，然后转过身去，继续开门。

我被他那冷淡的态度刺激到，生气地走向他，抓着他的手臂质问道：“你不去找她回来吗？或者说，你不该去跟你奶奶解释下吗？”

“我为什么要去？”沈骆驰被我拽得回头看我，倨傲道。

“你不是她男朋友吗？”我气得呵了一声，有些说不出话来。

“那跟你有什么关系？”

“是跟我没关系，但佳楠是你女朋友，谈恋爱不是光靠她一个人就谈得了的，你不觉得事情发展到这地步，你也有责任吗？你是不是应该替她在你奶奶面前解释下，不然刘奶奶一直会觉得佳楠不好，是她勾引了你，这种评价对一个女孩子来说是很伤人的。”

“我承认了吗？”沈骆驰一把挣开我的手道。

我不是很明白他的话。

“你什么意思？”

“我说，我有承认过她是我的女朋友吗？”沈骆驰朝我逼了过来，一字一顿地问道。

我被他逼得连连往后退，紧张地问：“她如果不是你女朋友，你亲她干什么？”

沈骆驰将我逼到了墙角，一脸可笑地朝我说道：“王愢，我该说你单纯还是说你落伍，现在这社会，还有那么单纯的男女关系吗？我愿意的话，我现在也可以亲你啊。”

沈骆驰说这话的时候，眼里充满了对这世界的蔑视，嘴角挂着戏谑的笑。

我很不喜欢他这般轻浮的样子，跟我认识的沈骆驰完全不一样。

在他的脸凑到我面前时，我闻到了他身上浓重的香烟味，当即觉得反胃地伸手推开了他，往旁边退了几步，望着他，愤怒地指责道：“林佳楠真是白喜欢你了，你怎么会变成现在这个样子！不就是父母离婚，家庭不幸福吗？但你有那么疼爱你的爷爷奶奶，你也不差钱花，老天爷还给了你这么一副好面貌，你身体也健康，你已经比很多人拥有的都多了，你为什么还要选择堕落，把自己变成这个样子？你以为玩世不恭就能报复到你父母对你的抛弃了吗？沈骆驰，我告诉你，你不能，你这样做只会让你父母觉得抛弃你是对的，让其他人看不起你！”

“那其他人中包括你吗？”沈骆驰自嘲地一笑，冷声朝我问道。

“是！”我定定地看着他，重重地说道，“我看不起你！因为至少你父母还活着，你还活着，你却不懂得珍惜。比起你，春晓那么可怜，可是他生病了，都还瞒着我们所有人，不让我们知道。他天天都是笑着的，让所有人快乐，不舍得让爱他的人伤心。与他相比，你实在是太可恶了，你这是在糟蹋生命。”

“所以，先是苏遇，现在又是王春晓，王愢，你凭什么拿他们来指责我，你有什么资格？我痛苦的时候，你在哪里？你有帮过我什么，或者给过我一点温暖吗？苏遇家出事，你为他四处发声；王春晓生病，你为他掉眼泪；而我，你除了指责你还干了些什么？你没有在我身上浪费丝毫感情，你凭什么看不起我？嗯？”沈骆驰突然朝我走了过来，双手用力地拽着我的肩膀，言辞锋利地朝我反问道，眼里带着些许受伤。

我惊愕地望着他，脑袋有些混乱，都没怎么思考，就脱口而出：“我有啊！”

沈骆驰松开手，目光悲凉地看了我一眼，然后嘲讽地笑了起来，说：“对，你有，只是你从来都没有承认过。”

我不懂他说这话是什么意思，没等我追问，沈骆驰已经推开了他的房门走了进去，用力地甩上了门。

我呆愣在原地，望着那扇紧闭的房门，没有勇气去推开。

冥冥之中，我有一种预感，那条隔在我与沈骆驰之间看不见的裂缝变得越来越大了。

【4】我清晰地意识到，我与沈骆驰的冷战又一次开始了 //

林佳楠删掉了我的 QQ，我跟自己说，没关系，每个人都有情绪上来的时候，等她气消了就好了。

我手心的伤口不能沾水，因为伤在右手，我妈担心影响我的学习，所以周六那天下午，她提前下了班，带我去医院找医生重新看了下，配了点药，才放心地带我回家。

我妈问我是怎么弄伤的，我骗她说是自己不小心摔的，没有提佳楠，不然以我妈的脾气，她要知道是佳楠推的我，早就闹到她家去吵了。

如今我与佳楠的关系可谓是如履薄冰，我正在尽力地修复，不想我妈再给我出什么幺蛾子。

由着佳楠冷静了两天，周一一开学，我就早早地去了学校，在林佳楠他们班的门口等她。佳楠艺考没考上，按理说她还得回学校继续上课，跟我们一样参加六月份的高考。

打她手机不接，短信也不回，QQ 还把我删了，我只能找她本人好好谈一下了。

那时候我光想着尽我所能地去挽回我们这十几年的友谊，却忽略了一点，那就是任何一段感情，都不能只靠一个人的努力维系。

有时候我们所在乎的，或许并不是别人所在意的。

你放在手心舍不得扔的东西，对别人来说，或许是可以随手丢弃的。

通俗点来讲，就是，你没有你想的那么重要。

我在高三十三班的教室门口等了很久，一直等到早读课的铃声响起，也没有等到林佳楠。倒是我在下楼的时候，碰到了迟到的沈骆驰。他单肩背着书包，低着头，双手插在裤兜里，正慢慢地往楼上走。

我从他的身边走过，他的手臂不小心撞到了我。他下意识地抬头看了我一眼，没有说话。我也没有跟他打招呼。

我们就像两个完全不认识的陌生人，连寒暄都省了，各自转过头去，朝不同的方向走去。

我清晰地意识到，我与沈骆驰的冷战又一次开始了。

这一次，会持续多久？八个月，还是，更久……

等我到教室的时候，早读课已经开始了。Miss 方穿着黑色的大衣，站在讲台上在给大家默单词。

我低着头，站在教室门口，低声地喊了声："报告。"

Miss 方转过头来扫了我一眼，冷冷地道："进来。"

整个早读课，我都一副心不在焉的样子。下课后，我被黄老师叫去了办公室谈话。Miss 方跟她提了我迟到的事，黄老师担心我心思又浮动了。我现在是我们学校学生中冲刺清华北大的重点培养对象，他们都对我寄予了很大的期望。

我被训了一通之后，浑身无力地离开办公室，正好看到隔壁办公室站着的林佳楠跟林妈妈。

我终于如愿以偿地再次见到了佳楠，只不过她不是来上学的，她妈带她来学校，是来办转学手续的。

我呆愣地站在办公室外听了一会儿，似乎察觉到了我的目光，佳楠朝我转过头来。

看到我，她的眼神微暗了下。

我感到很是难过。

她低声对林妈妈说了些什么，然后林妈妈也朝我看了过来，脸上的表情很是森冷。

没一会儿，林佳楠从办公室里走了出来，走到我的面前，低声叫了下我的名字。

“偲偲。”

有那么一瞬间，我竟然想哭。

我忍不住伸手抱住了她，伤感地问道：“你要转学了吗？转去哪里？为什么要转学？”

没等我哭出来，佳楠从我的怀里挣脱开来，先红了眼眶，带着哭腔道：“我要去青岛了，我爸给我在那儿办了复读手续，我去那儿复读。”

“那你还会回来吗？”我急着问她。

“不知道，也许会吧。看我爸的生意了，他如果做得好的话，我们可能会在青岛定居。”

“佳楠，我……我……”我难过得说不出话来。

佳楠看着我受伤的右手，伸手轻轻地触碰了下我的伤口，愧疚道：“对不起，偲偲，我不是故意的，你别怪我。”

“我没怪你，我从来都没有怪过你。佳楠，我们还能继续联系吗？你跟沈骆驰的事，是我跟我妈的错，你原谅我好吗？”

不管到底是谁的错，我都认了。

我已经失去了春晓，不想再失去佳楠这个朋友。

然而佳楠摇了摇头，说：“不了，偲偲，再见吧。”

我不懂她说的“不了”是不再联系了，还是不原谅我？不等我追问，林妈妈就出来，一把拉走了她。

上课铃声也响了，我们第一节课是语文课。

黄老师从办公室里出来，看到我还愣在原地，喊了我一声，也将我拉走了。

我频频地回头看佳楠，她却再也没有回头看我一眼。

她低着头，跟着她妈走了。

我没有问佳楠，她走了，她跟沈骆驰怎么办？他们还联系吗？

我一开始懊恼自己还有很多话没来得及说，后来，我开始庆幸，还好当初没有问，这样我就不会知道，在那个春天，被林佳楠丢弃的，只有我王愢一个人。

【5】我很怕死，因为我还没有活够 //

感谢繁忙的高三生活，让我没有过多的时间浪费在痛苦上。我每天都深陷于无数的试卷中，做着差不多的题目，过着差不多的生活。我渐渐地遗忘了春晓的死，佳楠的离开，甚至都快忘记苏遇了。

我整个人都已经被高考麻痹，以为我只要按部就班地生活，我的人生就可以一帆风顺起来。

可是我错了，安逸是留给死人的，上帝创造了我们，赐予我们生命，就是为了让我们在不断的痛苦中变得越来越坚强。

转眼就到了三月下旬，第二天学校要带我们高三生去体检，所以早放了我们一节课，晚自习也被取消了。

我跟李文艺一起逛完教育书店后就都各自回了家。公寓里空荡荡的，自从林佳楠搬走后，整个公寓每天差不多就只有我一个人。沈骆驰就算放学了，也不会准时回家。

现在还没到开学季，刘奶奶也没有把空着的那间房给租出去。

到家后，我把书包扔进了沙发里，先去厨房弄了点晚饭，吃完后才回屋写作业。

刚做完数学卷子，我就听到外面有人在急促地敲我的房门。我把大门锁了，能有钥匙进我们公寓的除了刘奶奶也就没有其他人了。

我赶忙起身去开门，来人是沈爷爷，他一脸焦急地跟我说，刘奶奶刚去超市买菜的时候，不小心摔了一跤，他这会儿要送她去医院，让我赶紧去找沈骆驰，通知沈骆驰去医院。

说完，沈爷爷便匆匆地下了楼。我也赶紧穿好鞋子，拿着手机出门去找沈骆驰。

我打了沈骆驰好几个电话，都没有人接。这是我买了手机后第一次给他打电话，我有点怀疑沈骆驰根本就没把我的手机号给保存下来。

我着急地跑去学校附近的网吧，一边找一边给沈骆驰发短信，说了刘奶奶摔伤的事，都没有回复。

后来我仔细一想，他可能是没把手机带在身上，不然沈爷爷自己都可以联系到他，何必还要我出去找。

想到这儿，我也就不再打电话了，直接冲进了我们学校很多男生都去的一个网吧。之前我听刘奶奶说过，她在这里逮到过他。

我刚进去，就听到有男生朝我吹口哨。那男生穿得花里胡哨的，头发又长又油，好像几个月没洗过头剪过发了，我心里一阵硌硬，赶忙避了开来，硬着头皮继续找沈骆驰。

找了一圈也没见到沈骆驰的人，我有些丧气，正要离开网吧时，在门口碰到了我们班的顾涛。

看到我出现在网吧，顾涛一脸的震惊，难以置信地问我：“哟，乖宝宝怎么跑这儿来了？”

我没心情跟他吵，死马当活马医地直接问他：“你有见到沈骆驰吗？”

“十三班的沈骆驰？”

“对。”

“有啊，刚放学的时候见到了，他跟胖迪他们一起走了。”

“胖迪是谁？”

“十八班那个最胖的啊！”顾涛难得有耐心地给我解释道。

他们都是在外面混的学生，路子比我广，要想找个人，打电话一问就知道了。

“那你知道他们去哪儿了吗？”我很是焦急地问顾涛。

顾涛探寻地打量了我一眼，笑得促狭道：“怎么着，走了个林佳楠，王愢你来做接班的了？那沈骆驰有啥好的，你们女生都爱找他，不就是个小白脸吗？”

“他奶奶摔了，他爷爷要我找他，你别胡说八道！”我没好气地冲顾涛道。

顾涛收住笑，正经道：“要我告诉你也行，今晚的上网费你给我出了。”

痞子就是痞子，你别指望能在他们身上白讨便宜。

“多少钱？”我黑着脸道，手伸进裤兜里掏钱。

“两块钱一个小时，你给我二十块。”顾涛丝毫不客气道。

我把裤兜里的钱全都掏了出来，数了下，连钢镚也就十八块钱。我又没打算出来买东西，身上没带多少钱。

“得了，给你打个折。”顾涛不要脸地说道，一把抢过我手里的钱，扔给了网管。

“好了，现在可以告诉我沈骆驰在哪儿了吧？”

“他们去唱歌了吧，今天是沈骆驰生日，你不知道吗，这小子最近混得不错，附近几个学校有点名气的，都给他去庆生了，我听人说是去的金沙。”

“那你怎么没去？”

“傻，那生日会是白去的吗？买礼物不要钱啊！再说，关我什么事，我又跟他不熟。”

“是人家没请你吧。”我一口拆穿道。

顾涛红着脸白了我一眼，将我推出了网吧，恨恨道：“你不是急着去找人吗，还去不去啊！”

“去啊！当然去！”

从网吧出来，我先回了趟公寓拿了点钱，然后去路边拦了辆出租车去金沙。

其实我也不知道金沙在哪里，但是KTV都在市中心，司机总归是认识的。

路上我先给沈爷爷打了个电话，问了下刘奶奶的情况，然后让他别急，说很快我就带沈骆驰去找他。我当然没有告诉他说沈骆驰跟坏学生出去玩了，我只是问了下他，今天是不是沈骆驰生日。

沈爷爷叹了口气，说是，刘奶奶就是为了给他做生日餐，才在回来的路上摔了腿。

我听了很是气愤，觉得沈骆驰也太不像话了，一会儿见到他，我一定要好好骂骂他。反正我们俩的关系已经很恶劣了，我也不怕他更讨厌我。

到了金沙后，我直奔前台。虽然我不知道沈骆驰他们在哪个包厢，但是我一跟前台小姐形容了下沈骆驰的外貌后，她们立刻就知道了我要找谁，告诉了我包厢号。

我那时候心里暗自在想，果然长得好还是有好处的。

一路找到沈骆驰所在的包厢后，我站在门口还没推开门，就听到了里面的吵闹声。有男有女，听起来十分的热闹。

我深吸了口气，伸手在门上敲了几下，没有人开门。

我有些紧张地推开门，探头朝里看了一眼。这是个大包厢，包厢里有十多个人，女生穿得都很暴露，男生都在拼酒划拳，三个液晶屏幕上放着劲歌热舞。

我一眼就看到了瘫坐在角落里的沈骆驰，他头上戴着生日帽，看起来很乖地睡在一旁，一个女生正黏着他说话。他觉得吵，伸手推了下她。那女生非但没有生气，还在他脸上亲了一口。

我看着有些恶心，犹豫着要不要进去把沈骆驰拉出来时，就看到两个男生笑着朝沈骆驰走了过去。

他们一个人手里拿着支针管，那女生一见他们来，就让了开来。

其中一个男生捋起沈骆驰的手臂，另一个拿着针管在摸沈骆驰手上的血管。

我顿时有种不好的预感，当即没有多想，就冲进了包厢，穿过人群，跑到了沈骆驰的面前，一把推开了那个拿针管的男生，朝他大吼道："你们想干什么？"

似乎没料到有人冲过来，那个男生不知道是酒喝多了，还是吃了什么乱七八糟的东西，一脸迷醉地看着我，笑着问："这是哪里冒出来的小妹妹？长得这么清纯！"

边说，他边朝我伸过手来。

我一把打开了他的手，目光落在大理石桌板上放着的几支针管，心脏急速地乱跳着，整个人慌得不行。

我不是什么都不懂的傻子，我也看电视的，也看电影的，知道那些是什么。

我怕得要死，可我又不得不强装镇定。我必须得把沈骆驰带走，我不能由着他一个人待在这里。这会彻底毁了他的。

其他人似乎也注意到了我们这边的剑拔弩张，所有人都朝我们看了过来，歌被停掉了，整个包厢瞬间安静了下来，我能很清晰地听到自己剧烈的心跳声。

眼看着那些人朝我逼近，我急得满头是汗，转过身用力地拍打着沈骆驰的脸，差点哭出来。

“醒醒，沈骆驰，你爷爷叫我带你回家！”

沈骆驰醉得不轻，被我打了好几下，他睁开眼，眼神迷蒙地看着我，似乎在确认着什么。

我怕得都不敢回头看我身后的那群妖魔鬼怪，只是伸手将他从沙发里拽了起来。

他很高，别看他瘦，但骨头很重，我根本就抱不动他。

一个踉跄，沈骆驰又摔回了沙发里，我跟着他，摔在了他的身上。我赶忙爬起来，试图再拉他起来。

有个男生突然拽住了我的手，朝我狞笑道：“小妹妹，既然是骆驰的朋友，那走什么走啊，一起玩啊！”

他说话的时候，身边还站着那个拿针管的男生。

那男生一脸戏谑地朝我挑了下眉。

我看到地上的啤酒瓶，连忙捡了起来，朝大理石桌板上砸了过去，然后拿半截碎玻璃瓶口抵住了自己的脖子，大声地尖叫道：“你们别过来了，我报警了。我要有什么事，你们一个都逃不了！”

那些人不是查紫薇，也不是小皮蛋之流，那些人看起来比他们都老，都是社会上的流氓痞子，甚至是渣滓。他们可能会做出各种过分的事，我当时心里恨极了沈骆驰。为什么他要把大好的人生就这么糟蹋了？！为什么他要跟这种人来往？！

为什么我要来找他，为什么我会这么倒霉？！

听到我说报警了，那群人丝毫不受威胁，依旧朝我逼近。

啤酒瓶的裂口刺进了我的脖子，血流下来的时候，我痛得眼泪都下来，浑身发抖，双脚发软。

当我快坚持不住的时候，耳边突然听到有人喊我的名字。

“愢愢！”好像是沈骆驰的声音，但是沈骆驰怎么会叫我愢愢？

没等我回头看他，我的眼睛突然被人蒙住了，沈骆驰自我背后站了起来，从我手里夺过了那半截啤酒瓶，安抚我道：“别怕，别怕。”

他说别怕的时候，他的声音也是抖的。

后面一片混乱，沈骆驰拿着我砸碎的啤酒瓶，刮伤了好几个人，然后拉着我跑出了包厢。身后很多人在追我，我吓得一个劲地哇哇大叫，眼泪跟鼻涕都混在了一起。

我感觉我快要死了。

沈骆驰竟然还有脸朝我笑，说：“王愢，你这会儿好丑！”

我若还有半分力气，我一定要揍他个半身不遂。

眼看我们就要被逼入绝路时，警笛声突然响了起来，几个穿便衣的警察从 KTV 的电梯里冲了出来，举着枪把我们给包围了。

就像是拍电影。

后面发生了什么，我都不记得了。

我就记得，我在看到枪的那一刻，就吓晕过去了。

我说报警真的不是瞎说的，我是真的报了警。早在看到那针管的时候，我就拨了 110，按了免提键。

从小，我就是个很安分守己的人。

我很怕死，因为我还没有活够。

我很喜欢活着的感觉，因为人生充满各式各样的精彩。

所以，只要有一丝希望，我都不会放弃自己。

每个人的人生都不可能只有彩虹，它还有风雪。

我希望我能一直有勇气，等着一年又一年的风雪。

【6】别怕别怕，吓了狗狗身上，吓了狗狗身上 //

我醒来的时候，人躺在医院里，脖子上裹着厚重的纱布。

我妈坐在我的病床前哭，见我醒来，她急不可耐地起身骂我，说："王偲，我怎么告诉你的，我让你别跟沈骆驰来往，你怎么就不听呢？！你看看你，手上的伤刚好，又把脖子给伤了，你是不是嫌自己命长啊？"

我想跟她说不是我想招惹沈骆驰，是沈爷爷让我去找的他，我也是情非得已。

可我的脖子被啤酒瓶割得挺深，我一张口，就觉得很疼，于是我索性不说了，由着我妈骂。

我妈骂累了，又坐在我的床边开始叹气。

"你说你这一伤，明天怎么去学校体检啊，医生让你住几天院看看呢，回头赶不上免费体检，咱们还得自己出钱。不过还好，算沈家有点良心，你这次把沈骆驰从火坑里拉了出来，你沈爷爷不仅给你包了住院费，还给了咱们一笔钱当谢礼。"

我妈絮絮叨叨着，我闻声忍不住惊叫道："你不会拿那钱了吧？"

叫出这一声，脖子疼得我龇牙咧嘴的。

我妈一脸嫌弃地瞪着我，说："干吗不拿？你这脖子不能白伤吧？再说了，你一报警，市里派出所的警察把那群小流氓全都给逮了，日后那群小混混被放出来了，找你寻事怎么办？咱们家又不是什么权贵人家，得罪不起这种人，我看你日后考上大学，还是别回老家发展了，省得给我添麻烦。"

果真是亲妈，怼起闺女来也不怕人痛的。

我都被我妈骂习惯了，都懒得生她气了，看了下病房，见只有我妈一个人，便随口问了一声："沈骆驰呢？他没受伤吧？"

"都这时候了，你还担心那臭小子干什么？要不是他不学好，搭上那群流氓，你怎么会受伤？！"

我妈气冲冲地朝我吼道，然后似乎又觉得自己拿了别人钱还骂人忒不厚道，所以缓了语气道："他也被警察给逮了，他爷爷去保释他了，不知道能不能保释得出来。我听说跟他一起玩的那几个社会上的小流氓，都是吸白粉的，这可是犯罪啊。沈骆驰这次真得谢谢你，不然他这辈子就算是完了。"

有沈爷爷去保释沈骆驰，我便松了口气，随口又问了几声刘奶奶的情况。

我妈说刘奶奶有她妹妹照顾，就是脚扭了下，没什么大事，明天拍个片看看，没有骨折就可以回家了。

大家都没有什么事，我心里的石头总算是落了下来，回想起先前在 KTV 的那些景象，我心有余悸地颤抖了几下。

我妈见状，一脸心疼地过来抱着我，轻轻地拍着我的背，像哄小孩一样哄着我，说："别怕别怕，吓了狗狗身上，吓了狗狗身上。"

我有一种劫后余生的感觉，窝在我妈的怀里，渐渐睡了过去。

迷迷糊糊之间，我想着还好我妈㞞，怕那些小流氓，不然我被吓破了胆，她又拿着剪刀去剪人家裤腰带的话，我就又得喝那难喝的"神水"了。

在我妈的怀里，我睡得很是安稳，一觉睡到了天亮。

我妈一大早就给我向老师请了假，陪着我在医院里养伤。

九点多的时候，医生过来查房，给我做例行检查。中午，沈爷爷来医院看了我，特意带了鸡汤给我补身体。

虽然在我面前，我妈各种吐槽沈骆驰，但是看到沈爷爷，她还是关心地问了下沈骆驰的情况。

沈爷爷骂了孙子几句，然后说："一开始保不出来，关了一晚上，今早刚放出来。他爸从上海赶了过来，把他打了一顿，要带他回上海。他不愿意，说再也不这样了，他爸才罢休，送他去学校了。"

说完，沈爷爷直摇头，叹气道："也不知道我上辈子作了什么孽，养了这么个不孝孙子，真是要把我气死。"

我妈听了连连安慰他，说："人没事就好了。"

送走了沈爷爷，医生那边检查报告也出来了，除了脖子上的皮外伤外，我身体也没什么大碍。我跟我妈商量了下，还是决定出院。

虽然住院费不是我们出的，但是总归也是钱，浪费不好，而且我还得回去上学。

经过医生的同意，我妈给我办了出院手续，然后拗不过，将我送去了学校。

去得早，不如去得巧。我到学校的时候，正赶上大家在校门口坐着大巴要去体检。

我妈赶紧打电话给我班主任，将车拦了下来，把我送了上去。

看到我脖子上的伤，李文艺脸上的表情夸张得不得了，同情地对我说："王憁，你这也太背了吧，三天一小伤，五天一大伤的，虽说正负能量守恒，但你为了考清华也没必要这么不要命吧！这次又是谁弄的？"

我说我自己弄的。

李文艺给了我一个"你当我傻的"表情。

我无奈，只好将昨晚的惊险事迹跟她都讲了，但特意避开了"针管"那部分，我觉得那部分听起来影响不好，沈骆驰毕竟还是个学生，我也不能坏他的名声。

李文艺听得很是激动，说：“真跟小说似的，好刺激啊！”

我朝她白了一眼，想着，这种刺激还是免了吧，要人命的。

我们一路坐车去了卫生所，按指示一步步检查身体。

到了脱衣服检查那里，女生们都很害羞，扭扭捏捏地不愿检查。

“你有的，别人也有，有什么不好意思的，赶紧的，后面的人还等着呢。”

最后还是女医生发了火，大家才小兽般噤了声，一个个该做啥就做啥。

体检完毕，学校要求我们回校继续上课。

下午第四节课上完，我准备回公寓吃晚饭。刚走到楼梯口，就看到沈骆驰站在那儿等我。

我一开始还不确定他在等我，直到他喊了我的名字，我才惊疑地回头，看着他问：“你找我什么事？”

“没什么事，我奶奶让我载你回家。”他道，然后转身先下了楼，推着电瓶车在楼下等我。

我慢腾腾地走了过去，见同学们都在偷看我俩，我很是别扭：“还是别了吧，我自己走回去。”

说完，我转身就要走。

沈骆驰一把拽过我的手臂，将我按在了车后座，没好气道：“让你坐就坐，废话那么多干什么？”

要不是怕扭疼脖子，我真想骂他。

凭什么你说什么就是什么啊！

【7】我在北京等着与你相见，生日快乐，我最爱的小小少年 //

回到公寓后，我发现所有人都在刘奶奶家的车库里等我们。

刘奶奶的妹妹做了一桌子菜，招呼我们去吃。

我本想拒绝，但我妈先毫不客气地坐了下来。

我很是头疼，但又无可奈何。

在饭桌上，刘奶奶跟沈爷爷几次三番地对我表示了谢意，最后希望我能答应帮沈骆驰补课。

我本来在喝汤，听到这个提议时，激动得差点把嘴里的汤都给喷出来。

我下意识地看向沈骆驰，见他正低着头默默地吃饭，没有丝毫反对的意思，我很是惊讶道："为什么要我给他补课？找老师补不更好吗？"

"老师补是好，但是你们晚自习上完已经很晚了，再去老师家就太晚了。愢愢，你成绩那么好，晚上回来就顺带着帮我们骆驰补点，我们也不会让你白辛苦的。那钱的事，我已经跟你妈说好了，你只要给我们骆驰补了，让他能上个普通本科就行了，我们也不求他考多好。"刘奶奶急着说道。

就算是老师也没把握他教的学生都能考上大学吧，何况是我呢？

我觉得刘奶奶他们太高看我了，沈骆驰是那种会乖乖听我话的人吗？

我朝我妈看了一眼，示意她给推了，结果她这个只看钱不认人的家伙，我还没答应呢，她就先给允了下来，对刘奶奶道："阿姨您放心，我们家愢愢从小就给那些比她小的弟弟妹妹补课，人人说她有耐心，讲得比老师还好，骆驰的事交给她准没错。"

我无语地翻了个白眼，真是服了我妈了。

本来我以为补课的事只是他们随口一说，沈骆驰并无此意，毕竟他是个正沉迷于叛逆期的少年。可是从那顿饭开始，沈骆驰竟然天天等我放学，接我回公寓，早上跟我一道起得很早，我去背单词，他也背单词，我去跑步，他也跑步。晚上晚自习后，我在房间里做习题，他也不顾男女有别就来敲我的门，手里拿着习题集，让我给他讲解。

他是铁了心地浪子要回头，只是苦了我，因为他，我一下子又被推上了学校的舆论浪尖。

好多同学看着我老跟沈骆驰同进同出，以为我像之前的林佳楠一样，在跟沈骆驰谈恋爱。就连李文艺也三番两次地来探我的口风，问我是不是真的对沈骆驰有意思。

对此，我解释了无数遍，连嘴皮子都快说破了，说没有，绝对没有。

我跟沈骆驰只是纯粹的同学关系，最多加上补课关系。

李文艺说，不对。

我问，哪儿不对？

她说，沈骆驰看你的眼神不对。

我觉得眼神不对的应该是李文艺才对。

沈骆驰怎么可能对我有意思，我给他讲习题的时候，手不小心碰他一下，他都能瞪我很久。

不管怎样，这些无聊的八卦都不过是紧张的学习生活中的调味剂。

四月一来，离高考就剩两个月了。天气越来越热了，大家已经没有时间再去浮躁。

就连沈骆驰也学得很认真，每天晚上，我给他讲完题，我都回房间了，他还在客厅里继续做习题。有好几次，我都看到他累得直接睡在了客厅。

他的头发又染回了黑色，他不再去网吧，也不再跟坏学生们玩在一起。

所有人都感觉到自他生日那天出事后，他就开始变好了。刘奶奶他们一再地感谢我，说是因为我，才让沈骆驰变好的。

我问自己，真的是因为我吗？

不是因为那张我不小心在他的笔记本里看到的来自于林佳楠的明信片？

如果我没记错的话，上面写的是：骆驰，我到青岛了，上次我查的成绩有误，有家北京的艺术学院后来录取了我，我在北京等着与你相见，生日快乐，我最爱的小小少年。

日期正好是沈骆驰生日的那天——三月二十七日。

刘奶奶有一次无意间跟我妈谈起沈骆驰的高考志愿。

他选的都是北京的大学。

你看，我说得没错吧，李文艺才是眼神不好的那一个。

无论如何，我都要再次感谢佳楠，让我与沈骆驰的关系又一次破冰，虽然沈骆驰让我给他补课，只是为了考北京的大学跟佳楠见面，但是没有人跟我冷战的日子，真的是好舒服啊！

我无比怀念那会儿的生活，每天都充满着激情，阳光与热血与我同行。如果不是出了那件事，我想我的人生最起码还是彩色多于黑暗的吧。

我一直记得那天是四月十号，周五。

放学后，我让沈骆驰载我去了市区买了考试专用的文具，回到家，看到我妈正一脸消沉地坐在客厅里，满面泪痕。

我不明情况地走上前去，喊了她一声，说：“妈，你怎么了？”

我妈回头看我。

我永远也忘不了她当时的眼神，爱恨交加，痛苦又失望。

“妈？出什么事了？”我被她吓了一跳，连声音都颤抖了起来。

我妈没回我，只是突然从椅子里站了起来，一把揪住我的头发，将我往房间里拖。

沈骆驰见状，赶紧跑过来拦住我妈，道：“阿姨，你放手。”

我妈狠狠地瞪了他一眼，蛮力十足地推开了他，直接将我拖进了屋，一把关上了门，将我甩在了地上。

我整个人朝前扑去，额头撞在书桌前的椅脚上，顿时起了个大包。

我妈不会平白无故打我，我心慌地从地上爬了起来，惊恐地跪在我妈面前，哭着问：“妈，到底怎么了？”

我妈死咬着牙，双手叉腰，躁动地在房间里走来走去，几个来回之后，她终于停下脚步，朝我走来，甩手就给了我一巴掌。

我被她打得当场蒙了，鼻血瞬间落在了地板上。

没等我反应过来，我妈又打了我一巴掌，然后开始打自己，一边打一边哭。

我吓得瑟瑟发抖，不敢再开口说话，然后就听到我妈哭着对我说：“你老师打电话说，你的体检单上写着你……王憢，你告诉我，这是什么意思！你倒是告诉我啊！”

我整个人都蒙了，我妈一个拳头又一个拳头地朝我脑袋揍下来。

我脑袋里嗡嗡地吵着，用了很久才听清我妈在说什么。

我当即惊愕地看着她，说不出话来。

“是苏遇对不对！我问过你外婆了，那个寒假，你跟苏遇在一起，两个人还出去开过房。你才多大啊，你跑去开房！你小表姐说你回来一裤子的血，你是不是……啊！我怎么就养了你这么不要脸的女儿！我之前还笑佳楠妈，这会儿就自己打脸了。你干出这种事来，你是要逼死我是吧！你要我拿什么脸见人！啊！你告诉我！我还有什么脸去见亲朋好友！”

我妈红着眼朝我啐骂道，骂几声，她还不解气，又伸手打我，推我，恨不得杀了我算了。

我承受着我妈的怒火，哭着解释，不断地说：“我没有！我没有！我没有！”

“你没有，那你倒是告诉我体检单是怎么回事儿！”我妈气得又打了我一巴掌，捏着我的脸道，“你跟我说实话，你那天跟苏遇去开房，到底有没有被他碰？”

我哭着不说话。

我妈当我默认了，恨得一连扇了自己好几个耳光，道：“我怎么有你这么不要脸的女儿！”

我哭着朝我妈爬了过去，抱着她的腿哀号着，说：“妈，我知道错了，但我真的没有，我也不知道为什么会这样，但我真的没有跟苏遇那么做。”

“是没有，还是你也不知道？”我妈声音都哭哑了，无力地问我道。

我被她给问蒙了，那天的场景在我脑海里只剩下零星的几个画面。

我记得当时苏遇压着我，我很怕，但我确定他没有进来。

我跟她解释，我妈根本听不进去。

我妈是一个很传统的女人，她市井，也很保守。

虽然处女膜破裂的原因很有多，有些人小时候剧烈运动也会破裂，但是在我妈的观念里，除了干那事，女孩子的那层保护膜是不会没有的。

我妈对我寄予了很大的期望，而我也给了她足够的失望。

看到我妈万念俱灰的瞬间，我当时多么希望那份体检报告是错的，就像林佳楠的艺考成绩一样，是别人弄错了。

可是，事实证明，我的运气比林佳楠差多了。

那份报告是真的，我妈已经向老师确认过无数遍了。

我也突然理解了，为什么那天给我做检查的女医师帮我检查完后，看我的眼神变得那么嫌弃。

原来，是因为这样。

贞洁对女孩子来说很重要，这个我懂，所以我没有做过就是没有做过。

可是我说再多都没有用，那份报告一出来，我就被判了死刑。

我就成了一个不自爱的女孩。

我妈停止了哭泣，她一身狼狈地从地上站了起来，手指着我，面无表情地说："我送你念书有什么用！明天开始，你不要去学校了！就给我待家里，我一会儿就让你爸来接你！以后，你就别喊我妈了！妈的话你都不听，你喊我妈做啥！"

我不敢相信我妈都说了什么。

我努力了十几年，我拼命地念书，挑灯夜读，想考清华，结果就换来她一句，你别念了。

对那会儿的我来说，不让我去学校，等于是要了我的命。

我妈的脾气我最清楚，她敢说出口，就说明她敢这么做。在对我的教育上，她从未心慈手软过。所以我知道，她这次没有跟我开玩笑。

我不知道该再说些什么，我妈才会相信我没有撒谎。我也不想再说什么了，趁我妈没注意，我一个箭步推门跑出了房间。

沈骆驰就站在我们的门外，背靠在墙上，什么也没说。

我顾不得看他，直接奔向了厨房，从刀架上拿了把菜刀下来，就要往自己的手腕割去。

那一刻我真想，我还不如死了算了呢。

【8】你还喜欢苏遇吗 //

刀最终没有落在我的手上，它割在了我妈的手臂上，当即鲜血横流。

我妈却不觉得疼似的，抱着我，拼命地哭，一个劲地说："你怎么办啊，你怎么办啊！我的愢愢啊，你以后怎么嫁人啊？”

我莫名其妙失去的清白，对当时的我来说，那真是要了命的东西。

“谁还会要你啊！谁还会要你啊！我的愢愢啊！”我妈心痛地朝我哭号着。

我拼命地按着她流血的手臂，跟着一道哭，哽咽地说：“妈，我真没有，你相信我。”

“你相信我。”

我一直记得当时的绝望，仿佛天都塌下来了。

当我们母女俩抱在一起，哭得昏天暗地时，沈骆驰朝我们走了过来，蹲下身，脱下身上的衬衫绑住了我妈流血的伤口，帮着我将我妈从地上扶了起来，垂着眼眸，突然道：“阿姨你不用担心，没人要王愢的话，我要她。”

我知道沈骆驰说这种话只是为了安慰我妈，但是那句话对我妈而言，的确给了她莫大的力量。

她顿时就哭了出来，一把抱住沈骆驰，就怕他反悔似的求证道：“你说的是真的吗？”

“真的。”他说。

我站在一旁，捂着嘴，泣不成声。

我妈好像是疯了，那天之后，她各种卑躬屈膝地讨好着沈骆驰，生怕他改口说不愿接我这个烂摊子。对此，沈骆驰总是默默地接受着。

我觉得我也快疯了，虽然我妈让我继续上学，虽然体检报告的事，老师给压了下来，只要我不说，我妈不说，沈骆驰不说，应该就没有其他人会知道这个事了。

可是我却像做贼似的，感觉同学们看我的眼神都不对劲了。

我变得敏感多疑，开始自我厌弃。

我不再给沈骆驰补课，每天一回到家，我就把自己关在房间里，谁也不说话。

就连我妈，我们也没有再交流过。

就这样，我抱着这么不健康的精神状态熬到了高考，我幻想着我要考上清华，在我妈面前扳回一局，让她对我重拾信心，然后逃得远远的，就像她期望的一样，去北京再也不回这个城市时，我准备了三年的高考，被我考砸了。

成绩出来的那一刻，我的清华梦彻底碎了。

我觉得我的人生彻底完了。

我的分数线虽然过了一本，但是离清华录取线差远了。

我妈却很高兴，因为沈骆驰跟我考得差不多，他甚至还比我考得好了一点，高了两分，我跟沈骆驰的分数可以填报一所大学。

我突然替我妈觉得可悲，她竟然觉得女孩子的名声要比她的理想更重要。

我知道沈骆驰想去北京，所以在填大学志愿的时候，我特意填了南京的学校。结果录取通知书下来的时候，我却发现沈骆驰跟我在一所学校，只是专业不同而已。

他也填了南京。

我问了才知道，是我妈去求了他。

她拿沈骆驰一时的心软，同情我们时许的诺言来要挟他，要他不要抛弃我。

我头一次觉得我妈像个无赖，只要沈骆驰不答应，我相信她什么都做得出来。可我却不能指责她，因为她所有的不要脸都是源于爱我，她在用她的方式安排我的未来，尽可能地希望我幸福。

可悲的是，十年前的我，竟然觉得我妈是对的，竟然觉得那层膜真的很重要，竟然畏惧于他人的闲言碎语，屈从于我妈的安排。

我自私地逼着自己忘记沈骆驰笔记里夹着的那张明信片，自私地忘记林佳楠还在北京等着他，自私地仗着刘奶奶跟沈爷爷对我的感恩，来牵制沈骆驰，像我妈希望的一样，跟他在一起，去一所大学，继续按部就班地生活、恋爱，等着结婚、生子，然后再结束这一生。

那是我人生中第一次自私，我却为此赔上了整个余生。

此后的很多年，我都活在了对林佳楠与沈骆驰的愧疚之下，在与沈骆驰的感情发展中，我自动地充当起了那卑微的一角。

我曾恨过苏遇，为什么那个冬天，他要一走了之，留我一人承受他带来的风雪？

我也恨过自己，为什么当初要向我妈妥协？

可是恨无法支撑我接下去的生活，那年的九月，我还是跟沈骆驰一同坐上了去南京的汽车。

一共五个小时的车程，他安静地坐在我的身旁，戴着耳机，看着新出的足球杂志。

我因为晕车，难受地靠着车窗闭目养神。

迷迷糊糊之间，我感觉到他的手轻轻地扳过我的头，让我靠在了他的肩上。

从他对我妈说他会要我的那一刻起，我就知道，沈骆驰是个好人。

因为他是个好人，所以我从来没有勇气问他，他跟我在一起，是因为喜欢还是同情。

而他后来也没再问过我，王愢，你还喜欢苏遇吗？

还喜欢吗？

……